橘玲 TACHIBANA AKIRA ——作者

譯者——陳嫺若

避稅天堂 TAX HAVEN

タックスヘイヴン

經濟趨勢 61

避稅天堂

作　者	橘玲
譯　者	陳嫻若
責任編輯	林博華
行銷業務	劉順眾、顏宏紋、李君宜
總編輯	林博華
發行人	涂玉雲
出　版	經濟新潮社 104台北市中山區民生東路二段141號5樓 電話：（02）2500-7696　傳真：（02）2500-1955 經濟新潮社部落格：http://ecocite.pixnet.net
發　行	英屬蓋曼群島商家庭傳媒股份有限公司城邦分公司 104台北市中山區民生東路二段141號2樓 客服服務專線：02-25007718；25007719 24小時傳真專線：02-25001990；25001991 服務時間：週一至週五上午09:30~12:00；下午13:30~17:00 劃撥帳號：19863813　戶名：書虫股份有限公司 讀者服務信箱：service@readingclub.com.tw
香港發行所	城邦（香港）出版集團有限公司 香港灣仔駱克道193號東超商業中心1樓 電話：852-25086231　傳真：852-25789337 E-mail: hkcite@biznetvigator.com
馬新發行所	城邦（馬新）出版集團 Cite (M) Sdn Bhd 41, Jalan Radin Anum, Bandar Baru Sri Petaling, 57000 Kuala Lumpur, Malaysia. 電話：603-90578822　傳真：603-90576622 E-mail: cite@cite.com.my
印　刷	漾格科技股份有限公司
初版一刷	2016年2月1日

城邦讀書花園
www.cite.com.tw

ISBN：978-986-6031-80-9

售價：380元

Printed in Taiwan

〈出版緣起〉

我們在商業性、全球化的世界中生活

經濟新潮社編輯部

跨入二十一世紀，放眼這個世界，不能不感到這是「全球化」及「商業力量無遠弗屆」的時代。隨著資訊科技的進步、網路的普及，我們可以輕鬆地和認識或不認識的朋友交流；同時，企業巨人在我們日常生活中所扮演的角色，也是日益重要，甚至不可或缺。

在這樣的背景下，我們可以說，無論是企業或個人，都面臨了巨大的挑戰與無限的機會。

本著「以人為本位，在商業性、全球化的世界中生活」為宗旨，我們成立了「經濟新潮社」，以探索未來的經營管理、經濟趨勢、投資理財為目標，使讀者能更快掌握時代的脈動，抓住最新的趨勢，並在全球化的世界裡，過更人性的生活。

之所以選擇**「經營管理—經濟趨勢—投資理財」**為主要目標，其實包含了我們的關注：「經營管理」是企業體（或非營利組織）的成長與永續之道；「投資理財」是個人的安身之道；

而「經濟趨勢」則是會影響這兩者的變數。綜合來看，可以涵蓋我們所關注的「個人生活」和「組織生活」這兩個面向。

這也可以說明我們命名為「經濟新潮」的緣由——因為經濟狀況變化萬千，最終還是群眾心理的反映，離不開「人」的因素；這也是我們「以人為本位」的初衷。

手機廣告裡有一句名言：「科技始終來自人性。」我們倒期待「商業始終來自人性」，並努力在往後的編輯與出版的過程中實踐。

目次

本書純屬虛構。書中出現的人物、團體、金融機構等，除部分使用真名外，一切均為杜撰。

本書中描述利用「避稅天堂」等逃避租稅的手法，全為作者想像的產物，與稅法及其他法律相關見解，亦為其個人的想法。

讀者可以自由嘗試這些手法，但應先理解自身所應負之責任，同時也不保證這些手法在現實中有效。

此外，對於上述做法所引起的所有事態，作者與出版社概不負責。

避稅天堂（Tax Haven），又稱為租稅天堂、租稅庇護所。不徵收法人稅、所得稅和資產稅，或是實際稅率極低的國家和地區。

第一章　邂逅

1

古波藏佑在嚴原港的渡船口等待渡輪。儘管已是十二月初，反射在海面上的陽光閃耀奪目，混雜著機油味的海風不時刺激著鼻端。暗紅色的圍巾隨性地掛在喀什米爾粗呢外套上，外面披著博柏利風衣，似是不情願地抽著萬寶路。頭髮約已及肩，嘴唇細薄，薰衣草灰的雷朋墨鏡遮住了表情。

靠岸作業完成，從渡輪艙口放下載滿韓國觀光客的大型遊覽車。他用鞋底把香菸踩熄，一手插進修長的寬褲口袋，古波藏朝著停車場慢慢踱去。

幾隻海鷗在靠港停泊的漁船四周成群飛翔，大約三十名乘客提著波士頓包或行李箱從渡輪下來。馬路旁停了幾輛來接家人的車。

不一會兒，黑色的豐田小貨卡駛來，短鳴了一聲喇叭。

「不好意思，遲到了。」降下側窗，堀山健二道歉，「怎麼我好像成了最後一個。」

花呢格紋外套配著普洛克斯的救生背心，防水功能長褲搭配棒球網帽，堀山宛如從釣魚節目裡走出來。況且他還戴著超屌的反光墨鏡。

打開副駕駛座的門，古波藏把外套脫下來，丟進車子後座。

「能不能幫我看一下車子？」堀山指著渡船口旁的紀念品店。「我想去買點吃的。剛才顧慮行李，在船上連午飯也沒吃。」

古波藏靠在引擎蓋上抽著菸，沒一會兒，堀山拿著兩瓶烏龍茶和紙袋回來了。

「竟然只有這些玩意兒。」他從紙袋拿出飯糰，一口塞進嘴裡，然後用烏龍茶沖下去。「鳥不生蛋的島，鳥不生蛋的店。」

從堀山手中接過一瓶烏龍茶，古波藏喝了一口。渡輪載運的車輛全部下了船，來接人的車子不知何時也全都走了。停車場角落只有幾輛輕型車，大概是工人們的。才下午三點多，靠岸後的一時喧鬧過了之後，竟然一個人影都不剩。

昨天晚上，堀山在大阪．吹田自己家門前，特地把釣具堆到他的賓士愛車上，加足馬力在清晨六點到達博多港。在那兒與古波藏安排的租用車交換行李，再搭十點發船的渡輪到對馬南端的嚴原港來。

「繞了好多路才上了吹田交流道，從那兒便飆到一五〇公里，馬不停蹄地飛車到福岡，稅務官再厲害，也不可能追上。」他脫下反光眼鏡，眨了眨充血的眼睛。

「從昨天起我都沒睡。」把紙袋和寶特瓶丟進停車場的垃圾箱，堀山大大伸了個懶腰。「看到你的臉後，我就能放心睡覺了。能不能讓我瞇幾分鐘？」

「要不然我來開吧？」古波藏脫下墨鏡，繞到駕駛座。

「可以嗎？不好意思耶。」

坐進副駕駛座的堀山隨即放倒座椅，用毛巾蓋住臉。救生背心的口袋不自然地鼓起來。

古波藏設定好導航系統，緩緩駛出去。

「人說奇妙的緣分就是指這種事吧。」看似已經睡著的堀山，自言自語地咕噥著。「辛辛苦苦轉回日本的錢，又得拼命帶到國外去，實在太沒天理了。」

接著要走縱貫南北的國道三二八號線，一條路直通對馬北端的比田勝港。導航顯示還有約兩小時才會到達，為了保險起見，他看了一下後照鏡，並沒有車跟在後面。出了嚴原町之後，連對向的車都幾乎沒有，只有筆直的鄉間道路。

三天前堀山來訪，自稱是透過柳正成的介紹。堀山在關西地區大規模經營情色按摩店、口交店，因為用兩本帳簿隱瞞收入，偽造付款給已不營業的公司佯裝赤字，因而遭到大阪國稅局查察部嚴厲的調查。

從面對橫濱港、帆船造型的飯店套房裡，可以將海灣大橋、大黑碼頭和對岸的房總半島一覽無遺。那天天氣晴朗，萬里無雲，陽光斜斜地射入客廳的焦糖色沙發。新港碼頭停著小山般的豪華客船，紅磚倉庫可能在舉辦活動，中央廣場人潮洶湧。沒有辦公室的古波藏，通常會使用這個距離他藤澤家三十分鐘車程的飯店，作為接待客人的地方。

「今天早上，信用金庫的服務人員祕密聯絡我，」草草結束初見面的寒暄後，堀山說，「那些查稅員把我們店裡的紀錄全都拿走了。稅務顧問提醒我，強制搜查只是時間的問題。」

寒冬中暖氣開得並不強，但堀山不時擦著額頭的汗。

「我靠血汗淚水賺來的錢，若是被他們搶走，抓我去坐牢的話，我也不要活了。所以，我才拚了老命上門來求救啦。」

堀山唱作俱佳的說法，古波藏只是浮起淺笑聽著。

「柳先生說，這種事只有一個人能救你，就是古波藏先生。」堀山用力吞了一口口水。「我被稅務署盯得很緊，身上的錢哪兒都不敢存，現在手上的現金有五億。我也做好心理準備，乾脆帶著它遠走國外，再也不回日本。要花多少錢都沒關係，請你幫幫我。」

堀山從沙發站起來，像個蹩腳演員表演土下座（下跪磕頭）。

為堀山居中牽線的柳，是在日韓人牽線人崔民秀的屬下，黑社會的情報販子。雖然做作的演技令人皺眉，不過堀山的麻煩，與事前從柳那裡聽到的說明沒有兩樣。至少，在重要的關鍵上，他並沒有說謊。

自從一些金融機構被隸屬於山口組的高利貸業者用來洗錢，而受到金融廳的處分後，各家銀行現在不再接受來源不明的海外匯款。即使拿著高額現金到銀行，想要匯款到國外也會遭到拒收，或是以可疑交易之名，通報警察廳刑事局的JAFIC（組織犯罪對策部防止犯罪收益移轉管理官）。

但是，若是置之不理，住家搜索只是時間問題，所有手邊的現金都會被扣押。對堀山而言，僅剩的一條路就是不惜任何代價，立刻把錢移放到稅務署查不到的地方。

古波藏算了一算，堀山似乎已經走投無路。

「如果你想把五億日圓匿名匯到海外去，就只能無條件相信我。」古波藏微微歪了一下唇，點燃了菸。「你把那五億拿到我這裡，保證一個月內送到任何你想要的地方去。」

「一個月嗎……」堀山說到最後變得含糊。

「就算以不動產申請融資，假裝股票交易轉移資金，都需要各種準備。」這次他臉上露出明顯的笑意。

「哦。」堀山不置可否地回答。

「對了，那筆錢萬一在半途中不見了怎麼辦？」古波藏帶著調侃口氣問。

「這話從何說起？」

國際間強化了洗錢限制，大量買進無記名零息債券匯款到海外等簡單手法，已經不能使用。利用鑽石、名畫、古董作資金轉移，不但交易成本高，萬一被騙就玩完了。雖然也有利用從黑社會強占的空殼公司，以貿易結算的名義匯款等手法，不過既費事又費時，有些狀況還必須讓黑道大哥介入。相關人數增加，當然風險也會增大。

「現在你手上的一大筆錢，就算被人騙了，也不敢去報警。」古波藏再三問道：「這種時候，有人會為了一個素未謀面的陌生人冒險嗎？」

堀山面如死灰地搖搖頭。

「你現在有兩個選項。」古波藏吐了一口煙。「一個是在知道所有危險的狀況下，還是相信我，把錢交給我處理。另一個選項是你自己送。」

「你是叫我……自己送？」堀山反芻似地低喃。「有可能成功嗎？」

「不能保證一定成功，我只是教你機率最大的方法。」白煙之後，古波藏又把嘴一歪。「當然這是犯法的。萬一失敗，只好去坐牢。」

「這你不用擔心。」堀山毫不遲疑地說，「如果完蛋，我就只有去死。」

古波藏目不轉睛地打量堀山滿是油汗的臉。「既然如此，就讓我看看你的決心。」

到達比田勝的時候，太陽已落到黑暗山背去了。前往釜山的末班高速船已經出航，渡船口大樓拉下了鐵門，照明燈照耀下的停車場一輛車都沒有。

把車停在靠近馬路的一角，搖醒睡得鼾聲大響的堀山。

「時間還很早，要不要去吃個飯？」

堀山呻吟了幾聲坐起來，四下張望了一下。「欸，又是個鳥不生蛋的地方。」

紀念品店早已關門，只有港區對面的商業飯店還亮著燈。那裡的二樓有餐廳，為等船的觀光客提供簡便餐飲。靠窗的位子一個年輕的金髮女郎正在玩手機。

「這兒的話應該沒問題。」堀山下車，伸了個大懶腰。「剛開始搞不清楚狀況，一想到要離開載滿所有財產的車就害怕，渡輪航行的時候，雖然沒有人進入停車區，但我還是嚇得半死。」

店門上雖然掛著「營業中」的牌子，但似乎沒有人在。堀山大剌剌地推門而入，在看得見停車場的窗邊坐下。金髮女子神情不耐地站起來，往廚房走去。可能是店老闆的女兒，去叫爸媽了吧。

瀏覽著桌上的菜單，女子端著水回來了。深黑的眼線與假睫毛，兩耳與眉毛都釘了炫眼的環。光以她的打扮來看，就算站在澀谷中央街頭也不奇怪。

「先來啤酒吧，兩瓶。」堀山點了酒，又指著貼在牆壁上的餐點照片。「鄉土料理套餐，還有嗎？」

「今天已經沒了。」女子粗魯的口氣回道。

「那也沒辦法。要不，隨便切點新鮮的生魚片湊合吧。」

「沒去進貨，所以也沒有生魚片。」女子看著窗外，朝稀微的燈火一角伸了伸下巴。「商店街有幾家酒館、壽司店，怎不去那裡吃？」

「不想去那兒。」堀山對女子的不耐煩不以為意，「不然，還有什麼可以點？」

「咖哩的話應該沒問題吧。」

「那好吧，咖哩兩個，總比沒有好。」他也點了古波藏的份之後，說：「還有，拿點小菜來，什麼都行。」

過了一會兒，女子端來兩瓶啤酒和炸薯片。「菜色簡陋不好意思，不過大行動之前，先乾一杯吧。」他在玻璃杯裡倒滿啤酒，一杯推給古波藏。「剛聽你說的時候覺得滿簡單，一旦開始行動，還真緊張哪。」

形式上的乾杯之後，堀山一飲而盡，自己斟了第二杯。古波藏用嘴沾了沾酒杯，皺起眉頭，點了根萬寶路。女子臭著臉走過來，把用微波爐熱過的咖哩粗魯地丟在桌上。

在打烊時間被趕出店門之前，堀山用咖哩和炸薯片下酒，喝掉兩瓶啤酒和三杯燒酒。古波藏動了一點咖哩，只是喝水。

回停車場時，古波藏在自動販賣機買了咖啡，扶著發出酒臭氣味的堀山坐進副駕駛座。離約定的時間還有兩小時以上。堀山一聽這話，說：「要不，讓我稍微睡一下吧。」立刻倒在座位鼾聲大作。

在冷清的停車場打發了一會兒時間，他沿著海岸線走縣道一八二號北上。在三公里左右的側路向右轉，來到一個廣闊的停車場。位於海邊的建築是個展望台，可以遙望釜山的街景。

空蕩無人的停車場角落，停了一輛開著警示燈的輕型卡車，古波藏也打開警示燈閃爍，然後關掉車頭燈，停在那輛車後面。堀山醒來，睜著惺忪的睡眼環顧四周。

輕型卡車下來一個五十開外的男子，曬成棕黑色皮膚，理平頭，額頭上有深深的皺紋。男子打量著車裡，確定古波藏的長相後，一聲不吭地回到卡車，把車開出來。跟隨它走了一陣，轉進側路，來到一棟古老的平房。屋頂已經剝落，用三合板修補過。玄關旁隨便堆著網子，一旁開闢了農地和雞舍。看來是男子的家。

他把車開到後院的停車場，與卡車並排停好。

古波藏從後座拿起風衣下了車。一到夜裡急遽轉冷。

扣好風衣釦子，密實地圍好圍巾，吐出的氣息都是白煙。四下漆黑一片，滿天星斗閃爍不定。

接著下車的堀山打開小貨卡的後車廂，拿出羽絨外套穿在救生背心外面。他撥開雜亂堆放的舊衣和毯子，下面出現一個特大號行李箱，外側用粗鏈捆起來，固定在後座。堀山拿出鑰匙串，把鎖打開。

古波藏指示男子把裝有五億圓的行李箱搬到輕型卡車的車斗。一億圓的鈔票約十公斤重，所以這裡有五十公斤。

「我可以坐在車斗裡嗎？」堀山吐著白煙說。

「隨便你。」古波藏點了菸，一箭步跨上副駕駛座。堀山爬上車斗，抱住行李箱坐著。

海浪聲在黑暗中微微響起，古波藏閉上眼，深深吸了口菸。

2

坐在電影場景般雅致的咖啡館裡，牧島慧一面喝著第三杯咖啡，心神不寧地一再確認手機上的時間。紫帆來簡訊說，孩子在幼稚園發燒，得晚一個小時，但是現在距離約定的時間又過了一個小時了。

店在表參道十字路口附近，儘管已經十二月，一群法國人還是坐在屋外的露台喝酒談笑。中午之後，店裡的客人幾乎都是女性。頂著剛睡醒的亂髮、戴著黑框眼鏡、身穿優衣庫運動裝的牧島，就像是走錯了地方。

從包包裡拿出英文平裝書出來讀。得了乳癌卻奇蹟復原的美國女子感動地說「癌症是上天的恩賜，這場美好的體驗改變了我的人生」，雖然眼睛努力看著書頁，但一個字也沒讀進去。

與紫帆十三年沒見了，昨天，手機突然接到她的來電。

「那個，是我啦。」一聽聲音，牧島就認出是紫帆。她說向高中同學到處打聽，才要到了電話號碼。

「不知道會不會打擾你，有件事想找你商量。」紫帆輕聲一笑。「我好像遇到麻煩了。」

他聽說過紫帆的近況，跟某個有錢人結了婚，成了「貴婦」，現在住在麻布地區。

紫帆告訴他，老公在新加坡驟逝。雖然光憑這句話，他還是搞不清楚紫帆為什麼要打電話給他。

牧島右邊坐著一群把孩子送去補習英文的母親，正在評論外國老師的水準。左邊的桌台坐了兩個來吃蛋糕的女生，從剛才就一直在討論應該何時送狗去做絕育手術。

他再次把目光轉回藉由罹癌自我啟發的書時，店門開了，紫帆走了進來。那一瞬間，感覺得出周圍的氣氛也為之一變。

三十多歲了，紫帆依然美麗如昔。豐唇、大小微妙不同的雙眼，五官容貌說不上工整，但洋溢著吸引目光的生氣。身高一七〇公分左右，穿上高跟鞋更是高人一等。

「牧島，你一點也沒變呢。」紫帆把豪華的毛皮大衣往空位上一丟，對自己的遲到絲毫不感到歉疚。

大波浪的豐厚捲髮飄盪在白細的頸脖上，耳垂戴著鑽石耳環，亮質黑色圓領毛衣上襯映著大顆真珠項鍊。手上的手錶像是鑲了寶石的工藝品。一眼就看得出她生活的世界與牧島截然不同。

她沒看菜單便點了大吉嶺奶茶，然後托著腮目不轉睛地凝視牧島。「不過，看起來比較成熟了。」紫帆道，彷彿在觀察稀有生物。她的指甲用粉橘色指甲油塗得很美，左手無名指上戴著鑽石戒指。

「很難過吧？」牧島只想得出這種庸俗的話。

「前天，新加坡的日本大使館打電話來。」紫帆輕聲嘆了一口氣，「說他從飯店跳樓了。」

他不知道該說什麼。

「你不用同情我。」紫帆微笑，「我已經看開了，現在只能大哭一頓，然後接受現實。」

「妳還是一樣那麼堅強。」

「我有個女兒快三歲了，她叫真琴。為母則強嘛。」她高聲笑了出來，又趕忙摀住嘴。這些動作再再都一如從前。

瞄了一眼鑲滿寶石的手錶，紫帆說：「我把孩子託給附近的朋友，所以時間不多。」她必須盡早飛往新加坡認屍和辦手續。大使館告訴她，由於死亡時狀況不明，無法確認是自殺或他殺，所以當地警方還要對她進行偵訊。

「公司的人不能幫你嗎？」牧島問。

「我老公獨自從事金融顧問方面的工作，而且我對他工作上的事，一無所悉。」

「大使館呢？」

「他們說如果我有需要，會介紹一個支援團體給我，好像一點兒也不在乎一般市民的死活。」打電話來的日本大使館職員告訴她，在飯店自殺的話，視狀況所需，甚至有可能向家屬要求損害賠償，而且將遺體運回日本的費用也相當可觀。

「一個女人真的沒有用，遇到這種突發狀況，我只會驚慌失措，手忙腳亂。」這次她長嘆了一聲，「我媽比我更嚴重，彷彿世界末日一般。她說要陪我去新加坡，但我怕她只會給我添麻煩，所以這一星期就把真琴託給她照顧。」

「她沒有過這種經驗，你怎能怪她呢。」只能說出這種陳腐的回答。

「丟臉的是我一句英文也不會說，就算一個人到了當地，也不知道要怎麼辦。」

「請旅行社幫忙的話，他們會幫你找翻譯。」

「大使館的人也這麼說，可是，就算有翻譯在，只靠我自己，我也沒辦法為所有事情做決定啊。」她皺起眉搖頭。「而且，家裡還接到怪電話。」

「怪電話？」

她沒有回答，只是用哀求的眼光看著牧島。「牧島，我們還是朋友吧？」

四周的空氣似乎變得稀薄起來。

「如果你還當我是朋友，希望你可以幫我一把。」

牧島感到呼吸困難。

「我希望你陪我去新加坡。」紫帆說得平淡，宛如約他接下來去散步。

「什麼時候？」

「如果你方便的話，我希望明天出發。今天晚上，我媽會把真琴接回娘家去。機票的部分，旅行社會以緊急事件的名義幫我張羅。」

「妳這要求太突然了……」

「我知道，這些話太強人所難了。」紫帆縮起肩膀。

「不是，我只是腦袋還轉不過來。」

「從以前我就是這樣，老是把燙手山芋丟給你。」她說完一笑，然後用右手食指輕輕壓住眼角，剎那間，一顆斗大的淚珠流出來。

「怎麼搞的，真丟人。」紫帆從普拉達的皮包裡拿出印花的大方巾，把淚水擦掉。「對不起，一味地對你發些無聊的牢騷，我這個人總是只想到自己……」

「別這麼說。」牧島慌忙打斷。「只要我能做到，什麼事我都答應。」

「這只是你善意的謊言……」紫帆的眼淚不住地滴下來。

周圍的客人一臉訝異地看著他們。他輕輕把手放在紫帆嬌弱的肩上，從指尖傳來她全身微微的顫動。

結完帳，他扶著紫帆走出店門。正好有一輛計程車駛來，他試圖問她「送妳回家？」但紫帆只是搖頭。

計程車開出去前，紫帆都沒有再回頭看牧島，車子在表參道十字路口左轉後便看不到了，但牧島還站在原地。

只剩下紫帆秀髮裡的甜香。

從表參道搭地下鐵到澀谷出站，在新宿轉乘中央線，到達東小金井站時，短短的冬日已經完全沉落，他在站前的超市買了鰤魚、豆腐、青菜沙拉當晚餐。

牧島從靜岡縣的高中畢業後，考上東京私立大學的理工學系，之後在大型電機公司上班。最初被分配到大分的工廠，回總公司工作一年後，被派去胡志明市支援合資企業的興建。正當業務剛有規模，主管問他有無興趣轉調印尼，但他拒絕了這個提議，在五年前離職。此後就靠著工具書或商業書的翻譯，勉強餬口。

穿過人群雜沓的站前廣場，便是幽靜的住宅區。附近有公園、基督教系統的大學、國際學校，再往下走，是一大片廣闊的墓地。牧島住在一棟灰泥外牆的木造公寓，兩房兩廳，左右鄰居都是外國人。

回到家，打開電熱爐，淘了米按下電子鍋，隨即打開電腦檢查來信。

出版社來信詢問翻譯進度，說因為公司體制改變，將全面檢討預定的出版計畫，可否先將作業暫停。雖然沒有寫得很清楚，但意思似乎是說這個企畫都付諸流水。終於能從宣揚「癌症是福音」的書解放，牧島鬆了一口氣。

飯煮熟後，他從保鮮盒拿出一片生鰤魚片，用醬油、味淋、日本酒拌成醬汁，做成照燒烤魚。搭配蔬菜沙拉和冰箱裡的現成熟食、即溶味噌湯、豆腐和納豆，就成了今晚的晚餐。

吃完飯，洗了碗，沖了一杯即溶咖啡。他把手機一直放在身邊，但一次也沒響過。

九點多，套上羽絨外套出門。一到夜裡氣溫驟降，呼的氣都成了白色。徒步走了一段，到達私營鐵路軌道，跨過軌道會遇到一條流經公園的小溪。溪邊有一條散步道，是非常適合散步的路線。

沒有月光的夜，獵戶座鮮明地浮凸在天空。他用凍僵的手戴上毛線帽，圍上圍脖，左手仍緊緊握著手機。

紫帆說她只是偶爾想起了牧島，他知道這不是真話。很少有人清閒到可以在接到明天去新加坡的請求時，爽快地點頭答應。紫帆知道牧島還單身，辭去工作後，過著等同於無業的生活。

回想起來，從高中開始，紫帆就不時丟出各種疑難雜症給牧島。在雜誌上發現喜歡的店，不管那是在東京還是橫濱，紫帆會說：「牧島，這個星期天，我想去這裡。」從迪士尼樂園到鎌倉的古寺巡禮，總是心血來潮地把牧島兜得團團轉。朋友都揶揄他是「女王的奴隸」。他上東京讀書，與在鄉下大學的紫帆疏遠後，雖然有幾分惆悵，但心情變得自由卻也是事實。

十三年後，紫帆找他出來時，他便隱約有了預感。

嚴冬夜晚的公園，沒有路燈的步道一個人影也無。繼續往前走的話就會來到大馬路，往右轉可以看到運動操場和足球場。這個地區是東京接收美軍釋出的土地，重新開發而成，地方雖然不大，但也容納了一個機場。左手邊是國立天文台，再往下直走，會到植物園。

打開手機看看時間，不知不覺已經十點多了。

在表參道的咖啡館與紫帆見面的過程中，牧島一直有種難以解釋的奇妙感覺。眼前的這個女人是個成熟女子，全身上下高價名牌、優雅脫俗、魅力非凡，就像是從時裝雜誌中走出來的平面模特兒，與高中時穿著制服跑來跑去的桐依紫帆截然不同。他也注意到紫帆的眼角、嘴角已有了與年紀相稱的細紋。但是，儘管如此，些微的小動作、語尾的上揚方式等這些小事物的累積，不到五分鐘，他便覺得自己又被帶回到高中時光了。這種感覺，牧島連想像都不曾想過，所以他對自己也感到吃驚。

俯瞰駿河灣的公立高中裡，牧島與紫帆相識，入學第一次班會上決定班級幹部，但沒有人自告奮勇，所以，老師按照考試成績，獨斷地指定了牧島和紫帆成為股長。班會結束時紫帆走過來，對他說：「你是西中的，對吧。我不喜歡桐依這個姓，所以你叫我紫帆好了。以後多指教。」

那時坐進計程車時，紫帆神情僵硬地直視前方，分別之後，他一直記起那個側臉。

打開手機的來電顯示，牧島按下撥號鍵。

3

從男子家開車約五分鐘，到達一個利用峽灣建成的小漁港。碼頭幾乎沒人使用，只繫了一艘小型船。

小貨車停進停車格，關掉頭燈。無月的夜裡，四周籠罩在深沉的黑暗中，只聽得到拍打在岩岸的海浪聲。古波藏從置物箱裡拿出手電筒下車，堀山坐在車斗上，使勁地拍著臉頰。

「我以為我會凍死。」堀山動作僵硬地下了車斗，開始立定跳躍。「凍得我酒意都完全醒了。」

男子從車斗拉出行李箱，毫不費力地扛在肩上。古波藏拿手電筒走在最前面，堀山抱著釣竿和冰桶，小跑步地跟在最後。

船是五噸左右的釣魚船，狹窄的船艙裡散亂地堆著塑膠坐墊，架子上有一台老電視和錄放影機。漁夫把行李箱放在船艙一角，便回到甲板解開船纜，上到操舵室去。

由於引擎室就在正下方，一啟動引擎，振動就會從地板下傳上來。堀山從羽絨外套口袋裡拿出一疊暖暖包，丟了幾片給古波藏。

「這裡沒有暖氣嗎？冷得骨頭都快散了。用這個吧。」他一一扯破袋子，打開羽絨外套的拉鏈，貼在身體各處，然後把行李箱放倒坐在上面。

船緩緩後退，調頭往外海駛去。出了峽灣之後，冬季海面洶湧異常，船身上下左右激烈搖晃。沒過五分鐘，堀山從船艙衝出來，靠在甲板的扶手上，把胃裡的東西全吐出來。嘔到再無可吐，才又青著臉回到船艙，在行李箱旁縮成一團。古波藏從預備的冰桶中拿出瓶裝水，遞給堀山。「喝了水，睡一會兒吧。」

「古波藏兄一點事都沒有嗎？」堀山用虛弱的聲音問道。

「我習慣了。」他打開自己的瓶子開口，含了一口水在嘴裡。「祕訣就是上船之前不要吃喝任何東西。」

「這太殘酷了。」堀山呻吟。

從對馬北端到韓國釜山只有五十公里，搭高速船的話，大約是一小時十分鐘的距離，時速十海浬的釣魚船要接近三小時才能到達。

清晨兩點多，船在日韓邊境附近停下，黑暗中，有一艘船打著探照燈向他們駛近，船身大了一倍，掛著韓國旗。

釣魚船也用探照燈打信號，韓國船徐徐地橫靠過來。

古波藏丟下躺在地板上喘著粗氣的堀山，一個人走出船艙。

韓國船上的船員正在準備放下繩橋。漁夫從操舵室下來，接過繩橋後俐落地固定在甲板上。兩名體格槐梧的年輕船員從韓國船過來。

「我讓他們搬行李箱，你先上船去。」古波藏對著臉色蒼白從船艙步出的堀山喊道。

堀山猶豫了一秒，「那可不行。」他說，「我要跟你同進同出。」

古波藏聳聳肩，快速穿上救生衣，從外套口袋拿出一個信封給漁夫。漁夫一聲不吭地接下，隨手插在屁股的口袋裡。韓國船員抱著行李箱走上甲板，古波藏跨在繩橋，保持平衡地一口氣越過。跟在後面的堀山，兩手攀住扶手，爬著過去。

連滾帶爬地上到韓國船甲板後，堀山氣喘吁吁地站到古波藏身後，原先的船只剩下兩個韓國船員和行李箱。

古波藏感覺有個硬物抵住自己的側腹。

「如果那艘船就此開走的話，我的錢就飛了。」堀山說。「真要這樣，我就殺了你，自己跳進冰冷的海裡。」

古波藏不理會堀山的話，用力揮著手。韓國船員抓住行李箱的把手和滾輪，跑著渡過繩橋。

兩人把行李箱放在堀山腳邊，熟練地把繩橋收好，往操舵室揮揮手。引擎啟動，釣魚船緩緩開離。

古波藏命令船員把行李箱搬進船艙，船艙約二十坪左右，除了桌子沙發，還備有冰箱，暖氣功率超強，幾乎快冒汗。

「跟剛才那艘船相比，簡直是天堂。」堀山脫掉羽絨大衣，一屁股坐進沙發裡。

古波藏站到堀山面前。

「如果你還帶著那個危險玩意兒，後面的行程恕不奉陪。違法偷渡之外若被查獲那種勞什子，後果不堪設想。」引擎聲越來越響，所以他靠在堀山的耳邊說，「而且，我高興什麼時候把你推下海，你也沒辦法。」

堀山老實地從背心內袋裡拿出鐵灰色的小手槍。

「有個痞子來借錢，用這搶來的玩意當抵押。出了問題也不關我的事。」

他反手拿著槍身交給古波藏。

「隨你處置吧，反正裡面也沒放子彈。」

古波藏接過手槍，直接出了船艙，把它丟進海裡。然後用兩手遮著風，點了根菸，靠在欄杆眺望星光燦爛的夜海。

「不好意思，懷疑你。」堀山走出來站在旁邊。

「無所謂。」吐了一口菸後，古波藏說，「因為我也不信任你。」

清晨五點前，船在海雲台東方的小港靠岸。船長從操舵室下來時，古波藏把塞了整疊鈔票的信封交給他，便推著行李箱到停車場。

停車場一角停了白色胖卡，一個小伙子坐在駕駛座上睡覺。古波藏敲敲窗玻璃，他慌張地從車上跳下，操著生硬的日語道早安。

把行李箱裝進置物箱，與堀山坐進後座。駕駛默默開動了車，經過跨越釜山港的鑽石大橋前往市區。清晨的馬路空無一人，不到十分鐘便抵達目的地。

車子停進大廈後方的停車場，駕駛指著一旁的便利商店，做出吃飯的動作，自己則丟下引擎空轉的車，走進大廈後門。四周沒有人，只有烏鴉在啄垃圾桶。

古波藏從皮夾裡拿出幾張韓國萬元鈔，在便利商店買了瓶裝水、罐裝咖啡和幾個甜麵包。

堀山下車，接過瓶裝水說：「還在暈船，什麼也吃不下。」他把水含在嘴裡嗽了幾次，單手接水洗了臉，又拿手帕抹了抹臉之後才說：「總算舒服點了。」然後坐進車裡，拿出滿是砂糖的可頌，大吃特吃起來。

「對了，那些船員們，你給了多少錢？」堀山嚼著滿嘴麵包問。「錢是我出的，問一聲也無妨吧？」

「不論是日本還是韓國，市場行情是來回一趟一百萬圓，去程先付一半，剩下的等回程再付。」古波藏喝著甜膩的罐裝咖啡答道。

「哦，真的嗎？挺便宜的嘛。」

「日圓貶值，所以燃料費漲價，出海捕魚幾乎沒有賺頭。相比之下，這種買賣相對輕鬆。」把罐裝咖啡放在飲料架，點了根菸說：「而且送的不是毒品，而是現金，就算被抓也不是重罪。」

日本到韓國的現金走私路線，是牽線人崔民秀十年前建立的。

一九九七年亞洲金融危機時，韓圜暴跌，韓國經濟承受重大打擊，為了換取ＩＭＦ（國際貨幣基金）的融資，許多無力償債的金融機構，被外資併購。許多在日本的韓國、北韓企業家，趁此機會進軍韓國金融業，但這種銀行的大客戶人多是在日的韓國同胞，他們為了投資和逃稅，而將日本國內的現金帶進韓國。剛開始是把現金裝在行李箱裡，用渡輪載送，後來洗錢防制法趨於嚴格，不能再用這種笨拙的手法，於是改用漁船走私。

搬運工很容易找，只要從高利貸客人的名單裡，挑個可茲利用的傢伙問一問就行。對馬的漁夫就是因為玩柏青哥和賭賽艇向高利貸借了三百萬，這借款不但可以抵銷，還能接到收入豐厚的工作，所以，他們自然樂得接受。

萬一警方或國稅單位懷疑，漁夫也只知道租用車的車牌號碼。租用車是跟福岡黑道的手下借用的，他們把車停在渡輪碼頭的停車場，鑰匙用膠帶貼在保險桿下方。就算掌握了車牌號碼，也無法得知開車人和用途。

連結日本政經界與黑社會、人稱「最後的牽線人」崔民秀，在泡沫巔峰的時期，從大型壽險公司提出高額資金，開展了日韓渡輪初航、電影製作等多角化事業，不過，九〇年代中期，他因詐欺罪被逮捕、收監，釋放之後，他淡出台前，隱身幕後，使喚柳之類的情報販子，經手黑社會的生意。洗錢也是其中之一，在海上收送貨物，雖然與毒品一樣都是走私，但崔堅持，他只運現金，其餘一切免談。

不論今昔，現金都是匿名性最高的結帳手法。政府對洗錢監控越嚴密，價值便越高，像堀山這樣，不計成本要把手頭的現金送到國外的肥羊越來越多。柳接觸古波藏是在四年多前，從此之後，古波藏一直使用這個路線。稅務當局會監控利用私人飛機或快艇大規模的搬運現金，所以這種方法相對安全。

上午九點剛過，大廈後門開了，一名西裝筆挺的男子帶著剛才的司機出現。他滿頭銀髮，帶著高尚的無框眼鏡。

「好久不見，你看起來還是精神奕奕啊。」他先用流暢的日語和古波藏寒暄後，繞到副駕駛座打開車門，兩手合握住堀山的手說：「讓你久等了，一定很累吧。」

古波藏打開後車廂，男子吩咐司機把行李箱搬下來，領著兩人走進大廈後門。這裡是當地的信用金庫，男子是分行長。

坐電梯到最高層的分行長室，在豪華沙發坐下，一位明顯整過型、容貌彷似模特兒的祕書，端著咖啡進來。屋內的器具全是李氏朝鮮時代的古藝術品，牆上掛著的肖像畫似乎是行長。這家信用金庫在金融危機的混亂中，被出身慶尚南道的柏青哥連鎖店老闆透過香港的投資公司買下。

接待室的裡間是幹部用會議室，可以從分行長室直接出入。厚重的桃花心木桌上擺了一排點鈔機。

「各位都很忙吧，事不宜遲，我們馬上開始。」分行長用內線呼叫，五名年輕行員走進會議室。

「現在請允許我們開箱點鈔。」

行李箱用鐵鎖皮帶鎖得很緊實，在分行長敦促下，堀山從背心裡取出鑰匙圈。打開行李箱，出現包裹在塑膠袋裡的鈔票紮，分行長讓行員拿剪刀過來，用熟練的動作打開了袋子，一萬圓鈔大約分成五等分，隨意丟在大桌上。

行員們用點鈔機點了鈔，每一百萬圓捆成一紮，以橡皮圈固定，整理成十紮，每一千萬圓疊成一堆，不到一個小時，就形成五十堆山。

「好像還有些零星的。」分行長拿了幾張萬圓鈔交給堀山，「大概是一開始就多出來的吧。」

「是嗎？感覺好像賺到了。」堀山笑笑接過來，收進厚厚的長皮夾。

分行長讓行員們離開房間，把一台點鈔機放在堀山面前。

「確認所有金額太浪費時間，您不妨隨機選幾紮，確認是不是一百張。」

「這倒不用。我相信你們。」

分行長說：「不好，這是規定。」抓了堀山的手握住點鈔機。最後，他從鈔票山中選了三紮出來確認張數。

「您確定這裡是日幣五億圓吧？」得到堀山同意後，分行長看向古波藏。

古波藏從鈔票山中拿了五紮五百萬圓，放在分行長面前。

「最近韓國政府對國外匯款也查得很緊呢。」分行長故意嘆了一口氣。「李明博政權時代對洗錢規範十分嚴格，本以為換了總統，會有點改變，沒想到越來越艱難了。要送禮的單位也變多了。若不能多給一點……」

追加了兩紮。分行長從自己的位子拿出大皮包，把七百萬胡亂丟進去。古波藏又再從中拿出兩紮，當作船運的運費。所以剩下的錢一共是四億九千一百萬。

「全額換成歐元，匯款到歐洲去。」古波藏從外套內袋拿出匯款指示單，交給分行長。匯款地是堀山在列支敦士登的銀行開設的法人帳戶。

分行長用智慧型手機查了今天的匯市行情，敲了敲計算機。「歐元的TTS（電匯匯率）是一百四十圓四十五分，所以大約是三百五十萬歐元。正確的金額要等到下午三點才能確定。」

分行長把計算機放在桌上，從西裝內袋取出蒙布朗原子筆，對照著指示單填寫匯款單。

「向國外匯款時，不用把這筆錢先存入某處的帳戶嗎？」堀山不可置信地問道。在日本，只有顧客持有的帳戶才能匯款到國外。

這家信用金庫原本並沒有處理國外匯款的資格，因此，他們在大型外匯銀行開設了信用金庫名義的帳戶，從那裡向國外傳送資金。

接受委託外匯業務的大型銀行，將它視為金融行庫同行間的交易，兌換日幣為歐元，然後匯到國外。此時，信用金庫利用大型銀行沒有義務確認資金真正所有人的優點，以自家業務用帳戶暫時接收資金，匿名處理款項。——古波藏這麼說明。

「你是說，我的名字不會出現在任何地方？」堀山發出感嘆聲。

煞費苦心地偷渡到韓國，若是在銀行文件上留下紀錄，這一趟等於白跑了。就算韓國金融當局出面調查，也只知道資金送往歐洲的法人帳戶，分行長既不知道堀山，自然也不知道古波藏是誰。

確認了匯款單，接過收據，整套手續就算完成了，前前後後也花了近三個鐘頭。等行員送他們出後門時，已經過了中午。

「反正頭已經洗下去了，對吧？」可能是緊張消除，堀山打了個大呵欠。

接下來，現金會運到委託匯款的外匯銀行，匯款指示今晚會傳到位於法蘭克福的某通匯銀行。從那裡再電匯到列支敦士登的私人銀行，匯入堀山的法人帳戶需要兩個營業日。

今晚再從原路線回到對馬即可，但堀山堅持要留在韓國，直到確認入帳為止。由於護照沒有入關紀錄，所以避開飯店，住在柳於釜山市內準備的招待公寓。

「肚子餓不餓？」堀山指著馬路對面氣派的韓文招牌，「去那邊吃頓烤肉吧？」

4

從計程車的車窗，突然看到亮燈的巨型摩天輪。再遠處，是一座以三棟大樓屋頂搭載一艘船的奇妙建築，和朝著天空散開樹枝的猴麵包樹造景，近處有仿蓮花造型的博物館，接著出現宛如兩個榴槤並排的建築物。整個城市宛若一座主題公園。天空掛著淡淡的雲，既沒有月也看不見星。

這是東南亞最大的金融中心——新加坡。

計程車停在海灣舫的高級飯店。牧島完成入住手續之後，立刻上了床，但是輾轉反側，看了看鐘，清晨五點，看來只能起床了。

下床眺望窗景，東方天空開始泛白，金融街的大樓關了燈，灰色的世界裡，從計程車上看到的奇妙造景輪廓浮映了出來。

牧島打開冰箱，拿出礦泉水。在胡志明工廠上班的時候，他來新加坡出差過好幾次。但離職後，已經六年沒踏進這個城市。

昨天傍晚五點，他在六本木之丘與紫帆見面，搭乘快速巴士前往成田機場。

「丈夫過世後，我打電話去旅行社，對方一開口就問，有沒有加入國外旅遊傷害保險。」在成田機場貴賓室裡，紫帆喝著香檳一面說，「我告訴他，我先生有黑卡，他說緊急救難金有五百萬日圓，而且會幫我張羅機票和飯店。自殺的話，不會有死亡理賠金，只會有緊急救難金。」

紫帆一身輕便，藍色的針織衫搭配窄管長褲，花朵圖案的圍巾捲在頸部。手上抱著愛馬仕包，頭頂插著太陽眼鏡，因為不確定氣候如何，所以在路易威登的大行李箱裡塞滿了夏裝和冬裝。至於毛皮大衣，既然帶出來了也無法改變，便把它寄在機場。

旅行社安排的是晚上八點十五分出發的夜間航班，雖然是第一次坐商務艙，但是面對豪華的晚餐，幾乎食不下嚥。時睡時醒之間，在當地時間凌晨三點到達樟宜機場。從機場坐計程車，大約一小時前到達飯店。

清晨七點整，紫帆打了內線過來，她果然也睡不著，想吃點東西。所以兩人約在自助早點餐廳見面。紫帆把頭髮吹得很漂亮，戴了金色的大耳環。也許館內的冷氣太強，絲質襯衫外還套了一件薄外套。

餐廳的拱形玻璃屋頂令人印象深刻，兩人喝著咖啡，吃了少許沙拉、歐姆蛋和可頌麵包，有一搭沒一搭地對話。自從決定陪她來新加坡，他便暗自下定決心盡一個譯者的本分，盡可能只說公式性的對話，不涉入私人事務。

確定了今天的行程後，他先回到房間淋了浴，換上白襯衫和西裝褲，單手提著西裝外套下樓。到大廳時，紫帆已經等在那裡。

坐了計程車前往位於烏節路外的日本大使館。

他們向警衛出示護照，通過安全門檢查。寬敞前庭的前方，有一幢白牆低矮的殖民地式建築。

在服務台告知來意，一位年輕的大使館員下來迎接。他自稱是三等書記官。「請節哀順變。」表達形式上的弔問之意後，便領著兩人到只有桌和椅的空蕩會議室。

根據大使館員的說明，紫帆丈夫北川康志的遺體已經完成司法解剖，安置在醫院的太平間。死因雖是墜樓死亡，但也有犯罪的可能性，所以在領取遺體前，必須到警察署接受搜查人員的偵詢。

「將遺體運回日本時，必須先做消毒防腐，新加坡和日本兩方面都要辦理各種手續。」大使館員看著手邊的資料，用乾澀的口吻繼續說明。「我們會介紹搬運遺體的專門業者，但需要相當的費用。或者您可以將遺體在本地火化，帶遺骨回國。」

以航空貨物搬運遺體，會有傳染病等危險，所以通關手續會比一般貨物更加嚴格。它所產生的諸多費用高達數百萬日幣，如果沒有加入國外旅行傷害保險，家屬不只哀痛，還需承擔經濟上的沉重負荷。

「警察單位那邊，由我們來聯絡，也會準備好葬儀業者名單。等你們決定如何處理遺體之後，請再過來商量。」

「你們上次提到，飯店方面可能會要求損害賠償？」大使館員遞出聯絡資訊的紙條，正準備起立時，牧島問道。

「北川先生死於自殺，若是對飯店的設備造成損害，或是因事件報導而對營業產生影響時，就可能會發生那種費用。」大使館員一邊整理著檔案夾，公式化地回答。「在調查結果出爐之前，什麼都不好說。有時候靠著保險的賠償責任就可以支應，所以，若有什麼情形，請先與保險公司洽談。」

從走進屋內到送客只有十五分鐘，這是國家撥給夫死異鄉的妻子所有的時間。

走出日本大使館，路過豪宅林立的住宅區，直到烏節路的購物中心前才攔到計程車。

赤道附近的新加坡，即使在十二月，氣溫也超過三十度，而且正逢雨季，十分悶熱。儘管還不到上午十點，走個五分鐘，臉上就滲出汗來。紫帆一直繃著臉默不作聲。

坐計程車到中國城附近的中央警察署大約十分鐘。

走進現代化的藍色大樓，眼前是一排安全門，門後即是電梯間。安全門的右側有服務台，中年警官坐鎮其中。一般訪客都在那裡告知來訪目的。

服務台旁站著一名穿黑色褲裝的年輕女子，個子嬌小，頭髮剪得像男生那麼短，大大的黑眼珠，五官清秀。

「北川紫帆女士嗎？我們接到大使館的聯絡，所以在此等你。」女子主動上前自我介紹，她是犯罪搜查課的愛麗絲・王刑警，這個案子的負責人。

牧島說明自己是紫帆的朋友兼翻譯，然後按對方指示，在服務台填寫申請表格。

「關於與死者的關係，請紫帆女士填入『妻』，牧島先生則為『翻譯』。」

在亞洲，眾所皆知日本人會在姓名後面附加「桑」作為敬稱，愛麗絲也以「桑」稱呼兩人，並沒有叫他們「密斯特」和「密斯」。

「首先是認屍。我們要稍微走一段路，可以嗎？」愛麗絲這麼說著，便領頭走出警署。大樓前是單向四線道的寬闊馬路，穿過天橋到對面，是一塊占地廣大的醫療園區，有牙科、眼科等專業醫院，以及癌症中心等研究設施。

安置北川遺體的新加坡中央醫院，是東南亞最大的醫療機構，對於在醫療事業上有意問鼎全亞洲之首的新加坡，這裡可說是戰略據點之一。分為九個區塊的醫院設施，約占園區的三分之一，集合了在美國大學學習最尖端技術的醫師，以私人診療提供最高水準的醫療服務。

愛麗絲引導牧島和紫帆到第九區塊，走進大門，是一家附設麵包店的咖啡館，後端有服務台。在那裡填寫表格，領取入館證之後，三人乘電梯到地下樓。

走過兩側排列著一道道鐵門的長廊，愛麗絲在「MORTUARY」（太平間）的牌子下站住。打開電子鎖，一成排編號的保管箱靠牆而立。

「因為發現得早，幾乎看不出腐敗。」愛麗絲邊說邊走到編號「〇一七」的保管箱，「直接死因是頭部外傷，應該沒有辨認不出的問題。」

拉開門，鐵製的箱子中躺著全裸的中年男子，只有陰部蓋著一塊小得可憐的布。

男子約四十五歲上下，頭髮斑白，左側頭部大幅凹陷。嘴巴半開著，單眼微睜，但眼球呈現白濁狀，看起來表情並不痛苦，反倒像在笑。左臂不自然地扭曲，除此之外，沒有太大的外傷。

「是北川沒錯。」紫帆皺著臉閉上眼睛。

「發生這種事，十分遺憾。」愛麗絲關上保管箱，請紫帆在文件上簽字。「司法解剖已經結束，所以，隨時都可以領回遺體。之後我們會開出死亡證明，決定了殯葬業者之後，請在醫院辦理手續。」

走出中央醫院回到警署，愛麗絲又帶他們回到刑警部空蕩的偵查室。三坪左右的空間，只放了桌子和折疊椅。「遭逢變故還要請您協助，真對不起。」愛麗絲拿了兩個裝咖啡的紙杯過來。

完成形式上的認屍之後，她說明了事件的概要。

紫帆的丈夫北川康志是在五天前的清晨，被清潔員發現倒臥在萊佛士酒店的空地。北川住在該酒店的高樓層，據判斷，他是在凌晨三點到五點之間從陽台墜落。驗屍時並沒有任何異常的看法，但由於找不到可判定為自殺的遺書，所以意外、事故、自殺等各種可能性都列入考量搜查。

待說明結束，愛麗絲翻著文件問紫帆，「您了解北川先生在新加坡過著什麼樣的生活嗎？」

「不了解，我對丈夫的工作一概不知。」

「我指的並不是公事……」愛麗絲看向翻譯的牧島，似乎在猶豫什麼。「警方關心的是為什麼北川先生要住在飯店裡。」

他雖然照本翻譯，但是紫帆卻一頭霧水。

「北川先生六年前在新加坡購置了一間公寓。」她從檔案夾拿出建築物的照片。「所以，他沒有必要去住飯店。」

紫帆面無表情地看著照片，然後問：「北川是一個人住在這裡嗎？」

愛麗絲霎時欲言又止。「入住的除了北川之外，還有一名女子和五歲男孩，一共三個人。」

「五歲……」

紫帆是在四年前、二十九歲時與北川結婚，第二年長女真琴出生。但是依據愛麗絲的說法，北川在與紫帆結婚前，在新加坡已有家庭，甚至與女人生了個兒子。

「妳知道這回事嗎？」愛麗絲問。

「不知道，連聽都沒聽過……」凍僵般的蒼白臉龐上，嘴角正微微顫抖。

「對於北川先生的言行，有沒有察覺什麼異狀？」

紫帆一無所悉地搖搖頭。

「有沒有他會自殺的線索？」

再次搖頭。

「有沒有注意到任何與犯罪有關的可疑行為？」

「對不起。我什麼都不知道……」

「妳不用道歉。」愛麗絲用幾乎令人吃驚的強烈口氣說，「因為妳並沒有做錯任何事。」

然後，愛麗絲雙手覆住紫帆的手。

「我很遺憾必須告訴妳這些事，但是，為了結束這件案子，我必須問妳幾個重要的問題。」

紫帆輕輕地點點頭，蒼白的臉蛋微微泛紅，淚水倏地流下臉頰。

愛麗絲從皮包取出面紙，遞給紫帆。她把面紙壓住眼角，努力壓抑嗚咽。

等她平靜下來後，愛麗絲開始訊問。包括與北川之間性交的次數、最後一次做愛的日子等，涉及私生活的各種細節。

即使是私密敏感的問題，紫帆也面無表情地淡漠回答。北川一年當中有半年都在國外，就算在日本時，也經常深夜才回家。女兒出生後，夫妻之間也變得相當疏遠。

訊問在半個鐘頭後結束，愛麗絲望向牧島：「你有沒有什麼問題想問的？」

「能不能告訴我那間公寓的地址？」想說稍後要去確認一些必要的事項。

愛麗絲在紙條上寫下地址交給牧島。「如果你想進屋，我會先與管理公司聯絡。不管怎麼說，你們也要與管理公司討論一下今後的處理。」

「住在那裡的女人和小男孩呢？」

「我們查出遺體身分後有去拜訪過，可是兩人已經不見蹤影。屋裡整理得十分乾淨，只有兩人的用品不見，所以，看不出有誘拐等犯罪的跡象，兩人是出於自己意願離開屋子的。」

「能不能告訴我他們的姓名？」

「那女人叫做『姬姬』，本名李燕，馬來西亞籍的中國人。男孩子叫做健。」她看著紫帆，又稍微停頓下來。「在新加坡的戶籍登記裡，姓名是北川健，國籍也是馬來西亞。」

「北川與姬姬結婚了嗎？」

「在新加坡並沒有結婚的紀錄，不過至少，他們在這裡過著夫妻生活。姬姬曾對附近的鄰居說過，丈夫經常到日本出差。」

「她們兩人現在在哪裡？」

「經查證，北川的遺體被發現後，她們立刻循著陸路跨越國境到新山市。目前正在要求馬來西亞當地的警察協助。」

牧島不知道對於愛麗絲說的話，紫帆到底聽懂了多少，她一直像個能劇面具般，煞白著一張臉盯著對面的牆壁。

「如果在新加坡遇到什麼困難，請隨時給我電話。」臨別前，愛麗絲在名片背面寫上手機號碼交給牧島。「與搜查無關的私人事務也沒有關係，不論什麼事我都願意幫忙。」從她的口氣中很能體會到，她以一個女性的立場，深深同情紫帆遭逢丈夫在異鄉不明不白死去的痛苦。

「對了，你們兩位是什麼關係？」

他表示是高中同學，愛麗絲神情一亮，「妳有這樣可以依賴的朋友，就算心裡難過，也沒有關係了。」她用力握住紫帆的雙手鼓勵道。

5

情報販子柳所安排的招待公寓，位在民主公園附近的高地。面積八十平方公尺（譯注：約二十四坪），附家具，兩房兩廳，堀山把自己的行李搬進靠走廊的小臥室，「反正我哪裡都能睡。」從這地方不論到國際市場或札嘎其市場所在的南浦洞，或是聲色場所鼎盛的釜山車站周邊，都在徒步範圍內。

一入夜，堀山說「想吃點豬內臟」便出了門，凌晨三點多才喝得爛醉回來。他說，在一家叫小腸的內臟燒烤店，跟一群只會說日文單字的韓國人意氣相投，不但去卡拉ＯＫ唱歌，還連喝了三家夜總會。熱情、健談、出手慷慨的堀山，所到之處自然大受歡迎。他還自詡道，自己說了「為了個小島鬧翻實在很不值得。那個獨島（竹島）就給韓國人管吧！」的話，如何博得滿堂彩云云。

在韓國，除了在飯店入住登記之外，只要不牽涉犯罪，都不需要檢查護照中的入關證明。古波藏雖然也提醒過他，萬一偷渡入境的事曝了光，所有的辛苦都得化為泡影。之後，他想做什麼都是他的自由。反正，他帶了那麼厚的錢包，若是當起散財童子的話，小小胡來一下應該不會出問題。

堀山上午十點多起床，匆忙洗了澡，開始換衣服。

「昨天在夜總會裡，小姐笑我模樣太土。」堀山滿面春風地說。「我告訴她們，我是來韓國釣魚，所以只穿了這樣。所以小姐們說要陪我去買衣服。」

他還說，今晚當地有個經貿人士的盛大派對，堀山在混亂中也受到邀請。

「中午約在樂天百貨前見面，買件亞曼尼或凡賽斯的西裝，再到札嘎其市場去吃鮑魚和比目魚的生魚片。好玩吧？一起來啊。」

「不用了。」聽古波藏拒絕，堀山挖苦說，「是嗎？你的人生真沒樂趣。」匆匆出了門。

單獨留在屋內，古波藏用茶壺煮了水，沖了杯即溶咖啡，點了一根菸。

在智慧型手機上查了日經平均上午的收盤指數，計算選擇權的波動率指數。紐約道瓊工業指數自從超越史上最高點一萬六千點之後，便不太穩定。一星期下跌了近三百點。受其影響，東京股市也大幅下跌，跌破了一萬五千五百點，波動率超過百分之二十。古波藏在後場開始前，賣出履約價格一萬五千日圓的近期賣權，設置停損點。

在信箱裡寫了幾封回信，剩下的全部刪除之後，他靠在廚房椅子上，叼著香菸，觀察日經平均的期貨行情。看膩了，才把目光轉向窗外。

前面看得到龍頭山公園與釜山塔。釜山港內停泊著往福岡的渡輪，車子已經大排長龍。遠處有影島，中央矗立著標高四百公尺左右的蓬萊山。風力似乎很強，葉子落盡的行道樹不時大大地彎下身。

古波藏從關西的國立大學畢業時，正是多起恐怖事件發生的第二年，人稱求職冰河期。然而他還是很快得到美國外資銀行的錄用。第一個職務是在橫濱分行，所以，便在藤澤租了個小套房。從此之後，除了在歐洲的那段時期外，他一直住在同一個地方。

古波藏負責的並不是一般的銀行業務，而是針對上流階層的私人銀行（private banking）服務，主要工作是向醫師、律師、地方中小企業的老闆銷售賣掉日美匯率選擇權以提高日幣利息的雙元債券（dual currency bond）等金融商品。

剛開始的半年間，古波藏大略熟悉了這種被稱為「高度金融商品」的架構。選擇權乃是金融衍生商品的代表，它的價格理論自一九七三年布萊克—休斯（Black-Scholes）選擇權評價模型建立之後，四十年來沒有一點進步。偏微分方程式可說是當時最高水準的數學，但現在，只要用電腦的電子試算表，就能在瞬間解出來。

話雖如此，古波藏所在的私人銀行部門的主要營業工具，並不是金融商品，而是完美逃避贈與稅的夢幻節稅法。它利用了日本稅法的漏洞，把兒女變更為美國的居民之後，將儲存在國外金融機構的美國國債贈與子女，是一種極單純的技巧。

日本稅法規定受贈方需繳付稅金，但美國稅法正好相反，是由贈與方繳付稅金。父母在日本，而子女在美國的話，日美雙方的納稅義務人都並非當地居民，所以，即使贈與數百億元，也可以合法地不用繳納一毛錢稅金。古波藏的私人銀行部門，光是靠這套「逃稅指南」就賺得難以計算的利潤，日籍主管更得到巨額報酬。

私人銀行的顧客中，也有人持有香港、新加坡、瑞士等避稅天堂（tax haven）之金融機構的帳戶。他們經常委託銀行以多種貨幣進行複雜的匯款，古波藏自然對國外匯款的架構瞭若指掌。

說到「從日本匯美金到美國」，幾乎所有人都會想像成美金現鈔實際橫渡太平洋運到美國。但是，美金現鈔在日本國內幾乎無法流通，所以不可能那麼做。事實上，全球的金融系統對每一種貨幣都設有轉接點，也就是通匯銀行，其他的金融機構在這裡開有帳戶，結算不同的貨幣。通匯銀行是像花旗銀行或HSBC（滙豐銀行）等全球性金融機構，所謂的「國外匯款」只是在該網絡中，增加或減少電子數字而已。

古波藏任職的外資銀行不能外傳的祕密，就是稅務署已查知這種國外匯款。日本銀行業除非取得執照，即使是外資銀行，也不能拒絕稅務調查。私人銀行可說是搜尋大筆逃漏稅案的寶庫，所以，東京國稅局三天兩頭就派稅務署人員來東京大手町總行調查國外匯款紀錄。據說行內流傳一則笑話說：「在我們這兒開戶，就等於在稅務署開戶一樣。」

二〇〇四年九月時，金融廳指控該銀行違反多項法令，於是古波藏所屬的私人銀行部門撤出日本。尤其問題最大的是，銀行員推薦顧客進行股票和基金的信託交易，使顧客在IT泡沫崩壞時損失慘重，以及擴大經營「逃稅商品」。

不過，由於他們的「成功」廣為人知，古波藏也接到好幾個獵人頭的電話。他從其中選了位於瑞士的猶太財閥經營的私人銀行，把自己負責的顧客帳戶大半移到該行去。那家銀行在日本國內沒有任何生意往來，但只要跟錢有關，就算灰色地帶的交易也來者不拒。

第二年，古波藏移居蘇黎世，經常往返日本，邀集顧客，替他們把金融資產帶到國外。但是，二〇〇八年五月，瑞士大型私人銀行UBS（瑞士銀行）的高階主管被美國司法當局以協助逃稅之名逮捕。再加上九月雷曼兄弟破產，銀行業在計算出巨額損失後，展開大規模的裁員。該銀行的高層擔心出事，禁止員工出差日本。古波藏沒事可做，拿了大額的資遣金之後走人。

成為沒有歸屬的自由銀行員之後，古波藏第一個接觸的就是情報販子柳。柳手上握有的顧客，全都是現金交易、從來不與海外正經的金融機構打交道的色情業或柏青哥店，他請求古波藏幫他們尋求管道。從那次之後，就一直與柳合作至今。

古波藏是個獨行俠，一人飽全家飽，經濟無虞。但是一個人總不能不到三十歲就退休，然而他也無意再去別的金融機構就職。柳幫他找來的差事，正好用來打發無聊時間。

上午十一點多，柳打了電話來。

「進行得怎麼樣？」

「一切都很順利。明天晚上應該就能搞定。」古波藏回答。

「那麼，我先幫你準備回程的船吧，約定的地點與時間晚點再通知你。」

公式性對話之後，「對了……」柳改變話題。「古波藏老弟對北韓有興趣嗎？」

「北韓？怎麼扯到那種國家去？」

「這一陣子，委託增加了不少。有些在日同胞的家人和親戚被押為人質，若不匯錢過去，不知道會有什麼下場。所以他們到處求人。」柳故意嘆了一口氣，「然而，那邊老是搞些核彈實驗或是導彈發射之類的麻煩事，管制更加嚴格了。就算有錢也沒有方法匯過去。」

「既然如此，經由第三國轉匯不就行了嗎？」

「以前都是用這個方法，總算都能匯到。現在不只是韓國，連俄羅斯或中國的管道都行不通了。所以才想問問看，也許古波藏老弟知道什麼好方法。」

「我熟悉的地方是歐洲的境外銀行，其他就只有香港和新加坡了。」古波藏冷冷地回答。

「而且反正那些錢最後都到了他們首領和幾個大頭的口袋裡，我可不想跟他們扯上關係。」

「目的地是北韓，又不能買通非洲外交官幫忙送錢進去啊。」柳又嘆了一口氣。「好吧，我再想想還有什麼辦法沒有。」

過了中午，古波藏離開招待公寓，到附近餐館吃馬鈴薯豬骨鍋。這是用辣椒、辣椒醬熬成的甜辣湯頭，放進豬脊骨、馬鈴薯和青蔥做成的庶民美食，一般都是以大鍋上菜，但是近來增加了不少單人用餐的餐館。走進嘈雜的店裡，找個正在獨自吃豬骨鍋的客人，叫來店員指一指就行了。

吃飯的時候，他打開書店裡找到的英文版韓國先驅報。北韓權力鬥爭的新聞排擠掉日本特定祕密保護法案和中國防空識別區問題，大大地登上了頭條。

垮台的是北韓最高領導人金正恩的姑父張成澤，他一向被視為金的監護人，乃是主導經濟特區的穩健派，也是與中國接觸的窗口。一般擔心他的失勢會使得北韓再度走回強硬路線。

另一則相關新聞則報導美國智庫分析衛星照片，證實了北韓的核武設施正在冒出水蒸氣。韓國情報單位分析，北韓重新啟動原子爐，打算取出核武器的原料——鈽，韓國有必要與美國日本合作對北韓施加更大的壓力。

走出飯館，古波藏步行到南浦洞，在國際市場買了便宜的襯衫和羽絨外套，又在街上散了一會兒步，回到屋裡時，瑞士的朋友傳了郵件過來。

他立刻回電。

「怎麼這麼早傳郵件來?」古波藏問。

「其實沒什麼重要的事，」同事都叫他史蒂夫的史蒂芬．佛格爾帶著睏倦的聲音回答。蘇黎世現在還是清晨六點多，「美國聯準會即將縮小QE3（第三輪量化寬鬆政策）的傳聞滿天飛，昨天開始，匯率不是大幅震盪嗎？我們也必須關注亞洲的行情，幾乎連闔眼的時間都沒有。所以我就想到了你。最近怎麼樣？」

「馬馬虎虎輕鬆過。」

「你辭職的時機真是太對了。」史蒂夫發出一聲既非呵欠也非嘆息的聲音。「我們最近一點好事都沒有。」

「還在被美國人威脅嗎？」

「是啊，可慘了。」他恨恨地說。

美國司法單位以協助逃稅為由，拘捕了UBS（瑞士銀行）的美國分公司主管，又進而在二〇〇八年十一月，以逃稅共謀的罪名，起訴掌管私人銀行部門的最高主管。這個人飛回瑞士，不配合法院的出庭命令，於是次年一月，他便成了通緝在案的逃犯。因為這個緣故，以往有一流私人銀行美譽的UBS，也被貼上了「犯罪銀行」的標籤。

UBS驚覺不妙，遂配合美國司法單位的司法交易，支付了七億八千萬美元的罰金，並且進行內部調查，將判定為惡質逃稅的約三百件美籍顧客的資料交給對方。但是美國的IRS（美國國稅局）不接受這個條件，逕行提起訴訟，要求UBS公開所有近五萬件的顧客資料。這事件發展成美國與瑞士的外交問題，UBS最後被迫提供四千四百五十件帳戶資料。

依瑞士銀行法第四十七條（銀行祕密法）規定，得對「洩露職務上得知之祕密者」處以含徽役等在內的刑事懲罰。這項條文沒有但書，所以，瑞士的金融機構不論在任何情況下，都不得對第三者公開顧客資訊。

但是，美國政府不承認這項條文，以FATCA（Foreign Account Tax Compliance Act，海外帳戶稅收遵從法）要求美國以外的金融機構有義務提供美國人的海外帳戶。二〇一三年一月，瑞士最老的私人銀行承認協助逃稅，遭到美國處以巨額罰款，面臨破產的困境。同年八月，瑞士政府與美國司法部談妥條件，提供所有美國顧客的資料來代替罰款，免除對金融機構協助逃稅的起訴。一向高唱「守密銅牆」的瑞士私人銀行為了自求生存，背棄了顧客。信任他們的甜言蜜語而在瑞士開戶的美國人，現在無不膽顫心驚地等著以逃稅罪名被起訴。

「更糟的是，那些混蛋把私人銀行員也列入國際刑警組織的通緝名單中，所以我們根本無法離開瑞士。」史蒂夫拉高分貝，口氣中盡是忿忿不平卻無可奈何。

UBS美國私人銀行部門主管因涉嫌隱藏兩百億美元的資產，遭到美聯邦大陪審團起訴，二〇一三年十月，他在義大利突然被捕。這項國際通緝銀行主管的強硬措施，令瑞士的私人銀行業大受衝擊，下令禁止員工搭飛機出國旅行，或下榻國外飯店。

「所以說，資產運用的業務已經沒有前景了，上頭鼓勵我們靠著市場交易賺錢，不過，我們也有自己的麻煩，由於巴塞爾資本協定III（Basel III，編按：國際清算銀行旗下的巴塞爾銀行監理委員會，是世界十大工業國之中央銀行於一九七四年共同成立；一九八八年，該委員會公布第一次針對銀行系統的最低資本要求，後於一九九九年與二〇一〇年又公布第二次和第三次新版的資本協議）對於自有資本的限制，無法再大幅運用資金槓桿。這樣一來，風險推給了顧客，再也不能隨心所欲地利用對沖基金獲利了。」

發了一頓牢騷之後，史蒂夫問，「對了，你有沒有聽說，新加坡有個日本的私人銀行員失蹤的消息？」

「沒有，怎麼回事？」

「我也不太清楚。不過，一個有名的日本基金經理人死亡的消息，在社群網站上成了話題，所以我才想到了你。」

他對金融業已經不感興趣，不過，他還是回道，如果有進一步的訊息再聯絡。

「明年春天說不定會去日本一趟。我女友說想去賞櫻，到時候你要帶我去外國人也能通的泡泡浴哦。」

史蒂夫說完逕自掛了電話。

第二天中午前，宿醉的堀山紅著眼從床上爬下來，穿上凡賽斯的華麗西裝又出門了。昨天的派對中，他和釜山的青年企業家相談甚歡，約了今天出去玩。當然，夜總會的女人也作陪。

「哇，韓國女人真是深情款款啊。」下午五點多，堀山一進門就說。「她們說，如果今晚非要回日本，能不能跟我一起走。如果這樣也不行，就要我下星期再來釜山。」

心不在焉地聽著堀山的吹噓，古波藏從手機撥了國際電話。歐洲時間正好上午九點。電話接通，找到負責人員。列支敦士登的私人銀行員用帶著德國腔的英語告知，錢已經入帳了。他把手機交給堀山，確認帳戶餘額。堀山覆誦了一次數字，說了聲：「三Q吶。」掛了電話。

「古波藏兄，你果然厲害。我沒想到會這麼順利。」

他沒對堀山說，這次的任務，算是他經手過最輕鬆的一件。因為堀山自己已經在境外開設了法人帳戶。名義上是韓國外匯銀行與列支敦士登私人銀行之間的交易，但金融當局就算起疑，只要沒能追到信用金庫的文件，就無法查出法人的名稱。法人是透過瑞士的信託公司，登記於加勒比海的BVI（英屬維京群島）公司，就算稅務當局要求照會，還是無法輕易知道所有人的名義。

「請依照約定在這裡簽名。」古波藏把匯款指示單放在桌上。古波藏的工作一向是事成收款，在確定入帳的當下，收取匯款額的一成，以這次來說相當於五千萬日圓。

「說實在話，工作俐落，帳目清楚。」堀山在文件上用原子筆簽了名，豎起小指。「半夜出發吧？那我再去那裡一趟。」

古波藏還有件事想問。

「為什麼你剛好會有那麼好用的法人帳戶？」他對著朝鏡子梳理稀薄髮絲的堀山問道。大阪色情連鎖店的老闆，一般不會在罕為人知的歐洲避稅天堂——列支敦士登持有瑞士信託公司與加勒比海的IBC（國際商業公司）組合起來的高匿名度的銀行帳戶。列支敦士登是位於瑞士與奧地利之間的小國，列支敦士登侯爵家的領地，居民只有三萬五千人，因為一次歷史上的機緣，而取得主權國家的地位。

原本只是中阿爾卑斯地區單純山村的列支敦士登，配合瑞士的金融立國，接收了瑞士國內不允許的非法資金，而得到收取非法利益的機會，與瑞士、盧森堡並列為歐洲最富裕的國家。但是二〇〇八年時，一份四千人以上的顧客名單從王室擁有的ＬＧＴ銀行流出，被德國國稅局取得。現在美國和歐盟正在施壓，要求他們公開所有的帳戶資料。

「一個住在夏威夷的古怪退休律師幫我辦的。」堀山邊哼著歌回答。「他和古波藏兄不同，違法的事一律不做，固執得不得了，怎麼叫都叫不動。」

日本的律師中，能組織複雜的境外法人計畫的並不多見。

「那個人現在在哪裡？」古波藏被勾起了興趣。

「不知道。以前他在夏威夷玩風浪板，後來去了歐洲，我們就斷了聯絡。可能在什麼地方落魄死掉了吧。」堀山說完，匆匆出門去找新結識的女人去了。

6

在飯店墜樓的北川康志，名下的豪宅位於新加坡河旁的高級住宅區一角。

通過安全檢查，中庭有座泳池，旁邊是健身房。電梯隔壁的房間裡，穿西裝的年輕男子正在和管理員聊天。他似乎有接到新加坡警署愛麗絲的電話，一看到牧島和紫帆，立刻從管理室跑出來。他是管理公司的負責人，名片上印著大衛・伍。

表達了制式的遺憾之後，大衛領著兩人到最頂樓。那是一間東南方邊間的屋子，大約有兩百平方公尺（譯注：約六〇・五坪），可以把萊佛士坊金融街和濱海灣的海灣坊一覽無遺。

臥室有兩間，一間當作兒童房，櫃子裡擺著遊戲和動畫的書。桃花心木地板的寬敞客廳則以歐洲古董來定調。書房放置了收集來的舊英文書作為擺飾，餐廳有個大酒櫃，餐桌上還插著凋萎的玫瑰花。家具和餐具都是高級貨，看得出北川在新加坡的生活十分奢華。

「事件的第二天，女傭來打掃的時候，只看到字條寫著全家人要出門一星期。」大衛調整空調時解釋道，「那時候她大略打掃了一下，但警察有指示下來，就沒再動過了。」

客廳擺著英文報紙和幾本日文雜誌，主臥室的衣櫃裡掛著幾套黑色西裝和休閒夾克，條紋襯衫則整齊折好放在網架上。

「女人和孩子的用品好像都帶走了。」大衛繼續說。「除此之外，還有一台筆記型電腦，不過被警察扣押了。」

「筆記型電腦？」牧島反問。警方完全沒有向他們說明扣押物的內容。

牧島拿出手機，從口袋找出名片，打電話給愛麗絲刑警。

愛麗絲王立刻接起電話，告訴他「領取遺體時會將私人用品一起歸還」，不過因為筆記型電腦送到分析組，大概還需要一、兩星期時間才能結束分析作業。既然警方這麼說，也只好放棄，請她「盡快歸還」後，掛了電話。

「有關這棟房子……」大衛開口道，彷彿他等待多時為的就是這一刻。「北川先生當初以一百七十萬坡幣買下它。但現在地價大漲，即使開出兩百三十萬到兩百五十萬坡幣，也有人願意接手。所以，如果因為這次不幸，而不再需要這棟房子的話，不妨透過我們把它賣掉。」

以一億兩千萬日圓買下的物件，增值到兩億日圓以上。繼續持有這房子，他們一塊錢都拿不到，但如果委託賣出的話，他們就能得到可觀的房地產交易手續費。大衛的目的就是這個。

「現在還沒有心情想那種事。」牧島回絕，一面尋找紫帆。

紫帆站在臥房裡，呆呆地盯著牆壁。走近一看，床頭桌上立著一張照片。

照片裡不知是在哪兒的公園，穿著短袖欖球衫的北川身旁，站著長髮的美麗女子。黝黑的北川左手攬著女子的腰，右手擱在他面前那個少年的肩頭。少年穿著FC巴塞隆納（譯注：巴塞隆納足球俱樂部）的球衣，對著鏡頭露出無比幸福的笑容。

那天晚上，在紫帆的房間叫了客房服務。

吃了一點福建麵，「我真是個笨女人。」紫帆嘆道，「丈夫有另一個家庭，孩子甚至比真琴還大，我卻一點也沒有察覺到。」

牧島不知該怎麼回答。

剛聽到這件事時，牧島想過，那孩子也可能是女人的拖油瓶。然而在豪宅裡看到照片後，真相也就明朗了。照片中的孩子與北川十分相像。

「北川告訴我，他在新加坡租了一間單人套房，因為他的工作太忙，回到家也只是睡覺。而我竟然老實地相信了他的話。」紫帆微微聳肩。「這都得怪我，結了婚馬上就有了孩子，連一趟新加坡都沒有來過。」

紫帆站起來，打開冰箱，拿出小瓶香檳，連同杯子一起拿過來。

「我們乾杯吧，」她自暴自棄地說，「敬一個蠢女人的未來。」

「這樣說不太好啦，」牧島很想這麼說，但覺得有些虛偽，便默默地與她碰杯。

「牧島，我們最後一次見面是什麼時候？」紫帆唐突地問了這問題。

「大學二年級的夏天吧。我們一起去海邊。」

「的確是耶。」紫帆把香檳放在桌上，幾乎一口也沒喝。「回去的時候，還下了場好大的雨，你記得嗎？」

她托著腮凝視牧島。

「明明隨時都能見到，但是那次回去之後，你卻再也沒有跟我聯絡。」

「應徵面試啦，要忙很多事。……」

「大四那年的寒假，我打電話到你家裡，本想在進社會之前再見一次面。」

家人的確告訴了他這個訊息，但是他猶豫許久之後，還是沒回那通電話。

一回神，紫帆面無表情地望著窗外，金融街輝煌夜景的後面，是一片沉重的黑暗。窗玻璃映出紫帆的臉上，流下大顆的淚水。

就在這時，屋裡的電話響了。

第二天中午，萊佛士酒店（Raffles Hotel）面對中庭的咖啡館已坐滿三分之一。它是以新加坡的創建者湯瑪斯・萊佛士之名命名，一棟殖民地風格的白堊式建築。風中帶著淡淡海潮氣息，吹過種植著高聳椰子或棕櫚樹的中庭。除了新加坡的國花——粉紅石斛蘭之外，還有九重葛和緬梔花等熱帶花朵互相映襯。

周圍各桌看似富裕的觀光客都是拿著紅酒、啤酒、新加坡司令，另一手抓著披薩。穿短袖白襯衫的牧島點了咖啡，鮮藍色夏季套裝的紫帆點了冰紅茶。

那通電話奇妙得令人忍不住一再回想。

來電話的是一位操著完美英式英語的男子，他自稱愛德華・威廉，是瑞士的銀行新加坡分行的常務董事。

愛德華先為自己冒昧來電道歉，然後指定了這家咖啡館，要求為北川的事盡快見一面。不論牧島怎麼問，他都說不方便在電話裡談，只是一再強調「這件事對夫人的未來也至關重要。」

瀰漫休閒氣氛的咖啡館裡，出現了格格不入的男子，一個身高近一九〇公分的金髮白人，全身包覆著緊密的暗色西裝，手上提著愛馬仕的橘色公事包。年齡大約五十歲上下。

愛德華向紫帆表示遺憾，又與牧島握了手，以面對僕傭般的威嚴，向匆忙趕來的服務生點了一杯英國茶。

從印有飯店徽章的骨瓷茶壺倒出紅茶，愛德華慎重地加了半匙糖，好整以暇地仔細攪勻之後，再倒入足量的牛奶。

「北川先生與我們的交易出了點問題。」他以優雅的手勢啜了紅茶後，將白瓷茶杯放下，冷冷的藍眼珠看向牧島。

「所謂的問題是金錢方面的，因為稍微複雜的交易，北川先生現在還欠我們債。」

牧島原封不動地將愛德華的話譯給紫帆聽。

愛德華打開提包，拿出一疊文件，以若無其事的口氣說：「他負的債約有一千萬美金。」

牧島忍不住覆誦了一次金額，一千萬美金換算過來，相當於十億日圓（編按：本書所使用的匯率為一美元兌一百日圓）。

愛德華面無表情，輕輕叩著桌上的文件。「也難怪你會這麼吃驚，不過一切的帳目都記載在這裡。」

「所以你是來找我們算帳的嗎？」牧島自然而然加重了語氣。

「請不要誤會。」愛德華左右揮著大手，做出誇張的動作。「我們真心對夫人面對的窘境十分同情。當然，也沒有打算請您代替北川先生還這筆錢。畢竟對個人來說，這金額略嫌太大。」

牧島不知道這句話是諷刺還是對金錢的感覺不一樣。

「而且，希望你們不要告訴別人……」愛德華繼續說，「根據內部調查的結果，我們公司和北川先生的交易上，發現了一點瑕疵。」

「瑕疵？」

「有一點點手續上的疏漏，當然並不會變成法律上的問題。」說到這裡暫停，愛德華盯著紫帆和牧島的臉好一會兒。「只不過，我們的商務信用高於一切，經營階層擔心這件事若是搬上台面，會有一點點不方便。」

愛德華拿出一張紙放在紫帆面前。

「所以我們有個建議，一千萬美金對我們而言，也不是什麼小數字。但既然北川先生已經死了，我們也不得不承認要把它收回來有其困難度。不過要把它認列損失的話，必須依據公司的規則，辦理適當的手續。當然，這只是形式上的。」

等牧島翻譯結束，愛德華傾身過來。

「如果現在在這裡，您簽個字的話，我們就放棄對北川先生的債權。今後，夫人不需負任何金錢上的義務。我認為這個條件十分寬大，不知您怎麼想。」

牧島接過文件，螞蟻大的文字密密麻麻地條列著要項。

「你們的條件是什麼？」他回想著以前和外國企業談判的經驗，質問愛德華：「我的意思是，我們要負什麼樣的義務，作為你們放棄債權的代價？」「這合約是律師幫我們擬的，文字較為冗長。不過我們的請求只有兩項。」愛德華右手比出V字說，「第一點，今天我們見面的事，不得在任何地方公開，當然也包括行政、司法機關。另一點，夫人方面必須放棄對我公司的所有請求權。」

「我們也有求償的權利嗎？」

「這只是法律上的爭議。」愛德華再度誇張地揮揮手，「既然我方放棄求償，若是夫人方面不做出同樣的表示，法務部門無法接受。這與夫人有沒有求償權沒有關係。」

「如果在合約上簽了字，後來違反了約定呢？」

「我認為你們沒有必要想得那麼複雜……」這裡他稍微降低了音量。「不過，若是發生那種狀況，事情會變得很麻煩。」

牧島把他的話翻譯出來，但說實話，他也不知道該怎麼辦才好。

「我再重複一次，這個提議對夫人極為有利，北川先生在新加坡買的豪宅，我們也設定了抵押權，可是我們也願意放棄。夫人可以無條件繼承，任由您隨意處理。」

愛德華提及豪宅的事令牧島大為意外。

「你知道北川先生與一位女子住在那棟房子嗎？」

「我們對他的私生活沒有興趣了解，也完全不知道他過著什麼樣的生活。」愛德華露出笑容。「那間豪宅百分之百為北川先生所有，同居的女子沒有任何權利。這樣不就足夠了嗎？」

「北川先生在這裡從事什麼樣的工作呢？」

「這個問題，我沒有能力回答。」

「北川先生與貴公司交易的內容是什麼？」

「不追究這件事，也是本合約約定的內容之一。」

牧島終於明白愛德華的「提議」是什麼了。如果紫帆當場簽了這份合約，不僅可將北川的十億欠款一筆勾銷，還可以無償取得市價兩億日圓以上的豪宅。條件是不得追究銀行的責任，也不得試圖了解丈夫的死因。

「這個建議太突然，我們無法馬上決定，請讓我們把合約帶回去，明後天再與你聯絡。」

「很遺憾，不能這麼做。」愛德華斷然拒絕。「您現在在這裡簽字，也是我們的條件，錯過這次機會，不會再有第二次。」

「我們連合約書都沒看，你這麼做太強硬了。」牧島抗議道。愛德華瞄了一眼手上的純金勞力士手錶。

「當然，我們時間很多。你們兩位不妨討論一下，半小時後告訴我結論，那是最後期限。」

牧島把合約書快速掃視一遍。他不是法律專業，不懂其中細微的差別，不過其中的確寫著放棄一切對北川的債權。另外也附上北川房子的房地契，證實抵押權確實已經設定。

「我不知道怎麼做才好，牧島你決定就好了。」紫帆在耳邊囁嚅道。

這件事怎麼看都有些可疑，但也不能胡亂決定。原本，他們應該與律師討論，但不僅是在新加坡，就算在日本，也沒有這樣的朋友。他想起在當上班族時認識的律師，但就算打了電話去，這種沒頭沒腦的事，他恐怕也懶得理。

接著想到的是新加坡刑警愛麗絲。昨天她那句「不論什麼事我都願意幫忙」應該是真心話。但是，這件事再怎麼說都是民事的合約問題，警方也沒有插手的空間。而且，告訴愛麗絲也違反了合約。

「我們對你的身分一無所知。」牧島對愛德華說。「我要查證一下你的話是否屬實。話說回來，你真的是這家銀行的常務董事嗎？」

愛德華從西裝內袋拿出名片盒，把名片放在牧島桌上。上面印著「瑞士ＳＧ銀行新加坡常務董事」。

「你打電話到這裡，我的祕書會接聽，你可以請她傳話給我。三分鐘之內，她會打這支手機來。」

接著，他又從公事包拿出iPAD，把畫面顯示給牧島看。

「用這個看，也許更容易了解。」那是瑞士ＳＧ銀行官網的董事介紹，從上數來第三位，便是附有愛德華大頭照的文字介紹。

「你如何保證對於這份合約，你說的都沒有錯？」

愛德華從筆盒中拿出馬克筆，在合約書放棄債權的項目畫了一條線。

「只有這部分對你們最重要。其他雖然瑣瑣碎碎寫了很多，但簡言之，就是只要什麼都不做就沒問題的意思。很簡單吧？

「我們準備了兩份合約，互相簽字之後，各留一份。

「您只要簽個約，一千萬美金的負債從此消失。這終究是我公司釋出的善意，並不是對等的合約。」

牧島很猶豫。愛德華的建議也許是個陷阱，但是看上去應該並非都是假話。若是如此，紫帆是不是該簽字，讓這件事畫下句點呢？

問題不在十億圓的欠款和兩億圓的豪宅。牧島擔心的是紫帆的人身安全。如果愛德華的提議是真的，那這條件未免太美好了。若是拒絕的話，代價會不會難以承受呢？

他需要找個人商量，就算是再小的建議都行。獨自決定這件事，對牧島而言是個太沉重的負擔。也許他需要的是給自己的一個藉口——我已經盡力了。

這時候，一個人的名字閃過腦際。

「我們兩人單獨談談。」牧島丟下這話，拉著紫帆的手站起來。

紫帆一臉訝異地跟在後面，牧島從中庭走出，拿出手機，叫出通訊錄。

7

凌晨零點，換上釣客的打扮，攔了一輛計程車，往海雲台的港口駛去。古波藏和堀山把夾克和外套放進洗衣袋裡，密實地封起來，全身打濕了也無所謂。接下來要沿著來時路，回到對馬的比田勝。

對馬海峽上，不時有海上保安廳或海關人員派出巡邏船，舉發走私貿易。但是他們的目標是違法攜入日本的物品，從日本攜出的物品不在查緝之列。就算雷達偵測到海上有可疑的行動而上船檢查，船上也只有兩名釣客，搜索船內也找不到犯罪證據。以極少數的巡邏船要監視所有的漁船十分困難，所以這次也平安無事在清晨五點在對馬上岸。

兩人到漁夫家換了衣服，開著堀山的租用車回到比田勝港時，已是清晨七點多了。

「我在這裡下吧。」車子到達渡輪站時，古波藏說。收取報酬用的匯款指示單已經從釜山傳真到列支敦士登，沒有必要再跟堀山耗下去。

「對不起那時候疑神疑鬼，拿槍指著你。」堀山道歉。「不久前被一隻蜥蜴騙了，損失了將近一億，害我再也不相信別人了。」

「蜥蜴？」

「夠胡鬧吧？最近當紅的炒作大戶。聽說他們半年能翻倍賺，所以叫柳幫我介紹，結果因為那場地震和核能事故，錢全沒了。我跟柳抱怨：『怎麼會搞成這樣？』所以他才把古波藏兄介紹給我。我被稅務署盯上，哪兒都不能去，寸步難行。所以心裡不免想到『該不會又被人騙了吧』。這五億要是真的沒了，我就一文不名了。真的是豁出去了呀。」堀山哇啦哇啦地說著，然後逕自下了結論，「不過，結局好就一切都好。」

古波藏下了車，堀山從駕駛座探出頭。

「我這輩子大概再也不會來這個島了。而且在這裡等渡輪多無聊啊，我去嚴原到處觀光一下，坐下午的船班回去。如果大哥你有來關西的話，一定要跟我聯絡，至少讓我招待一下。」

下午三點二十五分從嚴原開出的九州郵船航班，經由壹岐的鄉之浦，於晚間八點十分抵達博多港。堀山打算在那兒把行李搬到自己車上，趁夜沿著中國自動車道走，第二天清晨，偷偷回到被稅務員監視的家。

監視班如果懷疑他的行動，則正好遂了堀山的計。入屋搜查找不到任何證物，這樣一來稅務調查將大受打擊，將他無罪赦免。

比田勝商店街上的店家，幾乎都還開著，古波藏在自動販賣機買了無糖咖啡，坐在長椅上看著港口。港內停了數艘海上保安廳的巡邏船，海鷗飛翔在捕魚歸來的漁船周圍，再過一會兒就會看到博多駛來的渡輪。

已過早上八點，他給情報販子柳打了電話。

「辛苦了。」柳在第一聲電話鈴響便接起來。「有沒有什麼不順的地方？」

「這次也一點問題都沒有。酬勞下星期會轉入我的帳戶，之後我再匯給你。」

走私一趟現金到韓國，古波藏與他們說好，他自己分四成，崔和柳分六成。代價是租用車的安排與給福岡黑道的禮金等，都由柳來支付。日本國內的金錢交易，古波藏一律不經手，所以不會留下任何證據。五天的小旅行，賺到二千萬不扣稅的收入，相當划算的工作。

「對了，你好像把一些來源不明的基金強迫推銷給堀山？」

「有嗎？這是從哪兒說起啊？」柳故意裝傻。

「聽說，他被一個炒作大戶叫蜥蜴的，騙了一億多？」

「我只是幫他們接頭而已。」柳回答。「我從不插手政治方面的麻煩事，細節我也不清楚。」

「可是，為什麼會取蜥蜴這種怪名字啊？」

「大概因為吃起來很可口吧。」柳胡扯一通後，發出鴿子般的笑聲。

從比田勝到嚴原的巴士一天四班，首班車早上八點四十分發車。與上對馬高中的學生一起坐上巴士，花一個半小時到對馬機場。上網查到全日空在十一點四十五分有一班飛機，到福岡轉機，下午三點五分可到羽田。

高中生下車之後，車裡只剩幾個當地的老人，鄉村田野的風景連綿不絕。用手機買了機票，古波藏無意識地望著窗外。巴士不時停下，老人下車，又有別的老人上車。

從對馬起飛的班機雖然準時啟航，但在福岡機場因為機件延遲到達，大約下午一點半才開始登機。

走向登機口時，外套內袋振動起來。手機顯示「無法顯示來電」。

思考了一會兒，他走出登機隊伍，按下接聽鍵。

「古波？」突然聽到有人叫他綽號，「你是古波吧？」

「你是誰？」古波藏有些混亂。

「是我。」對方被逼急了似的口氣說，「阿慧，牧島慧。」

第二章　祕密

8

那個小小的咖啡館隱然佇立在公園旁。只有五張桌子和吧台。老闆正在裡面細心烘烤著上等咖啡豆。喝膩了即溶咖啡，牧島慧有時也會來這家店裡打發時間。

非假日的下午三點，店裡沒有其他客人。坐在窗邊眺望外面，只停一輛車的停車場，駛進了一輛深藍BMW的敞篷車。牧島趕緊走出店，跑到車旁。

摘下雷朋太陽眼鏡，古波藏佑下了車。義大利小羊皮夾克，配上棗紅色燈芯絨長褲、褐色樂福鞋的裝扮。

「阿慧，你一點都沒變嘛。」看到牧島膝頭磨破的牛仔褲配上優衣庫的運動裝，古波藏感嘆地說，「就跟時下的高中生一樣。」

走進店裡，坐進不太舒服的籐椅，古波藏沒看菜單便點了藍山，一隻手把玩著太陽眼鏡。

在福岡機場接到牧島的電話，聽他把事情大略說過一遍後，古波藏說：「白痴啊你？」牧島回到愛德華面前，把古波藏教他的話，一字不漏地說出來。

「沒有經過法律專家檢查的任何文件，我們都不能簽名。不過，只要不致造成我們不利，我們答應會對這件事保持沉默。至於是否行使房屋的抵押權，由貴方來判斷。」

愛德華凝視了牧島好一會兒，說：「也許這也是一種見解。」隨即收起文件，站起來與紫帆和牧島握手。

從新加坡回國後，牧島約了古波藏：「好久不見了，要不要聚一聚？」古波藏的家在藤澤，兩人決定找個好辨認的中間地點會合，於是便決定東小金井這家熟識的咖啡店。

「你怎麼會有我的手機號碼？」咖啡端來之後，古波藏問。

「是你自己告訴我的呀。」牧島回答，帶著被懷疑不太爽的口氣。

拒絕派駐印尼而回到日本，與主管處不來，辭去公司的時候，他傳了郵件給舊友們報告近況，其中也包含了古波藏的電郵地址。三天後，他收到了一條簡短的回信。

「早知你做不了上班族，有困難的話跟我聯絡。」

古波藏在信中也寫了他剛從歐洲回到日本，以及手機號碼。

「我以為你不會回信了，收到信時真的很開心啊。因為那時候心情沮喪透了。」

古波藏苦笑著看著牧島。

「而且這次，你真的幫了大忙。如果沒有聯絡上你，乖乖在那些文件上簽名的話，現在後悔都來不及了。」

古波藏的說明很簡單：對方會刻意主動聯絡，一定是做了愧疚的事。敵方暴露出弱點時，為什麼要讓步？就算是拒絕簽字或是怎麼決定，他們都不可能行使房屋的抵押權。然而只要一旦簽了字，以後他們怎麼做，你也束手無策了……

冷靜下來思考一下，他說的的確沒錯。但是，只憑著五、六分鐘的說明，古波藏就能精確掌握狀況，判斷力實在了得。

古波藏沒有回答，只問：「你知道你們被捲入什麼樣的麻煩嗎？」

牧島吃驚地搖搖頭。

古波藏從皮夾克的口袋裡，拿出折成四折的紙，展開來，放在牧島面前。那是金融時報亞洲版的影本。

在〈瑞士SG銀行，一千萬美金下落不明？〉的標題下，報導了新加坡金融當局介入調查私人銀行不透明資金的處理。報導日期是三天前，所以，牧島與愛德華見面後，事件就在媒體曝了光。

「消失的是什麼樣的錢，也已經查出來了。」古波藏拿出另一張影本給牧島看。那是在東證二部（譯注：指東京證券交易所第二市場。東證分為兩個市場，第一市場的上市條件比第二市場嚴格，新上市股票會先在第二市場交易，視其成績再做調整）上市的連鎖餐飲「民平」，在官網主頁對股東的營業報告。其中，在解釋為何無法取得自家公司股票的說明中寫道：「決定向瑞士SG銀行新加坡分行融資，以作為收購自家股票的資金，但是到了付款日，銀行並沒有履行約定的融資。」

「如果沒有擔保的話，PB（私人銀行）就不會融資，」古波藏說明，「應該融資給民平的八億日圓，應該要有業主存於瑞士SG銀行帳戶的資金作為擔保。」

民平在關東地區開設居酒屋和迴轉壽司的連鎖店，創業者也是業主的村井兼藏，一向以大權獨攬和極度削減成本而聞名。

「你的意思是說，村井在瑞士SG銀行持有一千萬美元，也就是十億日圓的存款，來作為八億日圓融資的擔保嗎？」牧島問。

「將個人名義的存款，透過國外金融機構貸款給自己公司，是常見的交易。」古波藏指著金融時報的報導，「但是，那筆存款不知何時從帳戶中消失了，所以，無法執行融資。」

民平因為無法回應與投資人的約定，收購自家股票，身為上市公司，不得不公開其中的原因。結果他們的股價在一星期內大跌了近一成。

由於民平提到瑞士SG銀行的名字，銀行也只好向新加坡金融當局報請處理。這消息傳到新聞記者耳裡，所以才登上金融時報吧。古波藏說。

「這個案子現在在新加坡金融圈，議論紛紛。資金從私人銀行消失這種事，可說是前所未見的醜聞。」

而且業界謠傳，負責村井帳戶的日籍私人銀行專員兩星期前便已行蹤不明。正好與紫帆丈夫北川在飯店墜樓同一時期。

「負責人盜用了帳戶裡的錢，而北川也被牽連進去了嗎？」

「誰知道。」古波藏冷冷的說。「不管怎麼樣，案子已經上了報，銀行方面也沒有隱藏這件事的意義。」

「既然如此，這件事就可以告一段落了吧。」

古波藏目不轉睛地盯視牧島。「你真的不知道自己處在多危險的情況嗎？」

「危險……」

看著牧島困惑的表情，古波藏聳聳肩，改變話題問：「紫帆怎麼樣？」

「她很想見你啊。」牧島鬆口氣回答。「今天我也約了她，可是葬禮結束之後，還有很多事在忙。」

北川的遺體依照紫帆的期望，在新加坡火化之後，帶了遺骨回日本。北川早年父母雙亡，沒有兄弟，與親戚也都沒有來往，所以葬禮由紫帆的家人張羅，現在正在東京都內尋找適當的墓地。

「葬禮會有誰來？」古波藏喝光剩餘的咖啡。

「我想你也知道，日本媒體對北川的新聞也有大篇幅報導。網路上也有各式各樣的謠言，很多人來打聽。不過她們以不發訃聞全部拒絕了。」

「因為他在業界的名號很大。」古波藏冷笑道。

眾人皆知北川康志是個精明厲害的基金經理人，一向以新加坡為據點操作一千億日圓規模的資金。他這種死法太不尋常，所以八卦雜誌和財經雜誌的記者甚至闖到了紫帆的住處。

「而且，我們去新加坡的期間，北川的事務所也被人翻了個底朝天，那間事務所只不過是位於六本木的單人套房，沙發被挖了一個大洞，連壁紙都被撕下來。」

「報警了沒有？」

「去麻布署諮詢過，可是紫帆從來沒有去過事務所，也不知道有什麼東西被偷。既然做了這樣的說明，警方也只是開了形式上的報案證明，並且說『如果有什麼可疑的事，再請你聯絡』。」

「猜得到是誰犯的案嗎？」

「剛開始的時候，每天都會接到騷擾的電話。類似『損失了幾億，給我賣身來賠！』之類的話。紫帆對北川的工作一無所知，所以也想不出對方可能是誰。」

「也許暫時帶著孩子回娘家住比較好。」聽了事情的梗概後，古波藏回道，「阿慧，你勸勸她。」

古波藏瞄了一眼多重數字盤組成的手錶，從皮夾克內袋中拿出名牌的長皮夾，抽出兩張千圓鈔丟在桌上。這時，幾個購物回來的附近主婦進門來。

「下次跟紫帆三個人碰個面吧。」牧島問。

「可以啊。」古波藏戴上墨鏡站起來，「幫我問聲好。」

說完，也沒道別便閃了出去。BMW的低沉引擎聲震動了四周，其中一名主婦忍不住感嘆：「那種車，真想坐一次看看啊。」

沿著多摩川南下府中街道，過了向丘遊園後手機響起。古波藏在附近便利商店的停車場停好ＢＭＷ，接聽電話。

「你好像捲入什麼麻煩事嘍。」情報販子柳省略問候，直接說。

「怎麼回事？」

「有人向我照會你的事。」

「照會？」

「我先聲明，那可是崔民秀重要的生意夥伴。」咕咕咕嚕，柳又發出鴿子叫的笑聲。

「誰在查我？」

「聽說只是熟人在問，得往上追問才知道是誰。好像是跟新加坡那案子有關……」

看看手錶，與牧島分別還不到一小時。

古波藏嘖了一聲。牧島被什麼人監視了。肯定是從停在咖啡館的ＢＭＷ車號，追到了古波藏的名字，按黑社會的規矩，必須先照會一聲。

「能不能幫我查一下是什麼人？」

「有種不祥的預感耶。」柳說，「那件事你還是別管太多比較好。」

「我會付錢，你只要拿錢辦事就行。」古波藏說完掛了電話。

9

與古波藏分別後，牧島回到住處，但無心工作，開了電腦望著螢幕發呆。

過了一小時，他終於下定決心撥電話給紫帆。

「謝謝。」紫帆接了電話說，「最近好多煩心事，聽到你的聲音，心情好多了。」

「還會接到怪電話嗎？」

「偶爾。不過已經習慣了。半夜突然來按門鈴的雜誌記者也終於消失了。」

「警察呢？」

「有個刑警來問過一次話，之後也沒了。」

「事務所那邊怎麼樣？」

「叫了回收業者把屋裡的東西全部丟掉，房子租了太浪費，所以打算這個月解約。反正被人抄得那麼徹底，重要物品大概一件也不剩。」

紫帆說了聲「等我一下」，過了一分多鐘才回來。「對不起，我在準備真琴的晚飯。」

「你在忙，不好意思。」說到這裡本打算掛了，只聽見紫帆說了「我……」便沉默不語，

他等著下一句話。

「我實在不好意思跟你開口這種事……」

「我查了銀行戶頭，幾乎所有戶頭都沒有存款了。以前我是用北川的附卡購物，但是那張卡已經不能使用，再這樣下去，不要三個月我就撐不下去了……」

外人口中「操弄一千億日幣資金」的北川，應該是東南亞金融界並不多見的富豪。

「他在新加坡也許還有銀行帳戶，我去查查看該怎麼做。」

「我們可以這麼做嗎？」

「新加坡法院如果承認你是北川的正式繼承人，應該就能要求銀行告知帳戶內容。我在越南的時候，有一位日籍員工意外身亡，他的薪水是從新加坡的銀行領取，所以我幫忙處理過繼承的手續。」

「大大小小的事都要麻煩你，真是抱歉。」紫帆說。

「妳不用這麼客氣。」如此回答之後，又補充說，「如果騷擾電話還會再打來的話，你最好帶真琴回娘家住一陣。古波也這麼說。」

「佑仔？對了，你們今天見面了吧？他還好嗎？」紫帆一向只叫古波藏小名。

「開著價值千萬的BMW，全身上下都是名牌的行頭。」

「一點也沒變呢。」紫帆笑道。「對不起，我該去接真琴了。等收拾好再打電話給你，我也想跟你商量未來的事。」

「當然好。」牧島回答後掛了電話。

走國道二四六號線進入藤澤街道，準備回自己家，但古波藏半途改變了心意，從用賀交流道上到首都高速公路，往新宿駛去。

把車停在歌舞伎町的投幣式停車場，走到大街上，日暮時分，愛情賓館和色情店的原色霓虹燈亮燈閃爍，穿著黑長大衣的男人們無所事事地站在路邊。

柳的辦公室位於大久保的老舊綜合大樓五樓。一樓是情趣用品店，二樓有人妖吧和黑心生意的店，三樓以上全是形跡可疑的招牌。

古波藏走進去時，柳正對著桌子打電話。他朝這方向瞄了一眼，趕緊掛掉電話。

「你這樣突然走進來，是想嚇死人啊。」

「好久沒見，想上來看看你啊。」古波藏把外套掛在陳舊的沙發背上。

柳六十歲上下，一臉窮酸。身高只有一六〇公分多，頭髮幾乎一絲不剩。臉頰和額頭都有著深深的皺紋，最具特徵的是左眼，緊閉的眼窩凹成一個大洞。

柳叫古波藏坐，叼起和平長菸，俗氣的深紅背心，配上同樣俗氣的灰色西裝。西裝穿在柳的身上太大，連手都藏到袖子裡了。

「我知道是誰在調查你的事了。」一坐下來，柳在和平長菸上點了火。他是個老菸槍，大菸灰缸裡堆滿了菸屁股。

「哪個傢伙？」

「赤目那兒的少幫主。」

「赤目」是日本最大黑道組織直系團體的祕稱，採取武力徹底對抗警方取締，因而打響名號。在進軍東京的過程中，與地方組織爆發多次嚴重衝突。傳說幫主年輕時額頭中了一刀，還能撲向對手，睜大的雙眼被血染成紅色，因而得了「赤目」之名。警察廳曾傾全力剿滅組織，現在壯大成FBI監視的國際犯罪組織。

「到底是誰動用赤目的力量？」

「我借了那兒的一個幹部不少錢，用這當藉口才逼他招出來的，費了我不少力呢。」柳發出抽筋般的笑聲，聽起來很像鴿子在叫。

「我知道你能幹，什麼來頭的什麼人？」

「前民自黨的祕書長大神辰男啦。」柳報出大老政治家的名字。「他的祕書直接打電話給赤目的少幫主，要他們調查你。」

以九州為地盤的大神辰男自從與民自黨分道揚鑣之後，現在樂當小政黨的代表。他加入民自黨之前，即使只是保守黨的黨魁，卻也鋒芒畢露，被人稱為「日本頭子」。現在雖然落魄了，但仍是牽動日本的政治家之一。

「可是，若是赤目插手進來，就有點危險了。古波藏兄，你這次到底惹了什麼麻煩？」柳樂在其中的說。麻煩正是此人生計的來源。

「我什麼事也沒幹。」古波藏叼了根萬寶路點了火，「能不能幫我查一查，大神為什麼想了解我？」

「我幫你查也是可以，不過就得出動崔民秀了。因為大神是崔的朋友。」柳言盡於此，意味著這得要靠錢辦事。

「堀山那案子，我的份是兩千萬，這個數字怎麼樣？」

「相當大手筆啊。」柳笑道。

「我還想多享受人生，不能太貪心。」

「我最欣賞古波藏老弟這種不知是厭世還是享樂的性格了。」柳揉掉香菸說。

「你說的插手政治，指的就是大神嗎？」古波藏改變話題。「他跟炒作集團合作，到底想幹什麼？」

「出口核能技術啊。」柳又叼起和平菸點了火。「大神當年脫離保守黨，扶植民自黨壯大，當他成為執政黨祕書長、權力到達頂峰的時候，曾積極鼓吹將日本大型核能技術出口到正準備舉辦世界盃和奧運的巴西去。沒想到行情一片看好的時候，發生了那個地震和核災事變，瞬間股票暴跌，什麼都完了。」

「炒作集團那個叫蜥蜴的，跟這件事有什麼關係？」

「大神一個人哪有辦法操作股價？想要創造大行情，就得放些小道消息給對鈔票飢渴的小股民，把股價墊高，讓他們相信才行。蜥蜴就是這種投資集團。」

「是誰在主持？」

「沒有誰。」柳吐著煙，咧嘴一笑。「一個影子般的人。」

「影子？」

「沒有人見過蜥蜴的領袖，只在電話裡對過話。到底是不是真有其人，沒人知道。」

「為什麼能夠信任那種傢伙？」

「以前他們設計了好幾次大行情都成功了。如果沒有地震的話，和大神合作，把核能技術出口到巴西，應該能大賺一筆。」接著，他像透露什麼重大祕密般，低聲對古波藏說，「蜥蜴的話題就此打住吧，這案子的深度，非你老兄所能想像，就像個無底泥沼啊。」

柳突兀地大笑起來，笑得停不下來。等他好不容易忍住了笑，才說：「今天真是冷到骨子裡去了，去吃個火鍋吧。」

柳帶他去的是大久保通一家位於地下室的韓國飯館。店裡擺著塑膠椅和桌子，平凡無奇，客層很年輕，三分之二都是在這一帶工作的韓國人。

「這裡有狗肉火鍋，不過菜單上沒寫。天冷的時候吃這個最讚了。」

柳一坐進椅子便叼著菸，依序點了泡菜、涼拌豆芽菜、豬腳、生章魚（長腳章魚做的生魚片）等，酒則點了馬格利，連同紙盒一起端上來。

「我知道古波藏老弟只喝威士忌，不過還是這種酒與狗肉鍋最搭。日本叫做濁酒吧，但朝鮮的這種算是只發酵一半的乳酸飲料，有助健康。」雖然柳吹捧故鄉的言論令他不耐，但是除了啤酒之外，這裡只有燒酒和馬格利，所以也只能配合了。

送來的狗肉鍋是中式火鍋的形式，圓鍋隔成兩半，一邊是用辣椒和山椒熬的麻辣湯底，另一邊是藥膳的白湯底，加入狗肉和青菜、豆腐、粉絲等一起煮成湯鍋。狗肉用的是一種叫黃狗的食用犬，不過聽說近年因為動保團體對吃狗肉大加撻伐，很難買得到。

「這裡的狗肉是中國延邊產的，比韓國狗肉更合我口味。」柳興致很高昂。與北韓接壤的延邊，是朝鮮族的自治區，城內狗肉火鍋店林立，火鍋的做法也是傳自延邊。若是韓國，則會熬成豆腐鍋的形式。

在柳再三勸說下，他吃了幾口。不過狗肉實在不是什麼美味的食物，雖然具有暖身的藥效，但那不過是既無食用牛，也養不了豬、雞的貧瘠地方才有的料理。

「我老家非常窮，小時候幾乎沒有吃過一口肉。十歲的時候第一次吃到狗肉時，那個美味啊，真是一輩子都忘不了。」柳一喝醉就變得饒舌起來。

柳吃了狗肉，喝了馬格利，叼起和平菸點了火。一邊抽菸一邊吃飯是這個人的習慣。古波藏夾起鍋裡的豆腐和粉絲，應和著柳的陳年故事。柳雖然生在大阪，但隨著父母回到朝鮮半島，直到三十歲才回到日本來。

「我知道像我這種人不配跟你坐在一起吃狗肉。」開了第二盒馬格利，話題轉到古波藏身上。「你是日本社會的菁英，身分跟我不同。二十幾歲就賺到可以過一輩子的錢，你們這種人的憂鬱，我看不懂啦。」

「沒有你說的那麼誇張。」古波藏從鍋裡夾出白菜笑道。

「在我周圍轉的幾乎都是人渣。」柳繼續說。「把自己說得多有本事，但他們會為了從對手那兒多搶一文錢，不惜殺紅眼。然而，你一賺幾千萬，卻只是為了打發時間，而且一擲千金毫不手軟。」

古波藏聳聳肩。

「你不要誤會，我不是在批評你。像你這樣的人隨隨便便都能當個對社會有用的人，不應該留在這種垃圾場，太浪費了。」柳拉大聲量，店裡的客人以為發生什麼事，紛紛轉過頭來。

古波藏苦笑，幫柳斟了酒。

「我真的很欣賞你這個人。」柳在一疊菸蒂中尋找沒熄的菸，一面用迷濛的眼睛盯著古波藏。「我把你當成我自己的兒子看呢。只可惜我這副德性，沒辦法建立家庭。」

柳用筷尖指指自己沒有眼球的左眼。被酒染成櫻色的臉上，只有那個地方依然泛白。「我只有一隻眼睛，但看得特別清楚。」

柳再繼續喝，說了幾次「只要是古波藏老弟的事，要我做什麼我都願意，錢多錢少沒有關係」，之後又大聲對店員呼喝。年輕的韓國店員頓時一臉詫異，用日語問，「要結帳嗎？」

走出狗肉店時，已經晚上十點多了。

站在店門口，古波藏突然想到一件事，「為什麼大家都怕赤目那幫人？」

「那是因為他們真的會殺人啊。」柳笑道，「現在這時代，即使是黑道之間對幹，殺人罪也要判很長的刑期。沒有人會為了別人浪費自己的人生，所以黑道的暴力終究只是虛張聲勢而已。赤目是唯一的例外，幫裡有不少人聽從命令，默默地把人殺了，不論多嚴厲的偵訊，也不吭一聲。所以所有幫派都怕，沒人敢對他們出手。」

柳瞪大眼睛，壞掉的左眼微微睜開，露出灰暗的眼窩。

與柳分別後，古波藏在職安路招了一輛計程車，聽到「去藤澤」，計程車司機對這意想不到的長距離喜出望外，直說「今天真走運」。他想給牧島打電話，可是望著窗外黑暗街景之間，不知不覺忘了。

10

牧島趁著上午把堆積的翻譯工作整理好，下了烏龍麵當午餐。正想出門時，紫帆打了電話來。他解釋自己正要去神保町的出版社，稍晚再回電給她。

坐中央線到御茶水，下午三點前到達出版社所在的舊大樓。

編輯部的會議區只散亂地擺著幾張塑膠椅和桌子，得自己去自動販賣機買飲料。喝著淡如開水的咖啡，等了一會兒之後，編輯匆匆進來，把一本厚書放在桌上。那是美國名校教授寫的暢銷書，該教授得了不治之症，醫生宣告只剩三年壽命。由於這類自我啟發的題材，在市場上已經飽和，若非作者是個美女或身有殘疾等賣點，就引不起讀者的興趣。編輯想到的點子是請一位罹患先天性重度障礙，但仍有所成就的名人來審稿。因此，翻譯的工作由牧島來做。

翻譯書暢不暢銷，全看原著夠不夠精彩。不論翻譯得再辛苦，幾千本的印量，也只能得到微薄的翻譯版稅。為了搶到出版社主打的大書，譯者必須給編輯「好用」的印象。進入這個業界沒多久，就連不懂世故的牧島，也領悟了這點處世之道。

牧島坦言其他公司的企畫似乎打水漂了，編輯露出鬆口氣的表情說：「既然這樣，就可以先趕我們的書了。」

那家出版社因為財務惡化，交由銀行管理，後來出售給外資的投顧公司。該公司派了一個四十幾歲的人擔任社長及企業重整管理人，此人在美國的大學取得MBA，將「合理經營」視為信條。他依照年度計畫嚴格管理出版進度，延遲出書便減少獎酬。牧島聽說，再這樣下去，出版社也會裁員。

牧島承諾會在期限前完成翻譯後，拿了書離開出版社。心想很久沒來舊書店街，正想四處逛逛時，一輛黑頭房車停在眼前。

穿著鼠灰色土氣西裝的老男人從車上下來對他說：「你是牧島先生吧。我們在等你。」

「請問你是哪位？」牧島困惑地問。

男子打開後座的車門。

「我不是什麼壞人，能不能請你上車？今天天氣太冷了，有話車裡說。」

「就算你這麼說，也恕難從命。」

「這件事跟你的朋友北川紫帆有關，至關重要，」男子在他耳邊低聲說，「你不會拒絕的，對吧？」

才剛過下午四點，位於虎門的老飯店酒吧裡一個人影也沒有。

一走進去，便看見長條吧台，吧台前擺了一排座位。間接照明的設計在白天也顯得昏暗，牆壁和樑柱滲出香菸的臭味。沒有其他人，只有一個中年白人坐在吧台角落喝著威士忌。

「午餐時間結束，這兒就成了無人知道的好地方哦，正好適合用來談點私事。」老人在最裡面的位子坐下，等著侍者來點單時，從西裝內口袋拿出名片，上面寫著「大和政治研究會代表猪野忠和」。

「我並不是要威脅你什麼，但事情變得有點棘手了。關於去世的北川，有件事必須麻煩牧島先生協助。」

猪野拿起送來的琴湯尼，一口氣喝掉三分之一。

「你在說什麼，我完全不明白。」這種時間，牧島沒有興趣喝酒，於是點了冰紅茶。

「你知道北川從事的是類似投資顧問的工作吧？」猪野捏了下酒菜的花生放進嘴裡，「北川操作了不少我們家老闆的錢呢。」

「老闆？」

「我們這一行對照顧我們的政治家都這麼稱呼。和黑道的世界一樣。」老人嘻嘻嘻地發出低級笑聲，又補充道：「你還是別問老闆是誰比較好。」

牧島感到胃被束緊般的噁心，儘管猪野說話彬彬有禮，但全身上下依然散發出陰狠的暴力氣息。

把琴湯尼喝光後，猪野用西裝袖口抹抹嘴角，叫來侍者又點了一杯。

「麻煩的是，北川一死，老闆的錢也跟著不知所蹤了。這對我們來說是很嚴重的問題。」

「那你們要我做什麼……」牧島問。

「很簡單，北川總是帶著一台筆記型電腦，那裡面存有顧客的帳戶資料。電腦放在北川家裡，被警察扣押了。這東西是死者的遺物，本來應該很快就歸還給夫人的。」猪野呷了第二杯琴湯尼。「我們想麻煩你的，就是代替北川紫帆去一趟新加坡，把那台電腦收回來。」

「為什麼要我去？」

「你已經和紫帆夫人一起去新加坡警署露過面，對方也認識你，所以，談起來比較好溝通吧。」

「如果我拒絕的話？」

「那到時候只好麻煩紫帆夫人了。」他刻意大大嘆了一口氣。「紫帆夫人應該沒有打算丟下孩子，專程到新加坡去拿電腦吧？但是我們沒有那個閒情，等著船運慢吞吞地把東西寄回來。那台筆電裡的資料，我們一定要拿到。不然的話，就必須使出強硬手段來拜託了，那不會讓她感到相當困擾嗎？」

猪野望著牧島，浮起假笑。

「去新加坡領回遺物，然後用航運寄給我們。只要從電腦中的資料找到我們的錢，一切就解決了。」

「真的能解決……」豬野打斷了牧島的猶豫，俯身向前說，「如果你願意答應的話，會先給你一百萬當作準備金。等順利領回筆電之後，另外再付你三百萬當作謝禮。」

對方突然提起錢的事，讓牧島不知道該怎麼回答。

「那些資料是什麼樣的內容呢？」

「這一點，為了你的安全還是不要知道的好。」對方冷不防說，「千萬不要探頭探腦地想知道內情。」

然後，豬野用打量的視線看著牧島。

「如果你下了決心，就打電話到我名片上的手機號碼。明天如果沒有聯絡的話，我接下來就會到紫帆夫人家拜訪，雖然我不太想去。」

豬野叫來侍者，用金卡付了帳，然後把臉湊近牧島耳邊。牧島聞到一股混合著大蒜和腐爛生物的口臭。

「對了，你好像有個有趣的朋友。」

一時間，牧島不知他在說什麼。

「你把這種事告訴那個高中同學，也許會讓他不舒服。還是小心點好吧？」

豬野用食指指著自己的臉頰，劃了一條斜線。

「那個人也是這種人哦。」

走出飯店，徒步到神谷町，走進車站大樓一樓的星巴克。喝著義式濃縮咖啡添了熱水變成的美式咖啡，牧島環視著擠滿上班族和ＯＬ的店裡。

出版社打電話來說，「緊急事件，能不能來開會？」是昨天晚上的事，今天牧島到神保町只有編輯知道。這麼說，猪野一直在監視他小金井的家，完全掌握了牧島的行動。

不只是如此，猪野也知道牧島跟紫帆與新加坡警察接觸、筆記型電腦放在北川豪宅裡，並且被警方扣押的事。看來在新加坡也有人跟蹤兩人，並且從管理公司的大衛那裡，問出了筆電的下落。

他再一次掃視店內，每個人都在談生意或聊天，若非如此，就是在玩手機或平板，沒有看到跟蹤牧島的徵信社調查員。

本來猪野監視的應該只有紫帆。在表參道的咖啡館與紫帆見面，隨行到新加坡幫助翻譯之後，他才被他們盯上的吧。那人也見到他和古波藏會面，查出是他的高中同學。他無法想像到底發生了什麼事，只知道這事情非比尋常。

拿出猪野給他的名片，試著用手機搜尋「大和政治研究會」，但沒有找到符合這名稱的結果。

接著他又輸入猪野忠和，這次倒是出現了幾個搜尋結果。每一則都與政治家的黨派有關，猪野從事幹事性質的工作。最新的一則是大約一年前，希望黨的成立酒會。希望黨是議會大老大神辰男與民自黨分家，率領三十多名橫跨參眾兩院政治家成立的新政黨。但在隨後的眾議院選舉中慘敗，現在已被視為泡沫政黨。

他說紫帆丈夫北川康志是金融顧問，在操作猪野「老闆」的錢。如果那個老闆指的是大神辰男的話，北川就是在操作政治家的黑錢了。

牧島從背包拿出一疊影印紙，回國之後，他就在網路和圖書館搜尋了北川康志過去的新聞。

根據報導，北川生於福岡縣北九州市，在鄉下的私立大學畢業後，北上到大阪的證券公司就職。擔任營業員期間嶄露頭角，九〇年代末，跳槽到北濱地區的「山吹證券」公司。正當證券界為ＩＴ泡沫而沸騰之時，他與在東證創業板或大證的日本納斯達克（NASDAQ Japan，譯注：納斯達克在二〇〇〇年與日本大阪證券交易所合作，設立「日本納斯達克」市場，但因為二十四小時交易的爭議，與系統上和證券交易法的問題，遲遲無法推展計畫，於二〇〇二年停止運作）上市的新興新貴聯手，肆無忌憚地操作股票。

北川在二〇〇八年雷曼事件後從山吹證券離職，以新加坡為據點，設立投資基金，次年與紫帆結婚。大學畢業後他有過一次婚姻，與紫帆是再婚。

將據點轉移到新加坡後，北川轉眼間便開始操作巨額資金，登上《巴倫週刊》、《富比士》等金融雜誌，化身為「亞洲傑出基金經理人」、「驅動一千億日圓資金的男人」。雖然與他來往的都是赫赫有名的藝人、運動選手，但在小道消息滿天飛的匿名告示板上，也招來很多惡評，像是：「北川手上操作的是黑錢，他為洗錢而接受強制搜查，是遲早的事。」「投資人控訴他因為操作基金失利，蒙受巨大損失。」

這種小道消息也對北川死亡的原因提出諸多解釋。黑道、政客、中國黑幫、CIA，進而連北韓、蓋達組織等名字都浮上台面。但是不論哪一則都只是增添樂趣的臆測罷了。

牧島喝完變冷的咖啡，收起北川的資料。

從猪野身上，明顯聞到黑社會的氣息。從他們跟蹤牧島三人的執著看來，他們失去的錢絕非小數字。現在雖然低調出現，但總有一天會露出本性。

到現在他終於明白，自己陷入了無法想像的大麻煩。

他想起古波藏質問他：「你不知道自己處在多危險的情況嗎？」難道古波藏從一開始就知道這些事？

他拿出手機想和古波藏商量，但無法下定決心。「那個人也是這種人哦」猪野的話讓他無法釋懷，那個人顯然是在說古波藏也是黑社會的人。

茫然失據地走出店外，從神谷町搭地鐵到JR惠比壽站，改乘山手線，到了新宿站轉搭中央線時，他一再回頭張望，多次上下月台，但又想到，既然他們已經知道他的住處，這種行為已經沒有意義。過了中野站之後，才發現紫帆傳了郵件給他。

11

在江之電藤澤站後方的咖啡館，吃了過時的早餐後，古波藏搭上ＪＲ湘南新宿LINER前往澀谷。

村井兼藏早就是叱咤餐飲界的風雲人物，他隻手建立的民平集團總公司位於圓山町賓館街附近，是一棟不起眼的五層樓舊大廈。電梯間旁設置成寬敞的商談空間。業者與職員用紙杯喝著白開水，一面敲電算機討價還價。側面放了一排內線電話，所以，他打電話到總務部告知來意。

等了約五分鐘，一名褐髮的嬌小女子穿著羽絨外套前來迎接。村井的理念是無底線的成本削減，以冬天不開暖氣，夏天不吹冷氣著稱。因此，嚴冬時節，員工們穿著防寒衣上班，盛夏時則各自帶著小電扇，穿著幾近內衣的裝扮在工作。當然，員工待遇極度惡劣，大眾媒體多次質疑，稱它是黑心企業的典型。

位於頂樓的會長室更是簡樸得恐怖，嚴格來說它更像個倉庫。房間牆角堆滿文件，仔細一看，文件架是用紙箱回收製成。窗邊擺了幾張不成組的桌椅，看樣子是從中古家具店買來的，前面還放了三張折疊椅。

古波藏走進房間，村井連看都沒看一眼，仍舊站在桌旁，右手拿著文件，正把電話中的對方痛罵一頓。似乎是某處的店長已經連續兩個月沒有達到銷售目標了。他凶狠威脅說，若是這個月再沒有達成目標，就要把他降級，去做兼職人員的工作。用力掛上電話，才用炯炯目光看向古波藏。

「有什麼事？」

「你的錢在新加坡不見了，難道不想拿回來嗎？」古波藏沒等他開口，便在其中一張折疊椅坐下。「今天早上在電話裡提的那件事。」

「我說是誰呢，原來是金融流氓。」村井站著，雙眼瞪視古波藏。他的身高才一六〇公分左右，年紀也早已過了七十，不過氣勢依舊懾人。「原來是聞到麻煩，就聚集過來吃腐屍的胡狼啊。」

「你不是相當煩惱嗎？」古波藏不理他的諷刺。

「請你這種小混混幫忙，我還不如讓律師去談判呢。」村井氣得滿臉通紅。

「連英文都說不出幾個字的律師，你還能叫他做什麼？」古波藏嗤笑。「翹首期待了很久，最後只會收到『這次很遺憾』和一張請款單而已。」

「你來做的話，會做得比較好嗎？」

「能不能先給我看看銀行給你的對帳單？」古波藏不回答問題，直接切入重點。

歐美銀行不使用存摺，所以使用一個月寄發一次的出入帳明細單來管理帳戶，也就是對帳單。

村井從上鎖的書桌抽屜拿出一疊文件，好像什麼不祥物一般丟在古波藏面前。他快速掃視內容，在瑞士SG銀行開設帳戶是在三年多前，之後帳戶沒有任何金錢進入，日幣存款沒有利息，所以餘額欄一直都是整齊的「1000000000」數字。

古波藏選了兩張近期的對帳單，將它們重疊，用螢光燈照射。數字的位置有微幅不同。再拿另外兩張測試，結果也是一樣。

「這張對帳單是偽造的。」

「你說什麼！」村井大聲叫道。

與初期的對帳單比較之下，紙質有些微的差別。應該是帳戶餘額的部分剪貼過，再在其他紙上彩色影印出來的。

按著順序查對，偽造的對帳單從一年前就開始了。

「銀行的對口行員是誰？」

「一個叫山之邊貴的傢伙。」村井不快地說。「他還炫耀說，他們家是從萬葉時代傳承下來的名門。」

「這個人也失蹤了嗎？」

村井不置一詞。

「他自己負責的其他帳戶開了個大缺口，」古波藏冷笑，「於是從會長你的帳戶，擅自提出錢來補平，為了不露餡，每個月都偽造了對帳單寄給你。他還真辛苦哩。」

某天，村井突然提出「想用帳戶的存款做擔保，給公司融資」。山之邊找不到理由拒絕，但實際用作擔保的存款，其實已經不在了，所以當然被審查部駁回。

銀行看到村井傳回的偽造對帳單，一定嚇得手足無措吧。這種醜聞如果被揭露，肯定是丟臉至極。不過十億日圓不是個小數字，不可能在不調查原委下，將十億圓補齊。

「那個混帳！」村井咬牙說，「我非殺了他不可！」

「對了，北川康志這個名字，你有沒有印象？」古波藏問。

「那傢伙跑到這裡來，要我在那家爛銀行開戶。」村井忿忿地說。「他說核能技術要出口到巴西，如果在新加坡買那家公司的股票，就可以不扣稅的大賺一筆，胡扯一通！我覺得太荒謬，就把他趕走了。」

這下才終於看到苗頭了。北川與瑞士SG的私人銀行員山之邊合作，到處募集資金投入大神設計的炒作股。

「你的條件是什麼？」村井犀利的眼神直視著古波藏，看來他似乎改變心意了。

「百分之五的成功報酬，一個月內幫你把全額存款送回來。」

「五千萬日幣？別開玩笑了。」村井快速算出金額，露出黃板牙嗤笑一聲。

「付這麼大筆錢給你這種卒仔，像話嗎！」

「順便還附上損害賠償金。這部分的成功報酬是百分之二十。」古波藏再次浮起冷笑。

「請放心，拒絕我的提案，會長的錢有一天還是追得回來，不過，你得等個一兩年，還要付給經手的新加坡律師幾千萬吧。」

「兩千萬怎麼樣？」村井讓步。

「沒得談。我一向抱著不談條件主義。」古波藏站起來。「後續您自己看著辦。」

「慢著。」村井咬牙切齒地瞪著古波藏。「你說的賠償金有多少？」

「這次事件害得你們股價下跌吧？你用這個理由提出損害賠償要求的話，應該有個五億或十億，畢竟這是作為不訴訟的交換條件。」

「如果一個月內錢沒入帳，我一毛都不會給你。」

「那沒關係。」古波藏笑，「順便幫你把山之邊那小子找出來。」

「好啊，你盡管試試。」村井挑釁地說。「不過，你記住，要是膽敢騙我的話，小命就完了。」

一走出民平總公司大樓，便接到情報販子柳來電。

「昨天喝得很開心。好久沒有這樣毫無顧忌地痛快暢飲。」回電時，柳的心情很好。「遇到什麼好事了嗎？」

「姑且決定了一筆五千萬的買賣。」

「這是個好兆頭。」柳還是老樣子，發出鴿子般咕咕的笑聲。

「只不過是順路的跑腿錢。」古波藏說，「對了，你知道村井兼藏這號人物？」

「民平的老闆嗎？他怎麼了？」

「北川也向村井兜售那個投資計畫，結果被拒絕了。」

「那老頭疑心很重，據說就算你把錢堆到他面前，他也不相信你。」柳說。「跟民平打交道可要小心點。若是沒搞好，也會惹到赤目。」

幾年前，民平在關西展店的時候遭到槍彈襲擊。雖然是在打烊後出的事，沒有人受傷，不過因為他們是上市公司，所以也登上媒體版面。

「沒多久，有三個黑道分子在大阪和奈良被殺。兇手還沒有找到，不過，傳說是村井指使赤目去做的。似乎是地方幫派為了房產的權利關係而起了爭執。但是，向民平出手的幫派老大被赤目追到無路可逃，最後只好解散幫派，現在住在特別照護的老人院。」

「你記住要是膽敢騙我的話，小命就完了。」他想起村井的話，看來並不純粹是威脅。

「大神利用北川，在新加坡展開炒股計畫，可是為什麼他要調查我？」古波藏問。

「那是因為你朋友跟那個私人銀行接觸過。」柳回答。「大神的帳戶也出了問題，好像相當著急。」

「原來如此，但是這怎麼會跟赤目扯上關係呢？」

「對了對了，有一件事得通知你，所以才打電話給你的。最近記性變得好差，人真是不能變老。」

柳停了一下，像在吊人胃口。

「據說，赤目也在新加坡的銀行存了大筆款子。那筆錢也消失了。這樣就跟古波藏老弟扯上關係了吧。」

「我可不曉得有這回事。」古波藏回答。

雙方沉默了片刻，然後，柳驀地笑出聲。

「我想你也明白，如果觸怒了赤目，就別想活了。不管是你，還是你朋友。」

柳掛斷電話後，那鴿子般的笑聲仍一直回響在腦海中。

12

十二月中旬的暖日，街頭的耶誕裝飾越來越醒目，休假日的公園充斥著年輕人和全家福。

穿著粉紅色羽絨外套，真琴手中握著枯枝，在草坪上踏著搖搖晃晃的步伐走過來，然後直接撲進紫帆的臂彎，發出咿呀的笑聲。牧島把水壺裡的玉米湯倒進杯裡，喝了一口，拿起午餐盒裡的三明治。

「我再也受不了一直待在家裡，天天應付那些解釋死亡保險金給付條件，或是挑選好墓石方法的電話。在我發瘋之前，快帶我到別的地方去吧。」

紫帆的郵件上這麼寫，所以他們到牧島家附近的公園，消磨下午時光。

微微西斜的太陽，將落盡葉片的樹和草坪的綠襯托得更清晰，牧島瞇細眼睛，展望四周。

第二次世界大戰之後，美軍軍官休閒用的高爾夫球場歸還之後，改建成公園，當時的俱樂部建築完整保留下來，球道和沙坑的痕跡都還清楚可見。

紫帆把嬰兒車塞進瑪塞拉蒂，開著它到牧島的公寓。雖然是牛仔褲配運動鞋的打扮，但所有行頭都是名牌，合身的羽絨外套衣領鑲了真毛皮。以藤和竹編織的野餐籃、午餐盒和水壺全都是進口的。

「牧島，上次你和佑仔不是見過面嗎？」紫帆把穿著有機素材嬰兒服，戴法國製毛線帽的真琴，放在三公尺外的草坪上坐好，回來時她問，「有沒有變得好相處一點？」

「還是老樣子。」牧島回答。「他說跟妳問好。」

「為了這件事，把我們三人又連在一起了，人生真是不可思議。我本以為這輩子再也見不到牧島和佑仔了。」

紫帆和古波藏從同一所國中升到遙望駿河灣的公立高中，高一時，牧島與紫帆同班，是紫帆介紹他們倆認識的。如果沒有紫帆，平凡的牧島連跟古波藏說上話的機會都沒有，當時的古波藏已經是個全校皆知的怪人。

幾乎從來不來上課，對討厭的老師交白卷，相反的，他的數學和物理卻在全國模擬考中得到前十名的高分。高中的校風自由，如果成績夠好，對他的奇言怪行也就睜隻眼閉隻眼了。

「佑仔實現了他自己說的話，成了個有錢人。真了不起。」紫帆哄著真琴說。

高三時，古波藏把升學考試丟在腦後，沉迷於股票投資。當時正是ＩＴ泡沫的前夕，一些證券公司好不容易才開始利用網路進行股票交易。古波藏用父親的駕駛執照開了帳戶，午休時，拿著筆記型電腦到校門旁的公共電話，連接數據機監看行情。偶爾還會在下課時間，用手機直接撥到證券公司下單。

有一次，牧島和紫帆問他，為什麼要做這種事。

「我在努力不用跟笨蛋打交道。」古波藏正色說。流汗工作太可笑，只有金融是經濟效益高的生意。「活在世上多無聊。為了忍耐無聊的人生，我要先把錢賺到。」——想起古波藏的這番話，牧島和紫帆都笑了起來，彷彿回到了高中時光。

位於站前綜合大樓地下室的夜店，是當時他們流連的場所。把便服放進車站的置物櫃，下課之後換上衣服，週末就去跳舞跳到終班車快來前。散場之後，把紫帆送到家是牧島的責任，牧島太平凡，所以得到紫帆父母完全的信賴。

紫帆從那時候起就是眾人矚目的焦點，連大學生或上班族都會對她搭訕。有時遇到糾纏不放的人，他們還在店外打了起來。聽到警車的警笛聲才逃走，三人用公園裡的自來水敷著紅腫的臉，一起捧腹大笑。古波藏那時候，緊抓著對方的胸口，不論怎麼挨打也絕不鬆手。

上大學時，牧島到東京，古波藏在關西，紫帆在家鄉，三人各奔東西，那年是ＩＴ泡沫的頂點，朋友間盛傳古波藏靠股票賺了大錢，也有人說親眼看見古波藏開著金色保時捷載著貌似模特兒的女人。

大三那年暑假，偶爾遇到返鄉的古波藏，問他傳聞的真假，他只說「泡沫崩壞，一切都沒了」，也並不特別顯得懊悔。

就職的第三年，古波藏傳來「換了工作要去歐洲」的郵件。之後，因為公司研習到斯圖加特時曾試著聯絡過，但他沒有回訊。

不知不覺太陽西斜，寒意湧上來。

他和紫帆兩人把野餐墊收拾好，讓真琴坐進嬰兒車蓋好毛毯，剛開始真琴還揮著枯枝玩，但可能玩累了，不一會兒就睡著了。

牧島的家雖有二房二廳，但小房間當作放置書和資料的雜物間，與廚房相連的三坪房間，放了工作桌。沒有放床的空間，所以，晚上他從棉被櫃裡拉出棉被，鋪在工作桌旁睡覺。

真琴躺在折成四折的毛毯上，安穩地發出鼻息。燒著煤油的暖爐讓屋裡溫暖起來，紫帆出去買晚餐的食物。

牧島想不通，自己的房間在昨天以前，只是自己一個人的冷清空間。但是只不過一個孩子睡在裡面，就宛如變成另一個家。捲髮的感覺與厚唇，真琴果然與紫帆十分相像。

真琴醒來，用惺忪的睡眼四周張望時，正好紫帆回來。

幫她換了尿布後，紫帆走到廚房，「我只會簡單的菜，你幫我顧著真琴，我隨便做幾樣。」

牧島坐在暖爐前，只要真琴一靠近來，就輕輕將她推回。孩子可能覺得好玩，發出怪聲一試再試。

「她跟你完全混熟了。」紫帆從廚房對他說。「對了，要在哪兒吃飯？」

平時他把工作桌當成飯桌，所以沒有餐桌之類的設備。他用兩個放了資料的紙箱並排，鋪上野餐墊，做成臨時的餐桌。紫帆俐落地端來馬鈴薯燉肉、涼拌芝麻菠菜和紅燒鰈魚。

她雖然自稱「不太會做菜」，但每一道都很好吃。真琴大概覺得攀住紙箱站著吃飯很有趣，剛開始用湯匙，後來乾脆用手抓，連別人盤裡的東西都放進嘴裡。

「食欲旺盛這一點，簡直跟我一模一樣。」紫帆看著真琴說。「我真替她的未來擔憂。」

吃完晚飯，真琴玩著帶來的布偶，一會兒玩膩了，又往牧島撲去。

「爸爸幾乎不在家裡，沒有人陪她玩，所以覺得稀奇吧。」收拾餐具之間，紫帆說。「看著這副情景，真像一對父女。」

她在杯裡倒了茶，遞了一杯給牧島。

「這還是第一次跟你這樣輕鬆說話。在新加坡的時候，全是意想不到的事，到底怎麼回事，我都弄糊塗了。」

「的確有點像坐雲霄飛車一般。」

與瑞士ＳＧ銀行的愛德華見了面之後，紫帆決定在當地將北川火化，所以牧島到處奔走辦理手續。安排葬儀社、把安置在醫院的遺體領回，送到火葬場，請住在新加坡的日籍僧侶誦經，準備收納遺骨的骨灰罈。在回日本的飛機上，兩人都累癱了，連說話的力氣都沒有。

「牧島，你都不問我的事。」突然紫帆說。

「嗄？」他看著紫帆。

「像是在哪裡認識北川，之類的……」

「欸，這些事……」

「你都不感興趣嗎？」

「也不完全是……」

「我那時是銀座的酒店小姐。」紫帆把它當成飯後甜點般說，「大學畢業，在鄉下的公司工作，當了一陣子老闆的祕書，但是被一個女總管欺負得很慘，實在做不下去，所以只做一年就辭職了。然後我來了東京，在百貨公司賣化妝品，可是只靠這份工作，生活不下去。後來看到酒店小姐的招募廣告，就去探探路。」

一開始，她是在銀座外圍、只有兩三個女招待的小酒館，但二十五歲時，被挖角到一家有名的夜總會。

「酒店小姐外表看來光鮮亮麗，但其實工作的內容只是照著顧客名單打電話，請他們帶同伴來店裡，讓我們服侍而已。想要成為頭牌小姐，就得一年三百六十五天，全年無休重複做這件事。然而不斷有年輕小姐進來，大家都覺得三十歲在眼前時，就該退了。」

真琴在毛毯上翻了個身，睡著了。

「就在那時候遇到了北川。」紫帆哄著真琴，繼續說下去。「他不是個壞人，而且看起來滿有錢的，我想馬馬虎虎就嫁了吧。所以，從一開始就沒有愛情成分。」

真琴睡熟了，紫帆問：「要不要喝一杯？」

牧島從冰箱拿出罐裝啤酒，連同杯子一起拿過來。

「我對北川一直懷著愧疚，因為他為了我，還和以前的老婆離婚，而我卻只為自己盤算。」形式上的乾了杯，喝了口冰啤酒。「現在才知道，跟我結婚的時候，他在新加坡已經有了家，和女人兒子組成三人家庭。知道這件事時，我真的打擊很大、很生氣，但是相反的，心裡也鬆了口氣。」

紫帆看著牧島問：「我說的話很奇怪吧。」

牧島默默地搖頭。

紫帆大波浪的鬈髮沾到嘴角，她補了妝，塗了淡淡的口紅。眉形畫得很美，耳垂戴著鑽石耳環。這種奢華的氛圍，與牧島的窮酸公寓實在不太搭調。

「我只要有真琴就夠了，老實說，北川怎麼樣我都無所謂。」紫帆繼續說，「這樣一來，北川對我也沒有愛，我們只是互相利用彼此而已。想到這裡，心情輕鬆多了。」

大馬路上響起大卡車的煞車聲。等它消失後，又再歸於寂靜。

「在這孩子長大之前，我得好好努力。」看著真琴的睡臉，紫帆低聲自語。「也許只能到超市找一份收銀員的工作，但反正我得找事做。」

北川看起來過著富裕的生活，但銀行的帳戶裡幾乎沒剩多少錢。若是如此，也許國外還有別的帳戶，但目前還沒找到。

國外旅遊保險的死亡保險金，在自殺的狀況下是不給付的。現在仍在等待新加坡警方的調查。可是即使警方以意外事件來處理，保險公司還是有可能依據自己的判斷，不支付保險金。就算收到一定額度的保險金，也不可能完全支應今後的生活開支。所以紫帆說，等一切塵埃落定後，就搬出現在的家，出去找工作。

「牧島，」紫帆目不轉睛地凝視他，「我可以依靠你嗎？」

牧島沉默地點點頭。

紫帆伸出手，將冰冷的手掌疊在牧島的右手上。

第三章　熱帶

13

大英帝國的殖民地時代，湯瑪斯．史坦佛．萊佛士（Thomas Stamford Raffles）在停泊於牙買加外海的商船中出生。一八〇〇年，他十九歲時被聘為東印度公司的職員，二十四歲時公司派他到馬來半島的檳城。萊佛士的使命是打敗荷蘭在東南亞的海上帝國，從孟買灣經過麻六甲海峽、蘇門答臘、爪哇，到新荷蘭（澳洲），建立新的海上帝國。

但是，後來大英帝國把關注的重心從東南亞的霸權，轉移到中國，因為他們發現將印度栽種、製造的鴉片運到清國，交換他們的茶、陶瓷器、絲等，將可獲得莫大的財富。他們需要一個將清奈（譯注：印度東南部的大型都市，緊臨孟加拉灣，為英國殖民者於十七世紀建立）與香港、上海連接起來的「自由貿易」戰略據點，於是在一八一九年，萊佛士在馬來半島的最南端建設了新加坡城。

十九世紀初期的新加坡，是主要由馬來人、爪哇人、印度人、阿拉伯人，以及武吉斯人、望加錫人等印尼群島海洋民族所組成的多民族社會。之後，隨著它發展成鴉片貿易的自由港，許多從事搬貨作業的苦力也從中國群集於此。另外，由於內陸大量開墾胡椒和甘蜜的種植農園，經由三合會、義興會等祕密結社的引薦下，許多來自福建、廣東、潮州、海南島的中國人都渡海來到新加坡。

新加坡直到現在還保留了許多以「建國者」萊佛士冠名的地名或設施，像是萊佛士坊、萊佛士城、萊佛士酒店等。其中萊佛士坊位於新加坡河注入濱海灣的附近，是摩天大樓林立的金融中心。

從金融區沿著河往海的方向走，突然出現一整排多立克式圓柱、宛如希臘神殿般的建築。這棟舊日的郵政總局，現在已全面改裝，重生為高級酒店。

建築內部有著直達屋頂的挑高空間，走進大廳，右手邊是咖啡館，左手邊是餐廳。布置著高聳的觀葉植物的咖啡館裡，牧島慧喝著新加坡司令，無所事事地四處張望。樓間樓的舞廳裡，燕尾服和晚禮服打扮的弦樂四重奏團正在演奏莫札特第十九號。

也許因為是週五夜，雖然已過晚上十點，但三分之一的座位都有人坐。穿著正式服裝的團體從派對中歸來，除了觀光客和情侶外，也有幾個抱著電腦正在工作的商務人士。

牧島無意識地望著飯店咖啡廳裡的人們，回想著在新加坡度過的慌亂五天。明天早上即將搭八點的飛機回日本，所以今天是在這城市的最後一夜。

從電梯走出一個穿著細肩帶迷你洋裝，胸口大大敞開的嬌小女子。金蔥黑絲襪配上豔紅高跟鞋，短髮翹立，華麗的紫色眼影。

周圍的男士不約而同地回過頭去。一開始沒有意識到她是愛麗絲，大眼、陽剛的臉蛋，與金耳環十分相襯。

愛麗絲右手輕輕挽著男人的手臂，男人白襯衫灰領帶，雷朋墨鏡隨意地掛在胸前。

古波藏佑看到牧島，舉起一隻手，替愛麗絲拉開椅子。

「不好意思讓你久等。」古波藏用英文說。「公主陛下的準備稍微花了點時間。」

「討厭。」愛麗絲笑著敲了古波藏的肩。

「漂亮極了呢。」牧島對愛麗絲說。「真像個公主。」

「謝謝。」愛麗絲聽到他這麼說，露出困窘的表情。「古波，這樣絕對不行啦。」

侍者過來，所以愛麗絲點了香檳雞尾酒，古波藏點了百齡罈二十一年份。

愛麗絲打算帶兩人到濱海灣金沙新開的夜總會。那家店是名流聚集的好萊塢夜總會第一次在亞洲開的分店，盛況連日不斷，尤其在週末，年輕人蜂湧而至，想要通過保全人員，必須相當用心在服裝打扮。然而，牧島卻還是POLO衫搭配磨破的牛仔褲、穿舊的破球鞋。

「不試試看怎麼知道嘛。」古波藏嘴角微微一歪，從高中時代，他只要有什麼不順心，就會做出這個表情。「不行的話就找別家店嘛。」

等到夜裡十一點，在飯店前叫了計程車，往金沙駛去。二〇一〇年開業的巨型休閒旅館，與街道夜間賽車的F1一起成為新加坡的觀光亮點。三棟摩天大樓的客房數超過二千五百間，不但在獨立規模上是世界最大的賭場，還附設有會議中心和購物廣場、美術館、劇院。連結三塔屋頂的船隻造型空中庭園，有個無邊水池，池裡的水會向空中流瀉。偶像團體跑過水池的商業廣告，使它在日本成為知名景點。

儘管在半夜，豪華大廳仍然聚集了來自世界各地的住宿客人。穿過飯店樓，通過賭場入口來到地下，則是拱形購物城。從那裡可以通往濱海灣。

沿著船塢造型的散步道，往珊頓道的方向走，有個黑色玻璃鑲成的建築向海灣突出。萬頭鑽動的地方就是夜總會入口。

樓梯前圍著繩索，一身黑衣的槐梧保全人員，把想鑽入的客人推回，只允許打扮時尚的女性通過。男客有近半數都被拒於門外。

「妳不能秀出警察證進去嗎？」古波藏說。

「別開玩笑了。」愛麗絲帶著慍意反嗆，「這裡是新加坡耶，怎麼可能做那種事。」

「那就沒辦法了。」

保全看到牧島，正想說什麼時，古波藏一個箭步插入兩人之間，攬住保全的肩，在他耳邊竊竊私語。保全點點頭，對愛麗絲和牧島做出「進去」的暗號。

「真棒。」愛麗絲一臉驚奇。「你到底對他說了什麼魔法字眼？」

「我怎麼可能懂什麼魔法。」古波藏正經八百地說，「我只是把錢塞進他手裡。」

「剛才的話我就當沒聽見。」愛麗絲拉著古波藏和牧島，往舞廳裡走去。

14

四天前——。星期一早晨到達新加坡的牧島，在飯店辦好入住手續，小睡一陣之後，在九點四十分下樓到大廳。他要與古波藏會合，到中央警署去領取筆記型電腦。

去年十二月，牧島陪著高中同學桐依紫帆來到新加坡，為她的丈夫北川康志收屍。北川從飯店的高樓墜落死亡，但那究竟是意外、自殺，是否有第三者參與，都不清楚。北川在新加坡與姘居的女人及五歲兒子一同生活。事故之後，女人與孩子一起失蹤，警察扣押了北川放在豪宅裡的筆記型電腦作為證物。

牧島回到日本後，一名自稱大和政治研究會代表的猪野忠和要脅他代替紫帆，將那台筆電取回。猪野是人稱「日本的老大」大神辰男的私人祕書，想要取回讓北川操作的資金。

牧島打電話給新加坡專門負責這個案件的刑警愛麗絲王，對方說證物將在年後的一月中旬可以歸還，因此得到紫帆的同意，到新加坡領取。

當牧島決定去新加坡之後，就聯絡了古波藏，但沒告訴他猪野的事。令他驚訝的是，古波藏也因公要去新加坡，而且指定他住在萊佛士坊那棟希臘神殿式的飯店。牧島到櫃台確認時，一晚超過三萬日圓的住宿費，古波藏已經付清了。

而古波藏本人穿著名牌麻質外套，搭配華麗的絲襯衫，頭頂插著薰衣草灰的墨鏡，坐在沙發上翻閱著海峽時報。一看到牧島下來，招呼也沒打，便隨意把報紙往桌上一扔，迅速走向大門口的計程車招呼站。

上午十點到達中央警署，在服務台呼叫愛麗絲。她立刻下來迎接，帶他們到和上次一樣呆板的偵訊室。

愛麗絲端來紙杯咖啡，在兩人面前坐下。黑色褲裝與白襯衫的素雅打扮，看起來像個男孩。烏黑的大眼快速在牧島與古波藏之間來回。

牧島介紹古波藏是高中同學，從事金融工作。古波藏若無其事地與愛麗絲握手，翹起腳來玩著墨鏡。

「就像在電話裡說的，如果有紫帆女士的委任狀，我就可以現場將北川先生的遺物交還給你。」

聽愛麗絲這麼一說，牧島將準備好的文件拿出來。出發前，他與紫帆在六本木見面，讓她簽了字。

愛麗絲查對了委任狀，站起來說「請等一下」，然後拿著放在塑膠袋裡的筆記型電腦回來。

「北川先生在家裡留下的私人物品，只有這件。」

「沒有找到手機嗎？」簽收之後，牧島問了他在意的事。

「手機是搜查時的重要線索，所以我們徹底搜查過了，但是在他家、飯店房間和事件現場都沒有發現。」

「根據紫帆的話，北川不論什麼時候，都會把手機帶在身邊。找不到它，就表示被第三者拿走了。」

「不排除這個可能，現在正在調查中。」愛麗絲給了個官方說法。

「與北川同居的姬姬，和失蹤的私人銀行員山之邊貴的行蹤，已經掌握了嗎？」

「那兩人也在調查中，現在無可奉告。」

「這台筆電的資料中，包含了什麼重要檔案嗎？」

「關於這一點，我無法回答。」愛麗絲冷淡地回答。

「那麼手機號碼呢？」正當愛麗絲準備站起來時，古波藏冷不防打斷。

愛麗絲露出訝異的表情。

「就算手機本身不見，但只要知道號碼，就能從電信公司的數據中調查通聯紀錄才對。」

「我們確實已掌握新加坡手機的通話狀況，可是，北川先生還有日本的手機，那就不在我們的管轄之內，現在正請日本的搜查單位協助。」愛麗絲臉頰泛紅地瞪著古波藏。「對不起，關於搜查的內容，我不能再透露更多。一旦查到了什麼，我們會與紫帆女士的代理人牧島先生說明，今天就此……」

「瑞士SG銀行消失了一千萬美金吧？北川也被牽連到這個麻煩中。」古波藏打斷愛麗絲的話。「那個案子也是由妳處理的嗎？」

「你想說什麼？」愛麗絲不解地問。

「消失的錢是民平公司老闆的財產。」古波藏從內口袋拿出信封放在桌上。「我是這位老闆的委託人，代表他到這裡與銀行談判、拿回存款。如果妳對這件案子沒興趣的話，我就去找MAS（新加坡金融管理局）。」

愛麗絲打開信封，拿出文件，簡單看了一下內容。

「我可以查證一下嗎？」

「請便。」古波藏回答。「上面寫了負責人的名字與電話號碼，不過那家公司沒有人會講英文哦。」

「我們有會說日語的同事，請不用擔心。」

愛麗絲走出房間，牧島質問古波藏：「這究竟是怎麼回事？這件事我怎麼沒聽你說過？」

古波藏指指天花板一角，壓低了聲音說：「這裡正在錄影中，有話晚點說。」

五分鐘之後，愛麗絲回來了。

「我們剛才跟民平法務部通過電話，對方說的確有委請你做這件事。」愛麗絲板著臉說，「所以，你有什麼期望？」

「妳在調查北川的死因吧？我需要與銀行談判的籌碼。」

愛麗絲憤怒地直視古波藏。

「我們互相交換情報如何？妳提供搜查情報給我的話，我就告訴妳我和銀行談判的結果。」

古波藏說。

「知道了又怎樣，對我方有什麼好處嗎？」

「這事件的背後隱藏著更大的謎團。用手機通話紀錄跟我交換它的線索，也太划算了吧。」

愛麗絲沉默了一會兒後說：「這交易我沒興趣，必要的話，我隨時都可以拘留你進行偵問。」

「我很期待哦。」古波藏站起來，「妳能拘留得了我，就試試看吧。」

回到飯店，牧島把古波藏帶到自己房間。

「你太過分了，瞞著我說出那種話。」一進房間，牧島便責問古波藏。

「我如果告訴了你，你就不會帶我去警署了吧。」古波藏打開窗，走到陽台，點了一支萬寶路。

「那還用說嗎。我來這裡是為了紫帆，不是來幫你賺錢。」

「你能幫得了我？我自己的事我自己會做。」古波藏露出冷笑，緩緩地吐出煙。「而且阿慧，你也對我隱瞞了一些事，不是嗎？」

「你什麼意思？」

「一個大男人專程跑到新加坡來領一台筆電，這有點蹊蹺吧。叫那個倔強的女刑警用國際快遞寄到紫帆家不就成了。」

「當然我也問過這一點，但是，那還需要繁雜的書面手續，曠日廢時啊。」牧島申辯道。

「就算是那樣，到底有什麼不方便？」古波藏露出嘲弄的笑意。「紫帆有拜託你盡快取回北川的遺物嗎？」

「沒有，紫帆什麼話也沒說。……」

「既然如此，是誰拜託你的？」

「這一點與你無關吧。還是你認為我欺騙了紫帆？」牧島不自覺放大聲量。

「你不會做欺騙別人的事啦。這一點我比誰都清楚。」古波藏淺笑望著牧島。「你有事隱瞞的時候，總是會像這樣惱羞成怒，跟高一小毛頭的時候一模一樣。」

牧島靜靜地把衣物放進行李箱，行李收拾好之後，右手抱起裝在塑膠袋裡的筆電，對古波藏說：

「這是我代替紫帆領到的物品。我會在為紫帆設想最好的結果下處理它。」

「隨便你。」古波藏坐在椅子上，觀察牧島的行動。「但是，你知道這東西有多危險嗎？如果處理得不好，不只是你自己，說不定連紫帆都會暴露在危險的境地。」

「這種事不用你說，我也知道。所以我要自己確認電腦的內容，再思考該怎麼應對。」

「既然如此，那我教你幾招遊戲的玩法吧。」古波藏歪歪嘴。「糊里糊塗、動作慢半拍的人會最早被淘汰，所以為了活下去，必須學習規則，掌握整個棋子的配置，早別人一步控制遊戲。你做得到嗎？」

牧島瞪著古波藏，一聲不吭地拉著行李箱走出房間。

在櫃台結帳之後，牧島搭地下鐵前往小印度區。因為觀光導覽上寫，那裡是提供背包客廉價房間的集中地。

小印度地如其名，是印度裔居民聚居地。中心地區是座色彩繽紛的印度教寺廟，四周充斥著印度餐廳、賣手工金飾的銀樓、經營辛香料與民族服飾的店。

走出車站，眼前就是個大市場，叫做竹腳中心，一樓是印度料理攤販美食街和食材賣場，二樓打造成購物城。在充滿咖哩、印度香飯、坦都里烤雞和烤肉串令人發嗆的氣味中，牧島買了杯芒果拉西，向只用右手靈巧吃咖哩的老人詢問旅館位置。老人門牙缺了好幾根，他看看牧島膝頭磨破的牛仔褲和行李箱，指著大路的方向：「到鄧洛普街去。」

從典型的印度街走進鄧洛普街，出現時尚的酒吧和網咖，背著巨大背包的歐洲或澳洲客顯得特別突出。還沒到中午，待在酒吧裡全身刺青的年輕白人們，已經舉起啤酒大口暢飲，高聲談笑。

找到幾家廉價民宿，不過所有的單人房都客滿，只剩下統鋪。那兒的人指點他到再開發地區的迷你飯店。

新加坡這幾年因為不動產價格上升，住宿費也跟著大幅調漲。日本觀光客習慣投宿的四星或五星級飯店一晚要價三萬日圓以上。這種高價對貧窮的背包客實在負擔不起。中國城或武吉斯、小印度等鬧區，開始流行便宜買下形同廢墟的殖民地時代建築，再改裝成旅宿設施。

從背包客街稍往前走一點，有一家將殖民地風格的店鋪重新改造的高雅旅館。他進去打聽有沒有空房，對方說如果不介意沒有窗的話，立刻就可入住。由於是將從前的店鋪直接改成客房，隔間配置完全不同。

那是個在雜物間勉強塞入床鋪的小房間，從樓房突出的三角部分，設置了淋浴室和廁所。電視掛在牆上，衣櫃和保險庫在床下，四面雖然都是牆，但是有個小天窗，射進午後的強烈陽光。

牧島解開行囊，把筆電收進保險庫，出去吃午飯。他走回小印度，在一家把餐桌排到走道上的印度料理店，點了雞肉香飯、烤蔬菜咖哩、沙拉和啤酒。店旁邊有個小型的印度寺廟，打赤膊的僧人激烈地敲著銅鑼，在護摩火焰熊熊燃燒中，信徒們全都虔誠專注地向濕婆神或毗濕奴神祈禱。

吃著散發番紅花濃郁香氣的香飯，一面欣賞著這樣的光景。突然，他想跟紫帆說說話。一看時間，下午快三點，與日本時差有一小時，所以還不到傍晚時刻。

打了電話過去，第二次鈴響時，紫帆來接。他告知已到達新加坡，順利地領回北川的電腦。

「謝謝你的幫忙。」紫帆道了謝再問，「什麼時候會回來？」

「我還有一點事要查一查，所以我會在新加坡待到週末吧。」

「別做危險的事哦。」

「別擔心，我不是正義的英雄。」牧島笑。

「我不知為什麼非常擔心，胡思亂想的……」

「騷擾電話又打來了嗎？」

「這部分倒是已經沒有了。」

沉默了一會兒之後，牧島鼓起了勇氣，「我想跟妳商量一下。」

「什麼事？」

「去年，我們來新加坡的時候，不是見了瑞士SG銀行的董事愛德華嗎？如果你同意的話，我想再和他談一談。而且還有房子的問題。」

北川在日本國內沒有任何財產，再這樣下去，紫帆就要面臨身無分文的窘境。如果能賣掉北川在新加坡的不動產，應該會很有幫助。

「我什麼事都不懂，所以交給你決定吧。這麼說也許很不負責任。」

「沒有那回事。我能做的會盡量做。」

「對不起讓你牽連到這些麻煩事。」

「紫帆，這不像妳會說的話。」牧島開朗地說。「而且還可以稍微玩一下偵探遊戲。以前我的生活太單調了，需要一點刺激。」

「欸……」紫帆話到嘴邊又停住了。

「什麼事？」

長久的沉默後，紫帆說：「我等你回來。」

15

晚上六點多，古波藏下樓到大廳，立刻意識到一個嬌小的年輕女子正注視著自己。無袖襯衫搭配薄荷綠的迷你裙，腳上踩著漂亮的高跟涼鞋。

「咦，這麼快就要來逮捕我啦？」古波藏向新加坡刑警愛麗絲王調侃道。「妳怎麼知道我住在這裡？」

「新加坡很小。」愛麗絲回嘴，「我約了朋友在這兒，剛好看到你而已。」

古波藏故意四處張望，「所以，那位約會對象已經回去了嗎？」

「不用你管。」

「我正要去附近的酒吧喝一杯。」古波藏戴上雷朋的墨鏡。「沒事的話，陪我一下？」

「你這算是搭訕嗎？」愛麗絲鼓起雙頰。「別把我當成輕薄的女人。」

古波藏聳聳肩，不管愛麗絲的走了出去。

UOB（大華銀行）或OCBC（華僑銀行）總行所在的金融街，位於駁船碼頭（Boat Quay）一帶，也就是新加坡河流入濱海灣的地方。

Quay是碼頭的意思，以前排滿了馬來半島橡膠和蘇門答臘辛香料卸貨的倉庫和棧橋。現在散步道旁開了一連串義大利式牛排、中式海鮮、印度料理等充滿異國色彩的餐廳。每家店都在河邊設置陽台席。觀光客可以遠眺河上風光，打發時間。

從熱鬧到深夜的河濱第一排旅館街，走進後巷裡，有個體育酒吧聚集的雜亂角落，傍晚五點一過，附近的金融人士都會來這裡喝一杯。儘管是一週之始，店門前手拿啤酒杯的男人幾乎塞到路中央去。

身著坦克背心迷你裙的年輕女子，穿梭在男人間曲意奉承著。讓客人請酒，把錢留在店裡，是她們的工作。

「我們要在這種沒品的地方喝酒？」

古波藏正探頭窺看著瀰漫菸味的酒吧時，跟在後面的愛麗絲突然抓起他的手，跑到馬路上，叫住計程車。

「新加坡還有很多更好的地方，我帶你去。」

從萊佛士坊走中國街南下，越過大馬路後名字變成了俱樂部街。窄小的道路兩旁開了許多高雅的咖啡館和酒吧。到了傍晚成為徒步區時，從商業街流入的客人讓此地熱鬧非凡，是現在新加坡最受歡迎的景點。

「這裡雖然有很多義大利餐廳，不過也有牛排、漢堡、越南菜，再往前走一點也有日式餐廳，你想選哪一家？」

在遠東廣場下了計程車後，愛麗絲指著熱鬧的大街說。雖然太陽才剛下山，但擺在馬路上的桌子已有一半坐了人，穿著西裝的年輕人說說笑笑，一面喝著紅酒或啤酒。

「只要有蘇格蘭威士忌，哪裡都行。」

古波藏冷淡地回應，愛麗絲邁開腳步說：「既然如此，就帶你去我喜歡的店。」

這家店位於道路的中段，來自義大利卡塔尼亞的主廚，做的是正統西西里菜，戶外座位全滿，但愛麗絲叫來認識的店員，請他準備兩個位子。

「這裡做的是義式海鮮，但是燉小牛膝也很好吃。他們最拿手的是披薩，我喜歡鋪了摩札瑞拉、生火腿和芝麻菜的庫契尼。」愛麗絲看著菜單說明。

「喜歡什麼就點什麼吧。」古波藏叫來侍者，問他蘇格蘭威士忌有哪幾種。對方回答只有約翰走路，他點了黑牌大杯和酒後水。愛麗絲則點了一杯白酒。

「警官的工作好玩嗎？」形式上乾了杯之後，古波藏問。

「雖然號稱刑警，但幾乎都是文書工作，每天都在寫文件。」愛麗絲放下酒杯，皺起臉說。「之前我也做過手槍插在腰間，指揮交通之類的工作。我們國家幾乎沒有重大犯罪，所以一次拔槍的機會都沒有。」

「為什麼想當警察呢？」

「新加坡其實是個貧瘠的國家。」愛麗絲說。「絕大多數國土都是熱帶雨林，沒有可種植農作物的土地。電力和瓦斯等無法自己供應，製造業全部轉移到泰國或馬來西亞，所以現在只能靠金融業，以避稅天堂支撐下去。所以，大家爭先取得ＭＢＡ，進入外資公司或大型銀行想辦法累積資歷，如果討厭那種競爭，就只有去當服務生、酒店之花，或是護士，再不然只能當警察了。」

「嗄，所以妳是不得已才去當的嗎？」

「並不是這樣。我很喜歡這個小國家，從小時候就希望能幫助別人。」愛麗絲用烏黑的大眼看著古波藏。「話雖如此，我成為刑警才半年，在署內一直被當成圈外人。」

新加坡原本是大英帝國的殖民地，第二次世界大戰後，獨立成為馬來西亞聯邦的一部分。但是多數派的馬來人體系，與占據南部的華人體系的政治對抗越演越烈，雙方不再有復合的機會，所以一九六五年，新加坡被馬來西亞聯邦驅逐，獨立建國。

「在當時的電視演說中，李光耀哭了，因為他想到只能在這貧瘠小島上生存的人們。」愛麗絲說。「此後，經過了半個世紀，我們變得如此富裕，可以知道這個國家相當拚命。所以，即使聽到別人揶揄新加坡是個『開明的獨裁國家』，新加坡人還是對李光耀的話深信不疑。他的兒子李顯龍雖然聰明能幹，卻沒有父親那種領袖魅力。我想他自己最清楚。」

聊這個話題的期間，陸續上了醋漬沙丁魚、煙燻劍旗魚、義式燉茄子等菜。

「你從事什麼樣的工作呢？」這次輪到愛麗絲問。

「我不適合在組織裡工作，所以接些委託，一個人幹。」

「我第一次遇到討厭公司的日本人。」愛麗絲驚訝地瞪圓眼睛。

「我也是第一次和女刑警一起喝酒。」

「你的工作，很賺錢？」

「算吧。只要不遵守死板板的法律，錢想要多少都不是問題。」

「這種話適合對警察說嗎？」愛麗絲笑問。

「我是個守規矩的市民，警察都應該相信我。」古波藏一臉正經地回答。「尤其是愛喝酒的可愛女生。」

「有件重要的事想問你。」要了第三杯酒之後，愛麗絲對古波藏說。她的眼眶微微泛紅：「明天你要去瑞士SG銀行吧。跟誰見面？」

「一位英國籍的常務董事，叫做愛德華．威廉。」

「果然……」愛麗絲喃喃道，隨即從手提包裡拿出對折的紙。

「這是什麼？」紙上條列了一整排日期和號碼。

「北川手機的通訊紀錄啊。這是搜查資料，千萬別告訴別人是我給你的。」愛麗絲指著最後一行的號碼。「全部都是在新加坡的通話，對象也調查過了。北川死亡那一晚，至少用這支手機打的最後一通電話，對象就是愛德華．威廉。」

「你偵訊過那傢伙了嗎？」

「只靠這一點點材料，沒辦法偵訊。而且銀行是在金融管理局的管轄之下。」愛麗絲嘆了一口氣。「從瑞士的角度來看，新加坡反正只是個二流的地方。連民平那案子，顧客的帳戶不見了一千萬美金，金融管理局也只是接到銀行的報告書便了事。」

「原來如此，所以妳想要我幫你問問？」古波藏笑道。「可是，我為什麼要幫妳做這麼危險的事呢？」

「坦白跟你說，」愛麗絲睜著小鹿般的眼瞳看著古波藏。「上面指示我們，這個案子就當成自殺或意外結案。在我們國家，絕不能有外國人被殺害這樣的犯罪，這會傷了『新加坡最安全』的形象。」

在初步調查中，並沒有發現任何疑似犯罪的證據，所以把北川案交給新手愛麗絲負責。從一開始就決定只要結束形式上的搜查，就以「無調查必要」處理。

「但是，我無法接受這個做法。北川死亡的那一天，瑞士SG銀行的日籍私人銀行員也下落不明。」

「你是說山之邊那傢伙？」

「對。這個人在此地金融業界十分有名，經常開著法拉利到處跑，相當奢侈囂張。山之邊在出事那天早上離境到新山去。調查出國紀錄，發現姬姬——也就是北川在新加坡的女人——帶著兒子離開新加坡，也是相同的時間。」

「他們是一起行動的嗎？」

「很自然就會這麼想，對吧？這兩個人都牽涉到案件裡的話，它就不是單純的意外或自殺，應該有更複雜的背景。」

「你對上面說了嗎？」

「說啦，但他們根本不當一回事。上面的態度是，如果那兩人還在新加坡國內也就罷了，既然已經出境，就與本案無關。」愛麗絲臉頰泛紅。「對他們來說，保住自己的官位，比破案重要。」

「分析北川的筆記型電腦，應該能查出什麼吧？」

「我們好不容易解開了密碼，看到了裡面的資料，但是就只是那樣。」愛麗絲嘲諷地說。

「搜查員裡很少人懂日文，卻又不交給我。」

「不是打電話給民平，用日文向他們查證過嗎？」

「那是騙你的啦。」愛麗絲爽快地說。「毫無預備地突然聽到你提起瑞士SG銀行，我真的大吃一驚，為了掩飾自己的慌張，所以才離席到化妝室去。那時我深思之後，下定了決心。」

愛麗絲說到這裡，頓了一頓。

「金融業是新加坡的經濟根基，北川不明死亡如果發現有瑞士SG銀行的董事牽涉其中，那將會是一大醜聞。所以，我希望能暴露這件事，給那些看不起我的長官一點顏色瞧瞧。你需要與銀行談判的籌碼，既然這樣，我們利害一致，你不覺得我們應該合作嗎？」

古波藏不聲不響地聽完愛麗絲的話，突然伸長右手跨過桌面。

「你的意思我懂了，我沒有意見。」

愛麗絲雖然露出錯愕的神情，但仍然握住他的手。

古波藏叫來經過的侍者，把帳單和信用卡交給他。然後，又對愛麗絲說：「來到新加坡的旅客，不論住在什麼廉價酒店，你們國家的警察都會管嗎？」

「會啊。」愛麗絲訝異地回答。

「既然如此，有件事想請妳調查。」

「什麼？」

古波藏吞下最後一口威士忌。

「幫我找出牧島慧住在哪裡。」

16

床側的桌子上，擺著新加坡警方歸還的北川筆電。日本牌子，約三年前買的。按下開關，跳出密碼的輸入畫面。

牧島暫時關掉電源，在USB插座上插入隨身碟，從外部裝置啟動它。他早猜到可能會這樣，所以準備了駭客用的工具，可以在管理員權限下解除密碼，進入電腦中。

安全系統原本就可以由第三者解除，因為如果設定的密碼大家都打不開，萬一危急時，就無法進入硬碟存取資料了。現在，只要在網路上搜尋一下，這種工具到處都找得到。

牧島從行李箱拿出新的硬碟，經由USB線連接到筆記型電腦。事前，他已經向愛麗絲詢問過北川電腦的品牌和型號，特地到秋葉原買了可相容的硬體。

進入視窗系統後，不碰任何檔案，把其中所有資料都拷貝起來。結束後關掉電腦，然後把也是在秋葉原買的精密螺絲起子組拿出來。

牧島把電腦底蓋拆下，用螺絲起子慎重地取下硬碟，然後換上拷貝的硬碟。

雖說是把數據拷貝下來，但並非所有的資訊都能完全移入。記憶在瀏覽器的快取和密碼等數據，就無法轉拷，遺漏的資料很多。當然，已從原廠硬碟中刪除的數據也無法轉拷。

將新硬碟接到筆電上，再將一個個螺絲旋回去。按下電源，重新設定註冊用的密碼。猪野如果是電腦白痴，應該會相信他原封不動把電腦交還。可能委託哪裡的業者把密碼解除掉吧，但業者只會按指示辦事，不會檢查裡面的狀況。

從猪野向他提議這件事時開始，牧島就想到更換硬碟的主意了。他想親手調查北川的祕密。把北川的電腦恢復原狀，用塑膠袋包好收入保險庫，再從背包拿出自己的電腦，連接原廠硬碟。接下來，他要一一檢查裡面的檔案。

檔案夾中幾乎都是簡報用的powerpoint檔，word和excel檔則是簡報的參考資料。郵件軟體雖已安裝但沒有設定，瀏覽器的紀錄中也沒有顯示使用網路郵件服務的跡象。日常聯絡可能都用手機或其他終端器材吧。

簡報用的檔案有三種，其中之一是介紹新加坡，標題叫做「世界富有階層都集中於本國的原因」。

根據他的簡報，新加坡的平均每人GDP是五萬一千美元，超越日本，是亞洲最高。每六戶就有一戶是金融資產在一億日圓以上的百萬富翁。

新加坡的對手是瑞士和香港，但中國共產黨對香港的影響力不斷增加，而且大陸湧入大量的地下資金，把香港地價炒到非正常的水準，引起投資人疑慮。而長年以金融立國，凌駕世界的瑞士，不僅因為逃稅問題，而不得不向美國提供帳戶名單，也因為歐盟強化執行儲蓄課稅協定，今後歐盟的居民有義務無條件向各國的稅務單位提出帳戶的明細。

亞洲金融風暴之後的二〇〇一年，兼任副總理、財務部長、金融管理局長官的李光耀之子李顯龍，為確保新加坡避稅天堂的優勢，修改了銀行法，使之具有更嚴密的保密條款。在新加坡，向第三者提供銀行帳戶祕密者，最高可罰十二萬五千新加坡幣（約一千萬日圓）或服刑三年，也可能同時處以罰金及服刑。他強調，因此世界各地的富有階層全都湧向僅剩的「稅之樂園」新加坡。

新加坡的魅力在於：治安優良，每年每十萬人的殺人案件數比日本低；全球化教育環境，孩子從小學習英文和中文；醫療水準高，擁有足以與美國匹敵的一流醫院；按照都市計畫，郊外與市區都充滿綠意。

此外，稅賦極其優惠，金融所得包括利息、股息、轉讓所得全部不課稅，也沒有繼承稅或贈與稅。所得稅的最高稅率雖有百分之二十，但沒有地方稅，而且海外所得就算是在新加坡國內領取，也不課稅。法人稅率百分之十七，與香港並列為亞洲最低。另外還設計了各種優惠稅制。多國籍企業若將國際性總公司設於新加坡的話，法人稅率實質等於零。

定居新加坡除了需要工作簽證（employment pass）、創業准證（entre pass）之外，並設有投資人永久居留權制度，只要在新加坡本地的金融機構存入一定額度的存款即可取得，而且沒有滯留義務。但輿論批評這項制度只造成外來人士投資不動產，拉高地價與物價，因而在二〇一二年四月廢止。現在正積極吸引與雇用結合的ＩＴ、金融、醫療、生技、教育等知識產業進入。

移居新加坡的富豪中又以全球性投資人吉姆・羅傑斯（Jim Rogers）最為有名。日本許多投資基金經理人、ＩＴ企業家、大企業的ＣＥＯ等也都將據點轉至星國。死亡的北川康志也是成功人士的代表，並且介紹了多張他與藝人及運動明星的照片。「新加坡是富有階層發展事業和生活的理想環境」是這份簡報的結論。

下一個powerpoint是新加坡私人銀行的簡介，製作者是瑞士ＳＧ銀行的私人銀行員山之邊貴。

簡報中寫道，私人銀行是專門服務存款高於一億日圓之富人的金融機構，不只是存款，它們也負責股票、債券等證券交易。瑞士ＳＧ銀行已有一百年以上的歷史，是瑞士代表性的私人銀行之一，它以堅固的保密性與保守的資產運用，多年來一直獲得顧客的信任。

接著山之邊說明，為什麼日本的富人要在新加坡的私人銀行開戶。看到山之邊的特寫照，發現他三十五、六歲已頭髮稀薄，宛如爬蟲類的臉頰，蒼白得猶如抹了白粉。

山之邊解釋，在新加坡，除了金融所得不課稅之外，法人設立容易，在加勒比海的開曼或在ＢＶＩ設立的基金、信託、法人等的帳戶，也都可以帶入新加坡的金融機構。

接著他介紹了兩個方案，教人們如何活用在新加坡開立的帳戶。

一是將儲存在新加坡法人的資金作為資本，融資給日本的法人，藉此可以將貸款的利息，合法地從日本轉移到新加坡。

另一點是在國外買賣日本市場之股票的方法。透過新加坡的瑞士SG證券，不僅可以在東證和大證交易，連JASDAQ和創業板等新興市場的股票，也能用一支電話完成買賣。另外也可以在銀行存款的擔保下做信用交易。

投資人的下單，由瑞士SG證券傳送到日本合作的證券公司。但是日本的證券公司只知道是從新加坡下的單，無法知道其背後的投資人姓名。若是被視為可疑交易，證交所雖然也會要求公開資訊，但此時出示的公司都是開曼或BVI的基金或法人，要了解真相有其困難。在powerpoint的說明上，還用說話框強調「完美的保密性」。

第三個簡報，是對投資人介紹投資基金。

第一頁，從站在科科瓦多山頂、張開雙臂的基督像，映照出里約熱內盧的街景，上面大大寫著「二〇一四年巴西世界盃、二〇一六年里約熱內盧奧運」。

第二頁說明巴西經濟的驚人成長，與伴隨而來的能源問題。既然因為地球暖化問題，不能再仰賴化石燃料，巴西今後計畫加快腳步，進行核電廠的建設。

相對的，日本政府將核能的出口視為全力推展的「國家政策」，當時執政的民自黨祕書長大神辰男帶領國會議員和經濟團體訪問巴西，與礦業能源部長、核電廠預定地的地方政府首長、國營電力公司的主管等積極會談。連個子矮小粗壯的大神滿面笑意與巴西政經要人合照的照片，都附在簡報中。

北川的投資基金，為配合核能出口巴西，投資了東芝、日立、三菱重工等日本的核能概念股。但是投資資金的八成以上又都轉向另一個從未聽過的顧問公司「日伯通商」。日伯通商在東證二部上市，據說在大神辰男使力之下，獲得了出口核能到巴西的獨占權利。

牧島查了一下這份powerpoint製作的日期，註明是「03/16/10」。二〇一〇年三月十六日，日本東北大地震的一年前。

牧島把其他的檔案也一一打開，幾乎都是簡報資料，但是其中摻入了一個性質不同的檔案。它看起來只是尋常的純文字檔，裡面羅列著「miyazaki 100, Hiroshima 150……」等片假名和數字。

牧島思考了一會兒，閃過一個靈感，莫非這是大神屬下的政客們支付的政治獻金明細？都道府縣名是政治人物所屬的地方，數字則是金額。一想到此，他重新再看了一次，同一縣有兩位以上時，就以類似選區的數字來區別，像是「fukushima 1」「fukushima 3」等。

猪野想找的就是這個檔案吧？但是就這麼一張簡簡單單的紙，恐怕無法成為任何證據。

牧島打開桌面的資源回收筒，所有資料都已刪除，空白一片。

平常人不會頻繁地清空垃圾，北川因為某個緣故，打算把這電腦裡不利的資料刪除，但偏偏只有一個檔忘了刪嗎？——

思考這些問題之間，不知不覺已經過了半夜三點。牧島倒在床上，和衣就此睡著。

手機鈴聲喚醒了他，一看枕邊的時鐘，正是上午快八點。

「還在睡哦？我把你吵醒了吧。」是大和政治研究會的猪野忠和。「我只是想問問，那台筆電拿到了沒有。」

「昨天到警署去拿回來了。」牧島半睡半醒地回答。

「你這樣做很不上道哦。拿到了怎麼不馬上打電話聯絡呢，害我擔心死了。」

「對不起，因為有很多雜事要忙……」他找了個藉口。「等會兒我就去郵局，用國際快遞送回去。快的話後天，最遲星期五也會送到你手上。」

「是嗎，你可要說到做到哦。」猪野不愉快地說，「什麼事都出問題，老闆發了一頓脾氣，糟糕透了。我們付了錢，可不是讓你去觀光旅行咧。」

掛斷電話，他突然察覺這電話也來得太巧。當然，他已告知猪野到新加坡的時間，所以他打電話來確認也很正常，但是上次他和紫帆來時，猪野曾派人全程跟蹤，這次會不會也做同樣的事呢？

洗了澡，過了九點後，他離開飯店。看了地圖，從小印度到武吉斯途中的購物城裡好像有個郵局。

儘管還是上午，外面已像蒸氣浴一般熱。他回了幾次頭，但都沒有被人跟蹤的跡象。

走到郵局時已汗如雨下，然後把換了硬碟的北川電腦用國際快遞寄到猪野的事務所。為求謹慎，他又打了電話把收據號碼告訴猪野。猪野可能正在忙，聽了只說：「哦，這樣，辛苦了。」就匆忙掛掉電話。

如果小印度是印度裔居民的生活區，相距不到一公里的武吉斯則是阿拉伯裔的大本營。蘇丹清真寺周邊聚集了土耳其料理或黎巴嫩料理店，一整天都擠滿了熱鬧的觀光客。到了近年，外側的哈芝巷與巴格達街陸續開起了高雅時尚的酒館和咖啡店。

牧島走進其中一家，喝了一杯咖啡，往武吉斯車站搭地下鐵。

在中國城站下了車，經過攤販林立的巴格達街時，突然出現一幢五彩繽紛的印度寺廟，它是新加坡最古老的馬里安曼興都廟，英國殖民時代初期，這一帶印度裔居民留下的遺跡。早上陽光還十分火辣，但不知何時整片天空已是烏雲密布。

這間辦公室位在印度寺廟對面某雜居大樓的三樓。從對講機告知來意後，一個年輕人來開了門。他戴著厚如牛奶瓶底的眼鏡，穿著涼鞋，內褲在運動褲邊若隱若現。

「我想復原這個。」牧島從背包拿出硬碟。

即使在軟體裡刪除的檔案，也會以電子數據的形式留存在硬碟中。只要使用特殊的方法就能將該數據還原。他知道有些專門以此為生的業者，心想也許用這個方法，可以將北川刪除的重要檔案復活，所以從網路上搜尋到這家公司。

年輕男子聽了牧島的話，拿了一張紙來。

「我想你也知道，刪除檔案的時候，有時候會破壞數據本身。若是到那種程度，不論我們怎麼做，也無法復原。此外，雖然很少見，但是電腦作業時，硬碟也有可能損傷，若出現這種狀況，我們將不負任何責任。這是免責條件。」

牧島在文件上簽了字，付了四百坡幣的訂金（約三萬日圓）。男子寫了收據後說，「現在正好有時間，我馬上就會開始工作。如果順利的話，傍晚就能結束作業，到時我打電話給你。」然後抄下牧島的手機號碼。

走出辦公室，外面已下起傾盆大雨。站在大樓入口觀望了一陣子，但雨並沒有轉小的跡象，所以等到信號燈號轉變，快跑通過馬路，跑進最近的一家中華餐廳。僅僅幾分鐘，他已經全身濕透。店裡的女孩笑臉盈盈地拿了毛巾給他。

雖然有點早，就當吃午飯吧。他點了啤酒、海南雞飯、蛋炒青蚵等菜。雞飯是新加坡的代表性地方美食，在雞架湯煮好的飯上鋪一排蒸熟的雞肉，蛋炒青蚵則是把生蚵放在蛋衣上翻炒，算是潮州菜中的必點菜色。

滂沱大雨宛如缸底破了洞般，飛濺的雨沫成了水霧瀰漫在店內。小巷子立刻成了溪流，外面已無行人蹤影。牧島喝著啤酒，茫然注視著大雨中的景象。

無意識地拿起手機，發現紫帆發來了郵件。他回撥電話。

「對不起，你在忙還打擾你。我只是想看看你在幹嘛。」紫帆立刻接了電話。

「剛才突然一陣大雨，我現在躲在中華餐廳裡喝著啤酒等雨停。大概再三十分鐘吧。」牧島說。「所以現在很閒。我在這裡要處理的事大致都有了眉目。」

「新加坡嗎？好像有點懷念呢。」紫帆笑道。「不過一個月前還和你在那裡度過，好像做夢一般，一點現實感都沒有。」

「我也是。」

這時雷聲轟然響起。

「剛才在打雷嗎？」紫帆驚呼道。

剎那間，整個天空亮起，閃電擊中摩天大樓的避雷針。店裡的女孩趕緊放下塑膠簾幕。馬路上的水開始流進店裡，浸濕了地板。

「好大的雨哦。」牧島解釋四周的狀況。

「就像世界末日一樣？」紫帆問。

兩人之間沉默下來。

「最近，我一直在想你。」紫帆無預警地說。「我覺得自己真像個笨蛋。」

牧島胸口有些發疼。

「週末就回去了。到機場給妳電話。」

接著，他們說著東京的天氣啦、真琴的狀況等不著邊際的話。

和紫帆通話之間，牧島升起微微的罪惡感。他沒有告訴紫帆古波藏也來新加坡了，還有從猪野那裡收了錢，把北川的電腦寄回去的事。

17

清晨六點，古波藏從床上注視著愛麗絲赤裸的輪廓。房間是雙層式套房，下層有寬敞的陽台和客廳，上層是臥室。

床邊的燈亮了。

愛麗絲驚慌地用床單包住身體，看向古波藏。「對不起，把你吵醒了？」

「妳起得很早嘛。」古波藏立起靠墊，坐直上半身。

「我得先回家換衣服，若是被人發現跟昨天穿一樣的衣服上班就不好了。」

「不論哪裡都一樣。」古波藏笑。

「你今天要去瑞士SG銀行見愛德華吧？」愛麗絲在平胸戴上胸罩問道：「之後能不能告訴我你們說了什麼？」

「我答應妳。下午打電話給妳。」古波藏回答完之後，又問：「妳知道這條路可能有危險？」

「為什麼？」

「民平帳戶中消失的一千萬美金只是冰山的一角，據說北川手上操作的資金有十億美金，接下來將會有層出不窮的麻煩。」

「若不如此就不好玩了。」愛麗絲的眼中閃著星輝。「不論怎麼樣，我都要破這個案子。」

古波藏沒有說話。

換好衣服之後，愛麗絲收起笑臉問道：「喂，你是不是認為，我是在算計你，才在這裡睡一晚？為了從你身上得到搜查情報？」

「我們之間，除了算計之外，還存在什麼嗎？」

「別說得那麼難聽嘛。」愛麗絲的臉上浮起紅暈。「確實，透過你可以和瑞士SG銀行接觸是個很大的吸引力。但是，我不想讓你誤會，我是為了這個緣故才跟你上床。」

「那麼，妳為何跟我睡？」

「我自己也覺得很奇妙。第一次見到你的時候，就覺得『跟這個人上床應該不錯』。」

「我也是。」

「真的嗎？」愛麗絲露出玫瑰般的笑容。「你真會騙人。」

接著又問：「我該怎麼叫你？阿佑？還是，你有別的小名？」

「妳愛怎麼叫就怎麼叫。」古波藏不感興趣地回答。「阿慧叫我古波。」

「阿慧是指牧島先生？」

「嗯。」

「古波很棒啊，那以後我也這麼叫你。」

愛麗絲拉開窗簾，從窗子探出身體，就著這姿勢感受清晨的風，然後回過頭對古波藏大大地嘆了一口氣，「早知道就帶泳衣來了。」

這家飯店有個可一覽萊佛士坊金融街的絕佳泳池，愛麗絲一直夢想著，有一天能在這裡享受片刻晨光。

「這有什麼難的，妳今天再住一晚不就行了。」

「真的可以嗎！」愛麗絲歡聲叫道。

「反正住宿費都一樣。」

「我好像有點喜歡你了耶。」

愛麗絲跳到床上，帶著甜香的唇壓在古波藏的嘴上。

上午十一點，古波藏來到萊佛士坊辦公大樓裡的瑞士SG銀行豪華接待室。在新加坡，冠上萊佛士之名的地方和設施有好幾個，但這裡是新加坡河北岸行政區中最高的建築，站在高樓層可以將濱海灣的點點船影和南中國海收進眼簾。

穿著迷你短裙的女子送了咖啡進來，彷彿這是洋人聚集的夜店。咖啡旁附了一塊瑞士巧克力，上面印有銀行的徽章。

過了五分多鐘，金髮頎長的男子帶著戴銀框眼鏡的年輕人進來。兩人穿著合身帥氣的三件式深色西裝。

「很榮幸見到你。」常務董事愛德華．威廉與古波藏握手，將年輕人介紹給他：「他是法務部的麥西米連．布修包姆。」

「請叫我麥斯就行了。」年輕人用德國腔很重的英語寒暄。

愛德華開始說話前，先帶古波藏到窗邊。

「F1一決定開賽，我們就會借用這個辦公室。那裡是髮夾彎（編按：是指道路路線彎曲如髮夾。在賽車道常常刻意設計髮夾彎，以檢驗賽車手的轉彎能力）。」愛德華指著正下方的十字路口。再開發的海灣坊，每年九月都會成為公路賽車道。「F1的時候，我們會在這裡準備外燴，招待合作良好的顧客。從貴賓席觀看賽車是至高的享受。今年，請古波藏先生務必蒞臨觀賞。」

古波藏沒有回答，凝目注視了愛德華一眼，默默地回到座位。麥斯雖然顯得不知所措，但愛德華依然老神在在，不動如山地繞過桌子就座。這中間，已送來用威其伍德茶壺泡好的紅茶與牛奶。

愛德華慎重地提起茶壺，在茶杯裡倒入紅茶，加半匙砂糖，充分與牛奶拌勻。表情雖然很平靜，但冰冷的藍眼珠裡透出警戒的神色。

「如電話中所說，我今天來，是為了領回民平村井兼藏帳戶裡消失的一千萬美金。」古波藏開門見山進入主題。「這是他本人寫的委任書。」

愛德華簡略瀏覽過古波藏從提包中取出的文件，交給坐在隔壁的麥斯。法務部的麥斯仔細閱過文件，得到允許去影印。

「根據我們的調查，你既是村井兼藏的代理人，又是北川康志夫人紫帆女士的高中同學。真是奇妙的巧合。」愛德華優雅地端起茶杯，閉上眼睛品味著紅茶。

「這完全不是巧合。」古波藏笑了。「你在萊佛士酒店與紫帆、牧島慧見面，當時，牧島打電話來找我商量。後來我讀到貴銀行資金下落不明的新聞報導，於是與村井見了面。對了，你怎麼知道紫帆和我是高中同學？」

「調查也是我們的工作之一。」愛德華語氣平靜地回答，臉上雖然展開笑顏，但藍眼珠依然凍結。

麥斯拿了影本回來，將原版還給古波藏，坐下來打開電腦。愛德華確認之後，開了口。

「對於村井兼藏先生的帳戶發生未預料的問題，我們深感遺憾。我們已透過律師，誠懇地與村井先生洽談過。這次又指定您作為他的代理人，所以我希望能同樣地以誠懇、慎重的態度……」

「自吹自擂只是浪費時間，所以我先把我們的要求提出來。」古波藏打斷愛德華的話。

「村井大爺這次非常震怒。他承諾股東買回自家的股票，結果跳了票，導致股價下跌。因此，除了你們擅自提出的一千萬美元之外，另外追加損害賠償一千萬美元，合計共兩千萬美元。麻煩在一星期內匯入我方指定的帳戶。」

「這個提議太突然了……」愛德華露出困惑的臉。

「如果貴方不願意也沒關係。」古波藏爽快答道，「你們的私人銀行員山之邊，將剪貼過的對帳單寄給了村井對吧。我會把這件事連同證據一起，送到金融時報或華爾街日報去。瑞士私人銀行一向講求信用第一，這次事件可說是空前的大醜聞。到時候會引發什麼騷動，值得期待。」

「你這種說話方式，可以視為威脅吧。」法務部的麥斯用強烈口氣警告。

「我沒有威脅你們。這是個善意的提議。」古波藏把目光轉向臉頰僵硬的麥斯。「如果你們不樂意我把消息放給媒體，那麼我也可以把它當成證據，提起損害賠償的官司。如果判決認定你們的對帳單是偽造的話，對你們視為性命的信譽，可能不太好。」

愛德華思考了一會兒之後說：「但是再怎麼說，兩千萬美金也太……」

「請別誤會，我不是來商量的。」古波藏放出冷箭般說，「這是最終報價，沒有談判的餘地。但是，當然，你們有選擇的自由。」

「假設我們同意的話，你能保證不將那些證據文件做不當的使用嗎？」

「關於這一點，你們不是最擅長寫合約嗎？只要做一份『不遵守約定就會吃苦頭』的合約，去向村井大爺說明就行啦。」

「我明白了。」愛德華誇張地嘆了一口氣。「但是，我沒法現在就答應你。這個問題對我公司也非常重要，我必須向瑞士總公司確定意向。」

「這沒問題，但是不能等太久。下週一我要回報結果。」

「那麼，我們會在這個星期內努力給你回答。」

「回答只要yes或no就行。我腦袋不好，太長的話記不起來。」

不知不覺間，窗外的天色已如同傍晚。沉重的厚雲遮蔽了天空，是暴風雨的前兆。

「既然難得有機會來了，我就順便問一下。」古波藏改變話題。「你去年底與紫帆和牧島見面時，曾告訴他們，如果不對外洩露這個案件的相關內情，就把一千萬美金的借款一筆勾銷，而且還奉上價值兩百萬美金的豪宅是嗎？」

愛德華的眼中再次露出警戒。

「那麼大費周章想要保護的祕密究竟是什麼？一開始我還以為是民平的事。但他們是上市公司，按照交易所的規定，必須告知放棄收購自家股票的原因。這些狀況你們應該一開始就知道了，所以，你們想隱瞞的是什麼？」

「我不懂你這話是什麼意思。……」

「不只是民平，你們是不是還有個更難處理的麻煩？」

「你到底在說什麼！」愛德華的表情明顯改變了。

「也罷。既然你不願意說，我就只好自己隨便調查嘍。」

「你想怎麼做當然是你的自由……但是，」愛德華摘下了剛才紳士的面具，毫不掩飾不愉快的表情。「如果那行動是違法的，或是對我銀行造成了損害，我們將保留行使正當報復的權利。」

乍然間，窗外閃過一道光，即使隔著厚玻璃窗，也清楚地聽見接下來的轟然巨大雷聲。

「死去的北川康志和山之邊合作，用出口核能等相當於詐欺的說詞在募集資金。」古波藏置若未聞地說下去。「籌畫這一切的是一個叫大神辰男的政治人物，大神的帳戶也在這家銀行。」

愛德華雖然力圖鎮靜，但是法務部的麥斯已明顯緊張起來。看來是說中了。「那個戶頭是不是也出了問題？」古波藏看著麥斯。後者緊張得嘴唇痙攣。「北川帶進來的可疑顧客不只是政治人物，據我打聽的消息，連黑道分子也在你們的銀行開戶，他因為資金消失現在正大發雷霆，此人還是被ＦＢＩ指定為國際犯罪組織的大罪犯。」

「這些話我還是第一次聽說。」愛德華瞪大雙眼，驚愕的表情看起來不像做戲。

「你這情報確實嗎？」麥斯提高了聲量。在近年絕對服從法律的金融界，是絕不會與反社會組織沾上關係的。一旦確認有黑道分子的帳戶，必須立即回報總公司，將帳戶凍結。

「這部分你們應該自己調查吧。」古波藏冷笑。「北川和山之邊搞丟的應該不只一千萬美金吧。」

「那只不過是你的推測。」愛德華拿著茶杯的手變得蒼白。

豆大的雨敲打在窗玻璃，陰暗的天空恐怖地閃著光，雷聲轟鳴。濱海灣金沙和萊佛士坊的摩天高樓區現在都隱沒在雲霧間。

古波藏瞄了一眼手錶，「今天我只是先來打聲招呼。」隨即站起。愛德華露骨地改變了先前的態度，像怕摸到什麼髒東西般只用手指握手。

「對了，北川死去那天，你跟他通過電話吧。他最後跟你說了什麼？」臨別前古波藏問。

帶著敷衍笑意的愛德華，整張臉霎時僵住。

「你怎麼會……」好不容易才擠出這句話。

「解決問題是我的生財方式，所以有必要調查。」古波藏把手放在愛德華肩上。「有困難的時候跟我聯絡，我會跟你談談。」

乘電梯到一樓，大門前人山人海。傾盆大雨使得計程車招呼站排成了長龍。古波藏放棄等待，走到大廈後面的酒館。

才剛過正午，店裡約有三分之一的位子坐滿。新加坡的午餐時間是從十二點半到兩點，接下來將會擠滿了人。

避開冷氣太強的室內，他選了陽台。雷雨雲似乎已經過去，但雨水還是像瀑布般從篷架直瀉而下。古波藏點了通心麵和咖啡組。

吃完煮太爛的茄汁通心麵，雨已經停了，西邊天空中晴空從雲縫間透出來。拿出手機，古波藏撥了愛麗絲的電話。

「我見完瑞士SG銀行的愛德華了，跟北川通過電話的事狠狠擊中他。」

「是嗎？今晚再慢慢聽你說。我可能會晚一點，但一定會過去。」感覺愛麗絲似乎有口無心。

「發生什麼事了嗎？」

「今天早上突然被署長叫去，叫我開一個搜查總部。」

「妳不是說北川的事件要以自殺或意外偵結嗎？」

「對呀，所以署長自己好像也搞不清楚狀況。是更高層的長官決定的。等一下我還要和署長一起到新鳳凰公園的警察總部去。」

只說了大概，愛麗絲輕聲低喃著「愛你喲」便掛了電話。

與愛麗絲通完話後，古波藏又打電話給情報販子柳。

「那邊距離赤道近，所以還很熱吧。」柳突然嘆了一口氣。「今年據說是異常寒流的影響，山谷那一帶每天都有人凍死啊。」

「我們這兒就像在泡三溫暖。」古波藏用餐巾擦去脖子的汗。「相反的，大樓裡冷得像冰庫，大家都穿著冬裝在工作。」

「我只待過寒冷的國家，所以只有羨慕的份兒。」柳又嘆氣。「工作方面怎麼樣？」他問。

「兩百五十萬美金，可能本週內會決定吧。」

「二億五千萬圓嗎？真有你的。」柳笑道。「我也想沾點你的財氣。」

「這沒什麼。好玩的還在後面。」古波藏冷淡回道，又問大神周邊有沒有什麼動靜。

「有那麼點跡象出來嘍。」柳喜孜孜地說。「全是特搜（譯注：日本檢察廳的特別搜查部）已經出動的傳聞。媒體好像也嗅到氣味了，一直跑來我這裡打聽。不過我通通都一問三不知。」

「特搜？以什麼嫌疑？」

「反正就是逃稅。此外就是收賄或違反政治獻金規正法，他們一向的老路數。」

「馬上要立案調查了嗎？」

「應該不至於吧。只是剛開始而已，還沒有決定哪一條線才是命脈。」

「既然如此還有時間，如果現在日本已經喧嚷起來，對我們就不利了。」古波藏說完改變了話題，「赤目那邊怎麼樣？」

「資金不見那件事嗎？」柳抽筋似地咯咯笑了起來。「那可真是嚇壞人。他的錢比民平老闆的金額多一位數，現在不見了一半。」

多一位數的話，就表示赤目在瑞士SG銀行存了一百億日圓以上。北川未經許可提出的資金有五十億，足夠引起大風波了。

「最近的黑道也走國際路線，流行把在日本賺的錢拿到海外運用。赤目好像在東南亞各地擁有不少房地產，但這次全都被吞掉了。」說到這裡，柳壓低了聲音。「這樣下去的話，一定有人會完蛋。古波藏老弟，你別太接近暴風眼。」

18

下午五點多，接到「數據復原了一部分」的電話。牧島才剛回到小印度的民宿，換下濕透的衣服，但他告知對方，立刻就去拿。地下鐵坐三站到中國城，花了三十分鐘到達辦公室。

「勉強復原的資料全都存在這裡。」戴著牛奶瓶底眼鏡的小伙子，把掛在鑰匙圈上的USB隨身碟和硬碟交給牧島。「完全破壞的部分，我也沒辦法，所以就沒去動它。如果沒有找到需要的檔案，只好再找其他業者試試。不過我想找誰來試，結果都差不多。」

道了謝離開辦公室。天空一片晴朗，方才的大雨宛如一場夢。馬路上到處都是水窪。

走進附近的咖啡館，將USB隨身碟接上電腦。

復原的資料，九成都是簡報用的powerpoint檔的舊版本，或佐證的資料。但是其中有一個奇妙的CSV檔。

那是數字與字母連續排列的數據。

090817 85431654362 USD86500 85409734878

牧島小聲地唸出這些數據，想到USD是美金的代號。如果是這樣，這會不會是八萬六千五百美元從某個帳戶匯入另一個帳戶的意思呢？

130425 3008888888 USD100000 BKTRUS33 NWBKGB2L 16359847

也有這種型態的數據，似乎是匯了十萬美元。除此之外看不出它還有其他意義。

突然，店外傳來一陣歡呼。探頭看看發生了什麼事，原來剛剛染紅的天空出現了一道漂亮的彩虹。

趁此時機，牧島收拾了東西走出店外。街上各處的人全都仰頭看天，欣賞著摩天大樓街突然出現的巨大七色拱橋。牧島漫無目的朝著彩虹前進。

穿過金融街，來到濱海灣的散步道，此時太陽已幾乎沉落，街燈開始點亮。

面向港口的海關大樓，是從前海關警署改裝的餐飲大樓，有泰式、墨西哥等美食店進駐。隔壁是嶄新的富麗敦海灣酒店，再隔壁是外灘一號餐廳。隨著再開發計畫，封閉的紅燈碼頭改裝成懷舊情調的中式餐廳，重塑一九二〇年代有東方巴黎和魔都之稱的上海氣氛。從那兒再往前走，就來到餐廳櫛比鱗次的海灣區，最末端便是魚尾獅像。隔著馬路的對岸，可以看到古波藏下榻的希臘神殿式飯店。

牧島想起了昨天的口角。

古波藏的確瞞著牧島，代表民平來到新加坡。但是牧島也沒把從猪野那兒收到一百萬訂金，並預告三百萬報酬的事告訴古波藏。而且儘管他是紫帆的代理人，但他也沒把這件事告訴紫帆。他換了硬碟想解開北川死亡之謎，但這根本算不上藉口。

古波藏從一開始就察覺到牧島的祕密，如果對方說「彼此彼此」的話，牧島也無話可說。

高中時代，古波藏就常常有出人意表的行徑，讓牧島口瞪目呆。性格內向、不擅交際的牧島幾乎沒有朋友，也總是被古波藏和紫帆耍著玩，但兩人從來沒有背叛過他。而現在利用兩人的，不就是自己嗎？

大學畢業進入社會，牧島總覺得在組織中沒有容身之所。在越南的合作工廠的建構工作很有意義，但在國外，日本籍同事之間的關係太親密，也令他快要窒息。牧島不知不覺和合作的荷蘭人在一起的時間反而更多，在日本同事之間獨來獨往。而在與日本人相處的時候，看不起越南員工，把他們當成笑話也令他不快。

在印尼的任務是獨立建立工廠。人說，就因為他拒絕了這份工作，所以斷了二十幾歲就能飛黃騰達之路。回到日本約一年後，辭去了工作，沒日沒夜地接起了翻譯工作，但年收入不滿三百萬日圓，從社會一般的眼光來看，牧島明顯成了日本社會的落伍者。

在長久抑鬱憋屈的日子裡，突然接到了紫帆的電話，牧島彷彿這才感覺自己還活在人世。紫帆的不幸，成了牧島從天上掉下來的僥倖。

回神一看，四周已經暗下來。他想繞到古波藏那兒去，但又不知該從何說起。想打電話給紫帆，但不知為何有些畏怯。

看看手機，晚上七點。

從牛仔褲的口袋裡拿出皮夾，找到名片。

打了代表號，但傳出已是下班時間的錄音回答，他又試打了直撥電話，電話響了很久，沒有人接。正想放棄的時候，終於有個年輕人接了起來。牧島告知自己的目的，請他轉接。

「找我有什麼事嗎？」瑞士SG銀行的愛德華．威廉用冷冷的口吻問道。

他說，自己以紫帆代理人的身分來到新加坡，想就北川的事再見一次面。

「我知道你在本地，不過那件事已經結束，現在再談也沒有用。」愛德華不留情面地說。人說沒有台階可下就是這種狀況。

如果就此掛掉電話，一切就結束了，他必須想點辦法讓話題持續下去。牧島一急，脫口就說：「北川的電腦，我從警方那裡領回了。那裡面留了一些奇妙的數據。」

「奇妙的數據？」愛德華露出了興趣。

「從854開始的十一位數數字、貨幣的種類、貌似金額的數字、八個字母與數字的組合。看起來很像是什麼匯款紀錄，那樣的數據有將近一千筆。」

「一千筆!?」愛德華發出驚呼。「你是說那些數據在你手上？」

「是的。目前只有我知道。這不能成為我們見面的理由嗎？」

愛德華沉默了片刻，「關於這一點，我會再與你聯絡。」說完，他向牧島問明了手機號碼。

打完電話，牧島大大吐了一口氣。然後坐在長椅，良久注視著絢爛輝煌的新加坡夜景。

19

在萊佛士城的酒館裡消磨時間時雨停了，所以古波藏叫了計程車回到飯店。一走進房間，發現電話在響。

「我從上午就打了無數通電話想聯絡上你，還好你終於回來了。很抱歉冒昧打電話到你手機，」男子鄭重道歉，「我是東京地檢特搜部的榊原昭彥。」

這位榊原檢察官不只古波藏下榻的飯店，連他的手機號碼也知道。

「我原以為你會住萊佛士或是麗晶，但都沒有你的下落，只好把新加坡所有五星飯店的電話全都打去問。難得你選了一家這麼素雅的飯店。」榊原的聲音很年輕，大約三十歲上下。

「特搜的檢察官找我有什麼貴幹？」古波藏開口道。

「我希望能與你見一面，讓我可以當面說明一下。」榊原依然是太周到的口氣。

「算是偵訊嗎？」

「不敢不敢。」榊原趕緊回道。「這裡不是日本的管轄地區，我們什麼權限都沒有，純粹是我的請求。」

說到這裡，稍微停頓，「而且……」然後又繼續說，「關於古波藏先生現在經手的工作，我猜也許彼此可以交換有利的情報。」

榊原指定的地點，是日本大使館附近的烏節路的四季餐廳。

古波藏走進一樓大廳的酒吧間，坐在屋外陽台的年輕男子輕輕地舉起手。他曬得黝黑，一身筆挺的銀灰色西裝，頭髮做了挑染，若是沒有別著徽章，完全看不出是檢察官。

「讓您特地走一趟不好意思。」榊原立正向他行禮，請古波藏就座。

「我想請你到大使館太小題大作了，所以就約在這裡。若是午飯用餐的話，烏節飯店的霍爾庭或是香格里拉的灘萬都還不錯，不過大馬路旁的飯店觀光客多，找不到適合的酒吧。這裡從烏節路再往裡走一段，十分幽靜，所以我們經常使用。」

酒吧青一色木紋風格，有書房的氣氛，店內只有幾組商務人士打扮的客人。中庭搭蓋的陽台像個熱帶植物園，頭上的風扇送來習習涼風。

「在這兒待很久了？」古波藏問，以為榊原是檢察廳派駐在大使館的人員。

「哦不，到今天才一個星期。」榊原露出可親的笑容。「明天就要回國了，能見到你真是太幸運了。」

侍者過來，古波藏點了麥卡倫十八年加冰塊，榊原點了香檳。

「我想你一定很忙，所以就直接進入正題了。」等酒送來之後，榊原說：「首先我必須說明請你過來的原因。」

榊原啜了一口香檳。古波藏叫侍者拿來菸灰缸，叼了根萬寶路點了火。

「你知道堀山健二這個人嗎？」榊原露出雪白的牙齒笑了。「在大阪南區大規模經營色情業的老闆。」

古波藏微微挑起眉毛，說什麼也沒料到在這裡聽到堀山的名字。

「其實，大阪國稅局一直在祕密緊盯堀山。」榊原繼續說，「但是去年十二月卻忽略了他的動向。他帶著釣具深夜出門，五天後的清晨回到家。這段期間的行蹤不明。大阪方面原本計畫採取強制搜查，可是暫停了。因為懷疑他把現金藏到哪裡去，所以躊躇不前。萬一強行進入卻找不到證據的話，調查就此終結，會變成追究責任的問題。」

古波藏吐著青煙，默默聽著榊原說話。

「所以，延後強制搜查，繼續祕密跟監。但是從那時候開始，堀山頻頻到釜山去旅行。」

榊原從西裝的內袋拿出記事本。

「十二月去了兩次，然後，過年也在釜山度過。而進入今年之後，又去了一次。」

到這裡他暫時停住，觀察古波藏的表情。

「你不覺得很奇怪嗎？」榊原問。

「有什麼奇怪？」

「他以前從來沒有去過韓國，卻在甩掉偵查員的四天之後，突然開始往來釜山，這太不正常了。」

古波藏輕輕聳了下肩。

「最近日本與韓國的稅務單位可以說合作無間。」榊原又露出雪白的牙齒。「大頭們雖然因為領土問題和歷史認知而僵持不下，但是行政下端的關係卻十分良好。因為眼前還有很多必須處理的問題，再爭下去對雙方都沒有好處。」

彷彿吊人胃口似的，徐徐喝了一口香檳。

「所以，大阪國稅局的負責人就去調查。原來堀山在釜山有個女人，他去釜山的目的都是為了見她。但我們發現了一條奇妙的紀錄。」

榊原再次打開記事本。

「堀山嗜賭，每次去都在賭博上投了大筆金額。」

釜山有西面的樂天酒店和海雲台的天堂酒店兩個賭場。

「所以，我們請求釜山稅務單位協助，調閱了賭場的紀錄。」

他把記事本的頁面給古波藏看，上面列著日期和數字。

「這是堀山在賭場兌換日幣的紀錄，用現金換外幣時必須出示身分證明，所以用護照號碼去搜尋，立刻就會出來了。」榊原展開爽朗的笑容。「堀山行蹤不明的日期是十二月二日到六日的五天，而這裡你看，有寫著『12/4 300 12/5 200』對吧？堀山這時候也在釜山，兩天內在賭場共換了五百萬日幣。」

合上記事簿，再次望向古波藏，榊原的笑容不見了。

「奇妙的是，堀山護照上並沒有這段期間出入國境的紀錄。然而堀山卻在釜山出示自己的護照，兌換外幣，這不是很奇妙嗎？」

榊原一直在觀察古波藏的表情，片刻後才又開始說話。

「所以，我們把堀山叫來偵訊。剛開始他一問三不知，但我們告訴他再這樣下去，就委託韓國的稅務單位，把釜山的女人找來問話。他馬上就哭著求饒。」

到這裡，古波藏才終於發現這次對話的核心。

「堀山說是古波藏先生唆使他，從對馬搭漁船偷渡到釜山。那時候，他身上帶了一千萬現金，五百萬花在賭場，兩百萬吃飯喝酒，剩下的三百萬是給古波藏先生的謝禮。」

古波藏按掉香菸，「這種隨便胡謅的話你也相信？」

「是嗎？」榊原微傾著頭。「從博多到對馬的渡輪上只有堀山的名字，所以我們查了對馬機場起降班機的乘客名單。古波藏先生，十二月二日中午，你到了對馬，六日又經由福岡回到了東京，對吧？你好像沒有在對馬的旅館下榻，這段期間，你在什麼地方做了什麼事呢？」

「我不想回答你的問題。」古波藏不客氣地答道。

「如果讓你不高興，我向你致歉。」榊原坦率地低頭道歉。「我只是有一點疑問。」

「你就為了這芝麻小事把我叫來？」

「芝麻小事？」榊原一臉驚訝，「根據出入國管理法規定，未接受審查而非法出入境者，處一年以下徒刑或三十萬以下罰金。如果被認定有洗錢情事，依組織犯罪處罰法，得併科五年以下徒刑。要接受刑事處罰的重刑，怎能說是芝麻小事呢？」

「既然如此，你就趕快逮捕我不就得了。」古波藏露出諷刺的微笑。「特搜還沒有閒到來調查這種輕罪吧。」

「你說的確實沒錯。不過說來話長，我們再點一杯酒如何？」榊原再度露出雪白牙齒，叫了侍者過來。

一群美國客進來，店內頓時吵雜起來。以萊佛士酒店的提芬室為首，新加坡的所有飯店都準備了精致的下午茶或晚茶（High Tea）的餐點。無數的觀光客願意付高價，只為了體驗殖民地時代英國人的奇妙習慣。

優雅地喝完第二杯香檳，「我們有興趣的是北川康志的案子。」榊原說，「說得更正確一點，我們在追查某位政治人物的資金流向，而北川就是那個關鍵人物。」

古波藏也喝乾了麥卡倫，向侍者再點了一杯。

「剛開始時我們太粗心，沒有注意到新加坡意外身亡的人，正是我們考慮傳喚來偵訊的重要證人。等我們匆忙向本地日本大使館詢問，已經是紫帆女士領回遺體、火葬，帶骨灰回日本之後了。那時候，我們聽到有位牧島慧先生同行，所以稍微調查了一下。」榊原嘴邊泛起爽朗的笑。「他是北川紫帆的高中同學，從大型電機廠離職後，現在從事翻譯的工作，所以已經排除在搜查對象外。調查這部分花了點工夫，有段時期，我們也派調查員跟監。」

「跟蹤牧島嗎？」古波藏問。

「是的，然後便看到他來見你。」榊原說，「於是我們又調查了古波藏先生，卻因為堀山那案子的關係，看到你的名字，查稅員與檢方合作，一起工作，現在共享了相當多資訊。而且，與查稅員的合作在離職後也會繼續。」

「合作？」古波藏露出訝異的神情。

「檢察官離職後就會登記為律師。稅務署的職員工作個兩三年，就能取得稅務士資格，所以在逃稅案上一起合作的檢察官和國稅調查官，接下來卻成了律師和稅務士，指導客戶如何避稅節稅。」回答了古波藏的問題後，榊原露出白牙微笑。「我們國家的制度真的到處都怪怪的。」

古波藏聽著，一手玩著打火機。

「昨天上午，你和朋友牧島兩個人到新加坡中央警署去，領取了北川的遺物——那台筆電吧？」榊原改變了話題。「古波藏先生向來接待的搜查員說，自己是民平的代理人。」

「你怎麼會知道這件事？」

「其實，這案子，檢察廳也投入了相當多的心力。」榊原說。「如你所知，近日來一連串的醜聞和失誤，動搖了檢察單位的威信。所以，著手偵辦政治人物涉嫌的大案子，一舉挽回信譽，是現在檢察組織的最高命令。」

「原來如此。所以你風塵僕僕地到新加坡來？」

根據愛麗絲所說，北川的案子本應以自殺或意外來處理。但突然要成立搜查總部，形成大張旗鼓的態勢。現在他終於明白原因了。

「在五菱會（譯注：五菱會為靜岡縣內的黑道組織，他們成立的地下錢莊根據全國多重債務人名單，向他們寄出廣告信，要他們加入無擔保融資。他們將錢直接匯入申請者的帳戶，還錢也匯入帳戶，不與客戶面對面。後於二〇〇三年被警視廳破獲）的洗錢案中，儘管瑞士先行封鎖帳戶，並通知日本搜查單位，但新加坡的金融當局拒絕提供情報。」榊原說。「日本政府對此表示不滿，在G20的準備階段，也被提出來當作問題。可能新加坡有了危機感吧，再這樣下去，說不定會被國際間當成黑暗的避稅天堂。所以，新加坡改弦易轍，現在也對犯罪性質的資金，積極地協助外國搜查單位。這件案子的當事人是日本人和瑞士的金融機構，新加坡只是提供了地方，所以最適合表現自己的清明。因此，不只是警察，我們還獲得稅務單位、金融管理局的全面協助，將在日本和新加坡徹底調查。」

「既然如此，找我做什麼？」古波藏點起第二根菸。「你們已經有了那麼多後援，自己解決不就行了嗎？」

「我們也很希望這麼簡單。」榊原皺眉道。「但掌握事件的關鍵人北川死了，坦白說，我們相當傷腦筋，因為組織內並沒有嫻熟國際金融市場的人，但是，就在此時，出現了古波藏先生這樣的高手。而且你還是北川夫人的好友，又以民平代理人的身分正在與瑞士SG銀行談判。所以上頭指示我與你聯絡，務必請你協助我們。」

「如果我拒絕協助呢？」古波藏問。「要依違反出入境管理法的名義，將我和堀山一起逮捕嗎？」

「不管怎麼樣，我們也不會做出那麼粗暴的舉動。」榊原露出笑臉，但眼睛並沒有笑意。「但是，有一件事請你記住。檢察廳對這件事十分認真，為了解開真相，若有些強人所難之處，也是迫於無奈。」

「你不是說，本來打算把北川列為重要證人，請他來問話嗎？理由是什麼？」古波藏無視榊原的威脅，改變了話題。

「我想你也知道，北川正向高所得階層推銷核能出口巴西的基金，由於這商品已經形同廢紙，不僅將被提起民事訴訟，在刑事上也遭到告發。核能建設是國家事業，中型的顧問公司怎麼可能經營？從一開始這個題材就跟詐欺沒兩樣。」

「特搜發現大神辰男在背後主導，所以才出動嗎？」

榊原沒有回答，只是露出白齒。

「北川自己知道檢方要傳喚他嗎？」

「我個人還沒有跟他接觸，但是可以想像得到，他已經從那位政界大老得到情報了吧。」

「照你這麼說的話，他就是把祕密帶進棺材而自殺或是被殺的嘍，你們怎麼看？」

「我不知道。新加坡警方的初步搜查太草率，幾乎沒有證據。」

古波藏銜著香菸思考了一會兒。

「你們瞄準的大神辰男帳戶是在瑞士ＳＧ銀行，由私人銀行員山之邊貴管理，而北川則負責炒股。然而，地震和核災事變把大半的資金給掃光啦。」

「恐怕就是這麼回事。」榊原點頭。「但是，去年底為了眾議院大選，大神需要彙整的選舉資金。他必須照顧離開民自黨的候選人，每個人發給以千萬為單位的資金。總共好像用了十億圓吧。不過看最後結果，等於都丟進水溝裡了。」

「但是，瑞士ＳＧ銀行的大神戶頭裡，一塊錢也不剩了。北川和山之邊擔心東窗事發，於是擅自從民平的村井帳戶提出十億圓，交給大神。」古波藏接了話繼續說。

「之後，傳出民平要買回自家股票的消息，這下子窮途末路了。這麼一想，整件事就說得通了。」榊原笑道。「但是，重視信用的瑞士私人銀行，真的能那麼簡單地挪用顧客帳戶裡的資金嗎？」

「運用授權委託書（Power of attorney）。」古波藏這麼一說，榊原立刻打開記事本記下來。

「這是權限的委任狀，像北川這種私人銀行的代理，會以帳戶持有人死亡時之必要，而在開戶時將委任狀混入文件中。它分成兩種，俗稱『完全授權』和『有限授權』。完全授權是可在銀行外移動資金的權限；有限授權則只能轉入銀行內其他帳戶。如果有限授權遭到任意運用，資金也有可能不保，不過如果簽下完全授權，則事後不論遇到什麼狀況，都不得有異議。」

「難怪瑞士SG銀行當初以基於合約所做的正當資金轉移為由，拒絕賠償給民平。」榊原像個解開數學難題的學生般點頭如搗蒜。「但是，偽造對帳單的情事曝光，他們就無路可逃了，我是從民平的律師那裡聽到的。這個詭計也是古波藏先生識破的吧。」

這時，美國團體客大聲歡呼起來，原來是下午茶套餐送來了。三層托盤上盛放著精美的甜點和迷你三明治。大家紛紛拿出手機或數位相機拍起照來。

「北川可以自由挪動瑞士SG銀行裡存入的資金。所以，在短時間內，他成為可以運用總額達一千億圓的基金經理人。」榊原目光朝室內掃了一眼繼續說。

「在這個業界，很早以前就把這種情況叫做老鼠會。」古波藏皮笑肉不笑的說。「募集資金把藝人或運動明星拱上廣告看板，從外表看起來，像是把資金分配後做了妥善運用。所謂的鍊金術，說穿了全都是那種不值一提的玩意兒。」

「這麼說，很有可能北川把手上管理的一千億日圓全都搞丟了？」

「不，應該不會。」古波藏說。「金融的世界有白錢和黑錢兩種。黑錢就是逃稅或犯罪所得的資金，不論發生什麼事都見不得光。白錢出處明確，可以根據法律主張其權利。」

「原來如此。北川和山之邊運用授權委託書，以黑錢來填平損失，但資金用盡，不得不去挪動白錢。因此交易的偽裝才會被人揭穿了。」

「逃稅的時效是五年，就算被視為惡意逃稅，也只判七年。不論用如何骯髒手段得到的資金，總有一天都會變成白的。北川可以自由運用的錢，大概也有個三百億到四百億吧。」

「真是太有趣了，應該說受教良多。」榊原合上記事本，看了一眼左腕的伯爵「阿爾提・布拉諾」表。乍看沒什麼特色的腕帶圓盤形手錶，卻是中古都要一百萬日幣以上的上等貨。

「非常遺憾，我必須回大使館去了。回到日本之後，務必再請教你後續的發展。下次可以直接打手機聯絡你嗎？」

「你想打到哪兒是你的自由。」

「謝謝。」榊原露出可親的笑容。「下次我也有些私人的事想請你指教。這裡的費用就由我來付。」

「沒想到日本的稅金還可以用來喝酒。」古波藏挖苦了一句，站起身走出酒吧。

20

與東京地檢的榊原分別後，打開手機確認，有一則愛麗絲王的來電紀錄。

古波藏回電，只聽到愛麗絲忙不迭地說：「現在剛從警察總部回來，上面說要以五十個人力進行搜查。到底發生了什麼事，我完全搞不懂。」接著又說，「七點要開搜查會議，我可以離開三十分鐘，要不要見面？」

愛麗絲指定的地點是在中國城外圍、一個叫小販中心的美食廣場。各種庶民小吃攤子在兩側排成一排，遊客可以買了喜歡的食物，坐在設置在通道的桌台吃，算是自助式的餐廳，距離警署步行只要五分鐘。

愛麗絲聲稱中午沒吃飽，點了咖哩雞麵和甘蔗汁。在這裡別想點到像樣的蘇格蘭威士忌，古波藏只好屈就，買了虎牌啤酒。

拉開拉環，皺臉喝了一口啤酒，點了菸，古波藏把與榊原說的話告訴愛麗絲。愛麗絲吃著粗麵米粉各半的甜辣麵，幾次發出驚呼道：「原來是這麼回事啊。」

「突然連警察總部部長和刑事隊長都出馬時，我嚇得腿都軟了。本來只有我一個人負責的案子，現在成了最重要的大案。不只重新調查命案現場的酒店，偵訊被害人周邊，還調集通日文的幹部，重新檢查北川電腦裡的資料。這些事我明明不知拜託了多少次，還被擱置了一個多月。」

「那不是很好嗎？出頭的機會終於來啦。」

「別開玩笑。」愛麗絲鼓起雙頰。「明天中午以前必須匯整搜查報告，向上面提出，結束之後就沒我的事了。突然間把我當成跑腿的小廝了。」

「你把我去瑞士ＳＧ銀行跟愛德華見面的事報告了嗎？」

「主管下令，與這案子有關的事都要最優先處理。所以，我一接到電話，立刻當作搜查資料向上面報告了。」愛麗絲露出不可思議的表情。「有什麼問題嗎？」

「沒有，沒什麼。」難怪榊原對古波藏的行動瞭如指掌。新加坡警方的搜查資料都洩露給日本方面了。「那，你跟我睡過的事也寫在報告裡了嗎？」

「別胡說八道了！那種事怎麼能報告嘛。」愛麗絲頓時滿臉羞紅。

「倒是瑞士ＳＧ銀行那邊怎麼樣？」一口氣喝光甘蔗汁後，愛麗絲問。

「我告訴他們，北川帶進來的帳戶可能有更多的問題。現在這時節，他們可能在跟瑞士總行互相怒斥責任該由誰來負吧。」

「這個案子背後隱藏著無法想像的大醜聞呢。」愛麗絲閃著靈動的眼眸，看向古波藏。「我想知道真相，這明明是我的案子，絕不容許他們把我排除在外。」

「不能直接找愛德華來問話嗎？」

「現在上頭正在和金融管理局交涉。外資體系的金融機構是新加坡重要的合作夥伴，所以金管局也面有難色。因為他們不想讓其他的金融機構覺得，為了這點事就會被當成罪犯。要證明愛德華與案情有關，需要決定性的證據才行。」

「若是這樣，就只好把失蹤的山之邊找出來，叫他說出實情。如果他還活著的話。」古波藏把喝了兩口的啤酒罐丟進垃圾桶。「他不是跟一個女人在一起嗎？找不到那個女的嗎？」

「關於那個女人……」愛麗絲遲疑了一下，對古波藏說：「其實說不定我認識。」

「怎麼說？」

北川康志在新加坡與一位名為姬姬的女子同居。警方已知北川死亡後，姬姬帶著兒子越過國境前往新山。那時，瑞士SG銀行的私人銀行員山之邊貴也同行。

他們與馬來西亞警方照會過姬姬的事，現在終於有了回應。

姬姬又叫李燕，中國福建省人。十歲時與母親一同移居吉隆坡，之後取得馬來西亞國籍。父親在中國被逮捕、處刑，所以她被同鄉的遠親收養。

「姬姬的父親叫王曉明，是福建的流氓。與台灣的天道盟聯手從事安非他命交易。天道盟是台灣本省人的組織，由於台語和福建話相近，所以在中國與台灣開始經濟交流時，黑社會也互相結盟了。」

台灣黑社會最為人熟知的是竹聯幫和四海幫，但這些組織都是與蔣介石一同從大陸遷台的外省子弟所建立的，他們說國語（北京話），不懂台語。福建省的利權由本省系統的天道盟所獨占。

姬姬的母親失去丈夫，移居馬來西亞後，在吉隆坡成了福建籍黑幫老大的妾。姬姬高中畢業後，留學加拿大，二十三歲時在新加坡登記居留，開始到金融機構工作。

「貧困的移民之女能上外國大學，在新加坡的金融業工作，簡直太神奇了。那是因為那個福建黑幫老大王國強，把姬姬當成自己女兒一樣撫養長大。姬姬的父親王曉明與他既是同鄉也是同宗，所以把女兒託付給他。」

愛麗絲解釋，中國是個網絡社會，東南亞華人都以鄉親、宗親聯繫在一起。宗親是同一血脈者的集團，以姓氏區分團體。中國是父系社會，即使結了婚，妻子並不改姓。姬姬本名李燕，這是因為王曉明死去，她恢復母姓的關係。

「王國強是何方神聖？」古波藏問。

「他統治新加坡和新山的華人黑社會，連李光耀在獨立的時候，也尋求過他的協助哦。直到現在，也沒有人敢違抗王國強。不過，對我來說他只是個慈祥的爺爺。」

「他跟妳有什麼關係？」

「我也同樣是王家人啊。」愛麗絲說。「這裡的社會很小。」

新加坡的五百萬人口之中，華人的比例超過七成。雖然也有來自廣東、潮州、客家的人，但占最大多數的還是講閩南語的福建體系。李氏和王氏是代表性的宗族。

「我爺爺是王國強的朋友，獨立前受到幫派抗爭的波及死了，從此之後，王爺爺就照顧剩下的家族。小時候，我常去找他玩。姬姬的年紀比我大很多，所以我不太記得，不過剛才打電話給我媽，立刻就想起來了。她是個聰明又美麗的女人，很得王爺爺的歡心。」

「那位王國強現在在新山嗎？」

「是啊，他的中國黑幫老大的名氣太響亮了，所以新加坡政府低聲下氣求他搬走的。總不能逮捕一個建國英雄，對吧。」

「北川死了，姬姬就求助王國強，逃到新山去嗎？」

「就是這樣。」愛麗絲握住古波藏桌上的手，「答應我，這些話絕對不能告訴別人。」

「你要去見王國強？」

「我要去阻擋姬姬與山之邊的行動。然後，讓那些小看我的同事跌破眼鏡。」

吃完飯，古波藏送愛麗絲到警署附近。

「新加坡像個監獄，隨便走走都遇得到熟人。」愛麗絲蹙起眉頭看看四周。「我其實很想牽著你的手走，但不知道會在哪裡被人看到。真羨慕像日本那麼大的國家。」

「我們那兒不是那麼好的地方。優點只有比這裡涼快一點。」古波藏笑了。「妳去過嗎？」

「只跟著觀光團去了東京和京都而已。下次我想去北海道看雪。一定很漂亮吧。」

然後，她再次左右張望了一下，突然在古波藏臉頰親了一口。「也許會很晚，但今晚可以去你那邊嗎？」

古波藏拿出錢包，把房間鑰匙交給愛麗絲。他讓飯店櫃台做了另一支。

「真開心。」愛麗絲展開燦爛的笑。「啊，對了。」隨即在皮包裡摸索了一下，拿出一張紙塞到古波藏手裡。

「這是慧哥住的旅館。」

這次，她快速地在古波藏唇上啄了一下，朝警署直奔而去。

太陽下山後起了風，空氣稍微涼了下來。與愛麗絲分別後，本想坐計程車回飯店，但又改變主意，徒步走了一段。古波藏脫掉薄外套，把墨鏡掛在胸前。

往看得見摩天大樓的方向，走了約二十分鐘，來到了濱海灣。

走到新開幕的富麗敦海灣酒店一角，古波藏停下了腳步。有個男子蹣跚地走在沿海的路上。牧島慧駝著背，戴著黑色圓框眼鏡，一臉嚴肅地在思索什麼。牛仔褲的膝蓋磨破了，POLO衫的鈕子開著，運動鞋破舊不堪。

牧島沒有發現古波藏，漠然地從他面前通過。

古波藏一直注視著他的背影，直到消失在薄暮之中。

21

第二天，牧島坐在洞穴般的旅館房間打發時間，直到快中午，才在濕黏纏繞的空氣中出門。

牧島今天一整天沒有任何計畫，他重新檢查了北川筆電裡殘留的檔案，之後就只能等待瑞士SG銀行的愛德華打電話來了。

打開在櫃台取得的觀光地圖，上面介紹了卡通區這個土生華人的社區。土生華人是經商富裕的華人移居東南亞的後裔，他們與當地女子通婚生下孩子，與地區社會同化。在馬來半島叫做峇峇，在菲律賓則叫做梅斯提索。

帝國主義時代，麻六甲或巴達維亞（雅加達）在列強統治之下，土生華人會說英語、荷蘭語、中國話和當地土語，與白人平起平坐，備極榮華。這些人被稱作海峽華人，他們不像華僑嚴格遵守中國的文化與習俗，而是強烈受到當地飲食文化及歐洲宗主國文化的影響。

新加坡的土生華人在英國統治時代，在政治和經濟上握有大權。但日軍占據以及後來新加坡獨立後，他們失去了大半財產，現在只在部分地區還留存著殘跡。

卡通區的中心地帶是在沿著東海岸路的一角，大約十分鐘就能繞完的小地方，這是充斥著乾貨店、食材行的舊鬧區，但偶爾也會見到殖民地風格的白牆建築。街上很難用充滿活力來形容，雖然才過午，但約有三分之一的店鋪根本沒拉開鐵門。

牧島逛了一下利用老建築開設的古董店和土生華人用品店，不論是襯衫或涼鞋，最大的特徵就是使用串珠做的細工刺繡。陶器聲稱是產自景德鎮，但它的圖案都是鮮麗的粉彩色。土生華人與當地民族及華人都有所區隔，他們有能力在這種上等貨及古董的圍繞下，僕役們周到的侍候中過著優雅的生活。

難得來一趟，牧島決定找一家土生華人的餐廳吃午飯。這兒的菜色以馬來菜為主軸，再組合中式、印度、西式料理等的食材、做法烹調而成，最具代表性的就是把米粉麵和雞、鮮蝦等料，放進加椰奶的咖哩湯，叫做叻沙。

牧島點了小杯的前菜「娘惹杯餅」、酸辣泡菜「阿雜」、和黑果燜雞，一種用黑殼果實與咖哩燜煮雞肉的料理。

喝著啤酒，吃完延遲的午飯已經兩點多。愛德華那邊音訊全無。

其他沒事可幹，只能回去雜物間般的旅館了。空氣的濕度很高，外面宛如蒸氣浴室。搭計程車轉眼就到了，所以他決定走到地下鐵的巴耶利沓站。滿身汗水坐進電車，到武吉斯下了車，又再走路到小印度。到達旅館時已筋疲力盡。

打開房間門，一股異味傳來。

第一眼看到的是展開在床上的行李箱。內衣褲和衣物散置四周。接著，他發現床下衣櫃的保險庫也被撬開，接縫處用焊槍燒斷，異味就是從那裡出來的。

他正想探頭看看保險庫裡面，卻被人從後面架住，那人左手摀住他的嘴，右手勒住他脖子。他使勁想逃脫，但對方用更大的力氣壓住他，幾乎讓他窒息。

意識漸漸模糊時，壓力突然鬆開，新鮮的空氣流進嘴裡。他劇烈嗆咳地睜開眼睛，一個淡棕色皮膚的男子倒在地上。

男子撐起半身看了一眼牧島，抓住床上的背包衝出房間。

「阿慧，你還好嗎？」

莫非是幻聽？怎麼會是古波藏的聲音？牧島失去了意識。

「還好沒有受傷。」愛麗絲拿著一瓶水走進房間。「如果古波沒去找你，恐怕要出大事了。」

牧島躺在接待室的沙發上。雖然叫了救護車把他送到醫院，但醫生診斷只是單純的驚嚇，所以又送他到中央警署去做筆錄。

古波藏從愛麗絲處得到牧島的居處後，今天下午便到小印度的旅館找他。但是敲了半天門也沒人回應，便坐在大廳等他回來。

沒多久，牧島宛如夢遊患者般走回來，一頭便往電梯裡走去。於是古波藏等著電梯下來，跟去牧島的房間。

「嫌犯打扮成工作人員的模樣，爬上屋頂，破壞天窗後潛進屋內。從他帶著燒斷保險庫用的焊槍，就知道他是專業人士。現在鑑識單位正在檢查旅館，只要驗出指紋就好了。」

愛麗絲在杯裡倒了水，拿給牧島。

「謝謝。」牧島含了一口水，但喉嚨附近還是相當疼痛。

「古波要我告訴你，」愛麗絲靠在牧島耳邊說，「現在最好什麼話都別說。我也這麼認為。」

牧島怔了一下，默默地點點頭。隱約之間，他感覺到她與古波藏之間已有了私人關係。

由於牧島是受害者，所以對牧島的偵訊只是走個形式。只要他回答房間裡並沒有貴重物品被偷，警方就不會再深入追查下去。旅館的偷竊案頻率極高，他們只會認為這也是其中之一。

走出偵訊室，愛麗絲正等著他。

「古波先回飯店，他把你的行李也帶過去了，一起來吧。」

古波住的是雙層式的豪華套房，屋頂挑高，一樓的客廳與二樓的臥室以螺旋梯連接。推開兩扇式落地窗，外面是寬闊的陽台。正前方可以欣賞到大摩天輪和濱海灣金沙。

古波藏打開門看到牧島，問：「身體還好吧？」

「已經沒事了。」牧島回答。「謝謝啦，救了我的命。」

古波藏沒回答，只問：「要不要吃點什麼？」

牧島搖頭。「能不能先給我水？」

古波藏到冰箱拿水的時候，愛麗絲說：「我去換一下衣服。」便上了樓。

古波藏拿了礦泉水過來，對牧島說：「稍微躺一下吧。」

「我想先檢查一下行李。」

牧島的行李已經被古波藏原封不動地從警署搬回來，但是鎖頭被敲壞了，只用皮帶固定。

牧島把箱內的物品全部攤在地上，一一檢查。「被偷的好像只有放在背包裡的筆記型電腦，和從北川電腦裡拆下來的硬碟。」他說。

「你把硬碟拆下來了？」古波藏問。

愛麗絲換上T恤和短褲，走下樓來。牧島於是將如何把硬碟拆換，再將電腦寄回給大和政治研究會代表猪野忠和，以及復原原始硬碟中刪除之數據的事，全盤告訴了兩人。

「恐怕那就是嫌犯的目的。」愛麗絲嘆息。「好不容易到手的重要證據，卻又被偷走了。……」

「那倒不會。」牧島從牛仔褲口袋裡拿出掛在鑰匙圈上的USB隨身碟。「我把它和護照、錢包一起帶在身上。」

愛麗絲把隨身碟插在平板電腦上，打開數據。

「這個檔是北川管理的帳戶的匯款紀錄。」古波藏瞥了一眼說。「你可真找到了重要的東西。」

古波藏告訴牧島和愛麗絲數據的拆解法。

090817 85431654362 USD86500 85409734878

「這是瑞士SG銀行內部帳號之間轉帳的紀錄。二〇〇九年八月十七日，從左邊的帳戶，將美金八萬六千五百美元轉到右邊的帳戶。一般來說，帳號旁都有帳戶持有人的名字，但為了保密，所以從數據上刪除了吧。帳號最前面的854三碼，代表帳戶的類型，我想很可能是一般的外幣綜合帳戶。」

日期的格式，美國用的是月／日／年，英國用的是日／月／年，不過，國際匯款規定與日本相同，都是按年／月／日的順序。

130425 3008888888 USD100000 BKTRUS33 NWBKGB2L 16359847

「這一條是二〇一三年四月二十五日，從瑞士SG銀行匯款十萬美金到其他銀行的紀錄。BKTRUS33是以前的美國信孚銀行，現在的德意志銀行美國分行的代碼。在美元的通匯銀行中，它的規模最大。NWBKGB2L是英國的國民西敏寺銀行，它是專門服務上流階層的名門銀行。瑞士SG銀行的美元經由德意志銀行美國分行，匯入西敏寺銀行的帳戶16359847。」

SWIFT是管理金融機構國外匯款的國際組織，凡是有經營外匯的銀行，都有個固定的代碼。只要看到SWIFT代碼，就可立刻辨識出資金從哪裡移動到哪裡。

「這個帳號有點詭異。」愛麗絲歪著頭。「8在中國與賺大錢的『發』字同音，是個很吉利的數字，但是這裡有八個8，未免也太強大了。」

「8×8應該不是隨機建立的帳號。可能是銀行內部的管理帳戶，或是為特別顧客準備的帳戶吧。」古波藏從提包拿出記事本，「幫我搜尋一下這個吧。」他把一串854為首的十一位數帳號拿給牧島看。

121114 85488146390 JPY1000000000 30088888888

「這是民平的村井的帳號。」古波藏說。

二〇一二年十一月十四日，十億日圓轉入了有八個8的奇妙帳戶中，那正是眾議院決定解散，最需要選舉資金的時候。

古波藏要牧島找出十一月十四日以後相關的國外匯款。

121115 30088888888 JPY1000000000 HSBCJPJT HSBCHKHH 502187***833

第二天，十五日，從8×8的帳戶，經由通匯銀行日本HSBC，將十億日圓匯入香港HSBC的外幣綜合帳戶。「大概是想在香港提出日幣現金，再帶回國內吧。」古波藏說。

「為什麼要這麼做呢？」愛麗絲問。

「在新加坡，沒辦法輕易準備好日幣十億圓。但香港有極大量的日幣現鈔的庫存，這是因為太多人絡繹不絕地持日幣現金存入金融行庫。」

「但是，這麼一大筆錢，要怎麼從香港帶到日本呢？」

「就算落魄，大神還是個有實力的政治人物，總有辦法讓淵緣深厚的大使館，放在外交行囊裡帶回來吧。」古波藏說完看著愛麗絲。「這裡面藏著瑞士SG銀行想盡辦法想隱藏的交易。在徹底調查之前，可不可以先不要向外透露？」

思考了半晌，「好吧，」愛麗絲答道。「反正現在報告上去，也只會成為搜查總部的功勞。但是，我有一個條件。如果發現任何與破案有關的線索，我就必須報告，因為那是我的工作。」

在酒店的餐廳吃了簡單的晚餐回來後，牧島和古波藏繼續分析數據。

他們試著用各種模式將數據排序分類，發現有近四百億日圓的資金匯集到8×8的帳戶，並且匯到其他的金融機構去。牧島把所有與祕密帳戶相關的交易，全部抽出來，按時間排序。

「我看你好像累了，今天就到這裡為止吧。」

愛麗絲對牧島說。牧島這才發現，自己已經瞪著電腦螢幕將近三小時。

古波藏從迷你吧台拿來蘇格蘭威士忌，加了冰塊啜飲起來。牧島開了罐裝啤酒，愛麗絲開了一小瓶白酒。

喝啤酒歇息一會兒之後，牧島想到，今天一整天都還沒有和紫帆聯絡。看看時鐘，晚上十點多了，又不想在兩人面前打電話，所以只傳了簡訊：「現在和古波在一起，一切順利，按照原定計畫週六回國。」

「以前幾乎完全不懂什麼是金融交易，真是累死人。」喝完一杯酒，愛麗絲嘆息，「全是數字和字母的組合。」

「從前我曾向新加坡的銀行申請開放資訊，不過也沒有見過這麼複雜的數據。」牧島說起他駐留越南的時候，同事出了車禍過世，為了繼承問題，曾經幫忙把存在新加坡銀行的資金轉回日本。「那些手續極度麻煩，不但要把戶口謄本全部譯成英文，提交給法院，且必須在確定繼承人之後，挑選遺產管理人，取得公開帳戶資料的命令。」

「這段過程能不能再說得詳細一點？」古波藏插嘴道。

「可以啊……」牧島訝異地說。

聽完牧島說明整個流程，古波藏笑道：「原來如此。」

「你明白什麼了？」愛麗絲問。

古波藏沒作聲，只是把威士忌一飲而盡。

「牧島，你跟誰說過這些數據的事？」愛麗絲放棄，只好轉向牧島。

「我只跟愛德華說過。」牧島答，「除此之外，應該沒有人知道。」

「若是這樣，難道是愛德華想搶回對自己不利的資料嗎？」

「剛開始時我也這麼想，但他應該不知道我住的飯店，我只告訴他手機號碼而已。」牧島答。

「那些訊息，只要有認識的警察，隨時都查得到呀。」愛麗絲說。「就算不這麼做，打電話到新加坡各旅館去查就行了。這城市很小，花個兩小時就夠了。」

這時，古波藏的手機響起。

「來得正好。」古波藏看到來電顯示說，「直接問他本人就知道了。」

22

第二天上午九點，牧島與古波藏到瑞士ＳＧ銀行去。這次他們去的不是萊佛士城的分部，而是位於金融街的總行。

總行也只是一棟平凡無奇的辦公大樓。在私人銀行開戶的上流階級，根本不會親自上銀行辦理。他們即使來到新加坡，也是銀行員出門到飯店見客，或是在餐廳招待。辦公室本身大多樸素。牧島和古波藏也是被帶到只有長桌和椅子並列的會議室。「這裡由我來主導，阿慧，你只要坐著聽就好。」在窗邊位子並排坐下，古波藏低聲說。

過了一會兒，愛德華與法務部麥斯走進來。

「我想你們沒有什麼時間，所以就直接說結論。」等待咖啡和英國茶上桌時，愛德華說。「我和瑞士總行慎重討論的結果，有關村井兼藏的帳戶，不能否認我們銀行員做了不適當的舉動，所以，我們會在一星期內償還美金一千萬。」

這裡，愛德華小小清了一下喉嚨。

「至於代理人古波藏先生日前提出一千萬美金損害賠償的部分，我們的決議是，在法庭上沒有做出損害賠償判決之前，無法獲得董事會的同意。」

麥斯接著說：

「如兩位所知，我方是上市公司，所以有責任向股東說明非正常的開支。而且，若是無異議接受這次的要求，它會成為前例，今後我方恐怕將無法拒絕同樣的請求。我方對這一點表示強烈的擔憂。」

「不過……」在古波藏打斷之前，愛德華又接下去。「我們不得不承認，民平的股價下跌確實是我方銀行員的疏漏所造成。股價在事件報導出來後，到目前為止大約下跌了百分之十，以市值來計算，共損失了一千七百萬美元。如果把我們的責任範圍設定為六成的話，一千萬美元的損害賠償要求，並無不妥之處。若是在日本或新加坡提起訴訟的話，我方法務部判斷，無法否定法院很可能命令我方賠償。」

古波藏照例歪著嘴聆聽愛德華的說明。

「因此，我們想做一個提議。」愛德華再次清清喉嚨。「一千萬美金的損害賠償金可否分成十年攤還。」

「十年？」古波藏不以為然地問道。

瑞士SG銀行的提議是將村井帳戶中的一千萬美金移到投資帳戶，以百分之十的利率，每年給予一百萬美元的利息。

「這個方法不用通過董事會，可以以我們投資部門的裁量來處理。」

「三年吧。」考慮了一下後，古波藏說。「村井老頭年近八十，十年的時間太長了，萬一他上了天堂，拿不到錢也沒用。」

「可是，不管怎麼說，那也……」愛德華一臉困惑地說。

「三年一千萬美金的話，一年的利率就會高達百分之三十六。這麼明顯的填補損失，恐怕在金融管理局的檢查上會出問題。」麥斯紅著臉反駁。

「如果鬧進法院的話，就算上訴到高院，三年左右也能夠審理定讞吧。那還不是一樣？」古波藏說。

「可是訴諸法律的話，也有敗訴或減少賠償額的風險。而若依我們的提議，貴方可以確實收到一千萬美金的損害賠償，這不是遠比司法裁量更為有利嗎？」麥斯答。

「就算是如此，最長也只能五年。」古波藏看著兩人。「另外再加上一年百分之五的滯納金，也就是一百五十萬美元。這部分你們可以在第六年支付。」

愛德華與麥斯互相對望。

「百分之五的滯納條件，對我們來說太嚴苛了。」愛德華開口道。「如果是一年百分之三，五年共一百萬美元的滯納金，那麼我們現在就可以同意。你覺得呢？」

「反正，你的意思就是總行付的錢不能超過一千一百萬美金，對吧？」古波藏笑了。「既然如此，再談下去也沒用。反正那又不是我的錢。我會把你的話帶給村井老頭。」

「謝謝你的體諒。」愛德華鬆了一口氣。

「首要的任務是讓我確認，私人銀行員山之邊任意提出的一千萬美元已順利回到帳戶裡。另外，關於損害賠償金的部分，請將合約的起草書送來。這個週末我會回日本，下星期對村井老頭說。」

「這個約定如果留在書面上……」麥斯還沒說完，古波藏便回嗆，「哪有這麼順心如意的事。」他又說：「世界上有哪個笨蛋會以口頭約定一千萬美元的交易？你可以在合約上列出你們最喜歡的祕密條款啊。如果沒有書面合約，剛才的約定根本都不算數。若是那樣，還不如讓法院判賠來得穩當。」

麥斯窺探愛德華的表情。愛德華思考了一會兒之後同意：「好吧，如果是這樣的話，我們盡快讓法務部擬出合約。」

「還有一件事，我得先跟你們說清楚。」古波藏看著兩人，「就如同前天牧島跟你說的，我們從北川的筆電裡發現了有趣的檔案。一千筆左右的帳戶進出帳、匯款數據。」

愛德華的神情再次露出警戒。

「但是，昨天牧島在飯店裡被人襲擊，電腦和硬碟都被搶走了。不過，對你們而言遺憾的是，數據安然無恙。我們已經報警處理，現正展開搜查。」

愛德華與麥斯的臉色變了。

古波藏身體前傾，盯著愛德華。「數據的事，只有牧島和你知道。是你做的嗎？」

「開什麼玩笑！我怎麼可能做那種事。」愛德華支支吾吾地辯解。

「不然，你對誰說過這件事嗎？」古波藏問。

愛德華露出害怕的表情環視周圍，猛力地搖頭。

「如果不是你，那就是某個聽你說過這件事的人，找人去攻擊牧島。這傢伙差點被人殺了。」古波藏朝坐在鄰座的牧島瞥了一眼。

「怎麼會……被殺……」愛德華求救似地看著古波藏和牧島。

「如果不能在這兒說出那個名字，那你就得自己承擔。」古波藏冷冷地說，「我們手上沒有證據，所以這次的事就這麼了了，但是如果下次再發生同樣的事，我們可沒那麼輕易罷休。」

說完這句話，古波藏敦促牧島起身。

愛德華癱在位子上，動也不動。

「你的臉色不太好耶。」古波藏對愛德華說。「如果被丟進牆的另一邊，你可就喝不到心愛的英國紅茶嘍。」

「那樣威脅了一下，想必他不會敢再對你出手了吧。」下了電梯，古波藏對牧島說，然後拿出手機。

打了直通電話，民平的村井老頭親自來接。

「怎麼樣？」村井用威嚇的口氣問。

「一千萬美金下個星期內會歸還。損失賠償金一千萬美元也談攏了。不過分五年付款，細節等我回日本再說。」

「哦，這樣。」村井滿意地說。「一千萬美金是我自己的錢，歸還時不用扣稅吧？不過，一千萬的損害賠償，稅務署就會拿走不少了。有沒有什麼辦法？」

「是八百萬美元。」古波藏修正。「損害賠償的成功報酬是百分之二十。避稅的部分見面時再談。」

「我親眼見到錢之後再談報酬。」村井嗤笑說。「我對太順利的事疑心很重，因為我就靠著這個優點才能存活至今。」

「您的話總是讓我獲益良多。剛才的金言我記住了。」

與村井通話結束後，古波藏對牧島說：

「這下子麻煩的工作全都辦完啦。我們去游泳吧。」

23

從萊佛士坊坐計程車，大約十五分鐘來到丹那美拉渡輪碼頭。愛麗絲已經拿著往民丹島的船票，等在登船口。

民丹島是印尼的領土，但距離新加坡只有五十公里，所以，一九九〇年代起，就被開發成休閒勝地。新加坡只有聖淘沙一個海灘，所以，想要避開觀光客，享受休假的新加坡人，都會花一小時搭渡輪到民丹島去。

愛麗絲穿著粉菊色無袖襯衫，戴圓框太陽眼鏡，腋下夾著一頂草帽。長椅上放著一個大提包。

「你們怎麼兩手空空？」看到古波藏和牧島，愛麗絲露出不可置信的神情。「難道你們打算穿著衣服下水？」

「需要的用品到那邊再買就好。」古波藏說。「那兒至少有賣泳衣吧？」

「你好像以為世上的東西都能用錢買到？」愛麗絲瞪大了眼睛看著牧島，「他從十幾歲時就這德性？」

「一點也沒變。」牧島回答。

坐進十一點十分出發的渡輪，在印尼時間十一點五分到達民丹島碼頭。新加坡與印尼有一小時的時差，所以搭船需要五十五分鐘。

牧島與古波藏預定星期六回日本，所以愛麗絲請了兩天休假，算是對搜查總部一成立，便將低階搜查員降格的抗議。

「真希望他們體會到，少了我會有多麻煩。」為了賭口氣，愛麗絲決定在島上玩個兩天一夜，預定明天下午回到新加坡，晚上再去新開張的夜總會玩玩。

在海關窗口，一人繳了十美元辦好印尼短期觀光的簽證，再到渡輪碼頭內的飯店專屬櫃台，等待快速巴士。趁此空檔，古波藏和牧島在碼頭裡的用品店買了泳褲和海灘涼鞋、POLO運動衫。拉夫．羅蘭在印尼有設廠，不論哪個觀光地區，都能便宜買到POLO的正牌貨。

悅榕庄結合了獨立別墅與專屬泳池，是高級休閒度假酒店的開創者。繼普吉島與峇里島之後，它也在民丹島蓋起了附有私人海灘與高爾夫球場的豪華度假村。別墅利用了沿海的地形，興建海洋中心和礁岩等各項設施。

雙臥室的高級別墅可以從客廳直接走到泳池旁，放滿水的藍色泳池，末端連接到廣大的南中國海。

「太棒了！」一走進房間，愛麗絲便不自覺歡呼起來。

客廳兩側是臥房，主臥室放置的是掛有白色天篷的雙人床，側臥室放了兩張單人床。兩個房間都直通泳池。

把房間參觀了一遍後，愛麗絲說：「到晚上再來享受這裡的樂趣，現在先去海灘吧。」沿著海岸路下坡，有個主泳池，泳池的後方是一大片雪白的沙灘。隔壁的飯店也共享這片海灘，一旁有家真正窯烤的披薩餐廳。可能因為不是假日，遊客稀疏，海邊只有幾家帶著孩子嬉戲的一家人。

三人先進餐廳吃起披薩。愛麗絲和牧島點了冰茶，古波藏照例喝威士忌加冰。

愛麗絲在比基尼外面穿了粉紅色T恤，牧島和古波藏則是印尼POLO衫，搭配繡有「BINTAN」標幟的四角泳褲。

服務生送來的瑪格麗特和野菇辣肉醬口味的披薩都美味可口，天空無雲，海灘的遠方是一片熱帶雨林。

牧島閉上眼睛，感受風的吹拂。到新加坡之後匆忙緊繃的日子宛如作夢一般。

「阿慧，你在想什麼？」愛麗絲閃著靈動的眼眸看向牧島。

「什麼都沒想。只是覺得好幸福。」

「對吧，就像做夢一樣。」愛麗絲瞇起眼睛。「如果世界永遠都像這樣就好了。」

園裡種的椰子樹隨風輕搖，不知名的原色小鳥來回飛翔。海水宛如翡翠藍的鏡子，透明得令人驚嘆。

「這家飯店可以為客人在喜愛的地點準備餐桌。」愛麗絲一手拿著杯子說。「想想看，在凸出海面的礁岩上擺上餐桌，有專屬的主廚和侍者為你服務，然後在星空下吃晚餐，不覺得很棒嗎？」

愛麗絲審視著古波藏的臉，「你沒有感想嗎？」

「這兒哪裡有趣啦？」古波藏一臉正經地問。

愛麗絲大大嘆了一口氣。「哎喲，為什麼我會喜歡這麼沒感性的男人啊。」

吃完飯，留下叼著萬寶路喝威士忌的古波藏，牧島和愛麗絲借了浮潛呼吸管到礁岩一帶。珊瑚礁就在眼前，只要隨著波浪飄浮，就能看到五彩斑斕的熱帶魚悠游的美姿。

游累了，在礁岩坐下休息，牧島環顧著四周。即將西沉的太陽，讓熱帶雨林的森林幽暗下來。南風吹在身上非常舒服。

愛麗絲從海裡上來，坐在牧島身邊。

「你又在思考啦？」

愛麗絲的話讓牧島一時慌了手腳。

「只是稍微回憶起了過去。」牧島回答，心口掠過微微的疼痛。

愛麗絲有一副少年般勻稱的身材。一艘油輪緩緩切過遠方的水平線，除此之外，沒有任何東西在動，彷彿自己被遺落在世界的角落。

「喂，有件事我想問你。」愛麗絲說。「我認識古波才四天，對他有很多事都不了解。」

「想知道什麼？」牧島看著愛麗絲。

「希望不會破壞你的興致。不過，對我來說，這件事很重要。」愛麗絲烏黑的眼睛直視牧島。「紫帆和古波是情侶關係嗎？」

「我覺得應該不是……」出其不意的問題，牧島有些不知所措。「他們從小學就認識，類似青梅竹馬的關係吧。」

他沒有問過古波藏，也沒有問過紫帆兩人的關係。紫帆總是沒顧忌地叫古波藏「佑仔」，把他當成弟弟。叛逆優等生的古波藏是女生的白馬王子，女朋友換個不停。古波藏帶著新女友，四個人一起出去玩了好幾次。牧島說，兩人並沒有在交往。

「這樣啊。」愛麗絲放心地笑了。

「為什麼這麼想？」他反問道。

「因為古波提到紫帆的時候，有一種特別的感情。就好像小男孩想要炫耀自己重要的寶貝一般。」愛麗絲害羞的雙頰飛紅。「我以為那是戀愛的感情，看來是我想太多了。」

然後，愛麗絲又問：「阿慧，你喜歡紫帆對吧？」

「只是朋友而已。」牧島有些語塞。「而且我們已經十多年沒有見面了……」

愛麗絲只是淡淡的微笑，沒有說什麼。

回到沙灘，躺在海灘椅上，遙望著大海間，不知不覺牧島睡著了。

微寒的風凍醒了他，睜眼一看，太陽已經藏到山背去了。

「我們該回房間了。」愛麗絲喚著同樣睡著的古波藏。牧島站起來，伸了個大懶腰。天空變成紫色，海面也暗下來。沙灘上玩耍的全家福，都回飯店去了。

「日本現在正是嚴冬。真不敢相信自己現在在這種地方。」牧島獨自呢喃：「是啊，真是奇妙。」愛麗絲也說：「一個日本人死去，促成你們間隔十多年的重聚，而剛好我也負責偵辦這個案子。若非如此我們三人不可能在這個島上。」

野草的嗆人氣息從背後的森林直撲而來，還殘留著日午痕跡的天空，開始閃出第一顆星。

那天晚上，他們點了客房服務。菜色是印尼菜和泰國菜的組合，餐桌上陸續擺滿了青木瓜沙拉、生春卷、牛肉與雞肉沙嗲（花生醬的串燒）、納西溝淩（印尼式的炒飯）等。服務生開了香檳，倒進酒杯。陽台吹進來的風十分宜人。關掉房裡的電燈，照明只有桌上的蠟燭。乾杯之後，古波藏一臉不悅地舔了一口香檳，自己去倒了杯威士忌加冰塊。

吃著精緻擺盤的美食，牧島和愛麗絲隨意地聊起天來，新加坡與日本在文化和習慣上的差異、警察乏味的文書工作、小學時的初戀與失戀……愛麗絲不時看著默默聆聽的古波藏，她的表情真像是沉醉在幸福裡。

吃完飯，拿著杯子坐在游泳池畔，月亮從東方的水平線升起。

「好美。」愛麗絲不自覺發出讚嘆，「簡直像是魔法的國度。」

低垂的月鼓脹著，像血般發出紅光。附近的雲也染成紅色，如同晚霞。好一會兒，三個人一同注視著紅色的月。

這時，古波藏的手機響了，他走進客廳，按下接聽鍵。

「你好像相當得心應手嘛。」情報販子柳說。「你老兄在新加坡和瑞士的銀行做了筆大買賣，大受好評呢。」

「是誰放出這種無聊的八卦？」

「同行自然懂門道。很多消息都會傳進來。」柳照例咕咕咕地笑起來。

「大神怎麼樣？」

「還是依然不可一世的態度。雖然錯估形勢的只剩他一個人而已。現在他已經沒有任何政治力量，若是被特搜鎖定的話，我看是逃不了了。」

「赤目有沒有什麼動靜？」

「他們正想盡辦法想把消失的錢拿回來。過不久應該會跟你聯絡吧。現在這時候，能與瑞士銀行直接談判的只有你古波藏一人了。」

「滿期待的。」古波藏說。「讓我主動去找他也行。」

「我就知道你會這麼說。」柳笑道。「跟民平的老頭說說看如何？不過，性命可沒有保證哦。」

古波藏回到座位，換了牧島的手機響。

「打攪你的歡樂時光不好意思耶。」大和政治研究會的猪野忠和，照例還是令人不悅的口吻說道。

「你想幹什麼？」牧島對著客廳問，「我跟你應該已經沒什麼可談的了。」

「我已經收到電腦了，不過裡面並沒有我們在找的資料。」

「我不知道。我只是把從警方那裡領回的東西，原封不動地寄回給你。」

「你怎麼寄的跟我沒有關係，」猪野的口氣變得陰森。「能不能幫我們找找，錢到哪裡去了。」

「那種事我哪裡做得到？而且……」

「你不是有個朋友嗎？」猪野打斷牧島的話。「那個人應該有能力查得到吧。」

牧島吞了一口口水，猪野知道他和古波藏在一起，所以才打電話來的。他們到底在哪裡監視呢？

「如果你拒絕的話，我只好去麻煩北川紫帆了。紫帆女士也是那個金融流氓的朋友吧？」猪野威脅道。「她的女兒那麼可愛，若是做出讓他們不愉快的事，你不覺得很可憐嗎？」

牧島只能答應猪野的要求，他表示會告訴古波藏後，掛了電話。

看看時鐘，晚上八點半，日本時間是晚上十點半。考慮一會兒後，他打電話到紫帆的手機。響了五聲，切換到錄音留言。他想，若是打太多次，只會令她擔心，所以只留下「跟我聯絡」幾個字。

牧島回到泳池畔，愛麗絲神情嚴肅地聽著手機，對方似乎是警方相關人員。

通話結束，愛麗絲看著牧島和古波藏。

「我想，有件事先告訴你們兩位比較好。」愛麗絲說，「搜查總部告訴我，他們要從頭開始重新調查。然後，去飯店的大廳訊問時，有人證實，事件發生的那天晚上，有個女子去找北川。」

「怎麼回事？」

「那個女子在凌晨四點來到大廳，告訴櫃台人員北川康志的房間號碼，問他有沒有錯。」愛麗絲看著牧島的臉，「她自稱是北川的太太。」

24

香檳之後，又喝光一瓶紅酒，愛麗絲像隻蝦子般蜷曲在床上發出鼻息。牧島走到泳池畔的平台去吹風，沒多久，古波藏拿著加冰的威士忌也走了出來。

「睡不著？」

「發生太多事了……」牧島回答。

「你不用太在意紫帆的事。」古波藏把酒杯放在桌上，叼起菸點了火。「事件當天，她不可能在新加坡。」

新加坡警方以紫帆為事件關係人檢查過她的護照，確認過她並沒有入關紀錄。愛麗絲之後也重新查證過櫃台人員的證詞，他說自稱北川妻子的女人，個子嬌小、留長髮，而且操流利的英語。

如果自稱妻子的女子在清晨四點來拜訪，那就符合北川從飯店墜樓死亡的時間。若不是紫帆的話，那個女人莫非是姬姬？

牧島將猪野的要求對古波藏說了。古波藏只說，讓他考慮考慮。

皎潔的滿月升到半空中，月光拉長了沙灘上的椰子樹影。過了午夜零時，四周一片靜寂。

「紫帆會不會被什麼麻煩事牽累啊？」牧島說。「她不接電話真令人擔心。」

「回日本之後去看看她吧。」

「但是，我不知道該說什麼好。猪野的事我也沒告訴她。」

「紫帆不會在意那種事啦。」

「我想問你一件事，不過別想歪了。……」看著叼著菸眺望夜海的古波藏，牧島說，「你是不是故意避著紫帆？」

古波藏露出訝異的表情。

「你在東京也沒見過她對吧？現在，你自己不去問紫帆，卻叫我去看她。」

「你別胡思亂想了。」古波藏笑道，「我只是嫌麻煩。」

「我一直很羨慕你，」牧島突如其來地說，「紫帆總是隨性地叫你『佑仔』，可是對我，卻永遠是『牧島君』。總覺得你們兩人有一種我不可以介入的關係。」

「無聊。」古波藏把香菸捏熄。「我跟紫帆是從小學就開始的孽緣。那丫頭只是一直沒改過叫我的方式。」

「古波是轉校過去的？」

「小學三年級的時候吧。紫帆就在我班上。她的個子比男生還高，把一堆臭小孩收得服服貼貼。」

古波藏搖搖杯子，聽到冰塊的聲音。

「我倒想問你，你為什麼不和紫帆聯絡？」這次換成古波藏反問。「大學畢業之後，偶爾見到紫帆，她說你討厭她了，很落寞的樣子。」

「沒有的事。」牧島搖搖頭。「上次紫帆也對我說了同樣的話，我一時解釋不來。但是今天我們一起去海灘時，我終於明瞭了。」

牧島說到這裡停住了，然後便沉默下來。

古波藏也不作聲，靜靜地等待牧島開口。

大學二年級的夏天，從東京回鄉的牧島借了父親的車，約紫帆到海邊去。牧島和紫帆都剛滿二十歲，到她家接她時，紫帆穿著紅色坦克背心，印花波浪裙，腳上踩著高跟涼鞋，背著大海灘包出來。

上了大學後，紫帆出落得更美了。與紫帆走在一起，不只是男生，連年輕女子也會回頭。而且他們看的不是紫帆，而是面露驚奇地看著牧島的臉。

從海邊的更衣室出來，看到紫帆的比基尼裝，本以為只會看到穿高中體育課泳裝的牧島，忍不住倒吸一口氣。修長的腳與適度弧形的腰枝、豐滿高挺的胸，她的頭髮綁成了馬尾，用金色髮帶束著。

紫帆一看到牧島，立刻跑過來站在他面前。

「因為是你約我的，所以昨天特地去買了這套泳裝。怎麼樣？」她邊說邊觀察牧島的臉。

「很好看。」牧島吞吞吐吐地說。

「太好了。我不想讓你失望，所以鼓起了好大的勇氣哦。」紫帆眼中閃著光芒。「如果你帶的女伴穿著過時的泳裝，一定很沒面子吧。」

把海灘墊鋪在沙灘上，為紫帆的背塗上防曬油。紫帆鬆開了比基尼，把胸部抵在兩膝上作日光浴。「留下痕跡的話會很難看，你幫我塗得均勻一點。」她說。

入海、作日光浴，享受一會兒時光後，他借來了船，划著船到海上去。灼熱的陽光與碧藍的海，棉花糖般的白雲飄浮在湛藍的天空。

牧島把船停在離岸五十公尺附近，便跳進海裡。國中都在游泳社的紫帆，用漂亮的自由式穿過水面。

游泳游膩了，紫帆一使勁爬上船。解開髮帶，水滴滴在牧島曬熱的皮膚上。紫帆貼著牧島的身體躺下，剛出水的冰涼皮膚，十分舒服。

「這個夏日假期，真是太棒了。」紫帆笑道。「好久沒有游泳了，一會兒就喘不過氣來。」

牧島默默地感受著紫帆的呼吸，若不如此，他可能無法壓抑自己。

就在這時，發生了一個小意外。

彷彿聽到有人在叫喊，牧島坐起身體。不遠的前方有兩個女孩坐在海灘浮板上，向他們揮著手。看起來是被海流帶過來的。

牧島也揮手示意，一面大叫：「等我一下。」

他划著槳往浮板划去，就在快要到時，一個大浪打來，其中一個女孩隨著尖叫聲落海。就算一時浮出海面，但由於太驚慌，手腳亂抓亂動，又沉入水中。

牧島趕緊跳進海裡，全力游去。海中看見白色的身體，於是他潛進海中，抱住女子的腰部，將她拉上來。

但是剎那間，他被一股蠻力抱住，泳衣堵住了嘴，讓他仰面沉入水中。他想掙脫，卻掙脫不開，幾乎覺得快溺水時，他的身體浮出了水面。

「別擔心，」紫帆說，「有我托著你。」

把意識不清的女子送回浮板時，救生員也趕到了。他們把女子移到救生艇，老練地做起人工呼吸。做完幾次之後，女子吐了水，恢復了意識。兩人見狀，便把後續交給他們，划著船回到岸邊。

「牧島，你剛才好帥哦，而且沒想到你游得那麼快，我怎麼樣都追不上你。」紫帆笑道。

他們無意再下海，便換了衣服回車上，在大馬路邊的咖啡館吃過時的午飯。紫帆點了白酒蛤蜊麵，牧島點了培根雞蛋麵，吃到一半再交換餐點。「這樣吃好像賺到兩倍的感覺。」紫帆說。

牧島對那個夏日發生的事如數家珍，連紫帆不經意說的話或細微的表情都記得一清二楚。但是，不知為何，在那家咖啡館裡說了什麼，他卻幾乎沒有記憶。大概是說些東京的大學生活、即將展開的求職和同學近況等不痛不癢的話吧。

下午快四點時，兩人走出咖啡館。前面出了車禍，整條馬路大回堵。直到傍晚才走了不到一半。

不知不覺間，天空陰沉下來，雷鳴隨著閃電轟然而響，隨即落下大顆的雨滴。

雨越下越大，變成暴風雨，能見度只剩一公尺。強風吹得車子不斷搖晃，黃濁的水流到馬路上變成湍流。

「好可怕。」紫帆緊抓牧島的手臂。

突然間，整個天空亮起白光，響起巨大的雷聲。

紫帆尖叫起來，雷打在附近的鐵塔，散射出青色的火花。

牧島從握著自己的冰冷手心，知道紫帆的身體正微微顫抖。

打開收音機，但電波受到干擾，什麼也聽不見。就在這時候，水位不斷增高，積水幾乎有輪胎一半高。可能附近的堤防潰堤了，但什麼資訊都沒有。

牧島看到一條通往高台的側路，於是把方向盤轉向，那是個小公園，在雨霧中朦朧可以隱約看到秋千和攀爬架。他在公園前停了車，從那裡遠望街區的情況。

雷雨雲往南移動，閃電到雷鳴之間的間隔也拉長了。晦暗的天空依然發出令人膽寒的光，但雨勢開始變小。

「出去外面看看吧。」紫帆說。

風力很強，雨珠打在臉上時甚至有點痛。可是西方的天空已然無雲，不時還能窺見鮮紅的夕陽。染紅的雲朵徐徐暗淡下來，被濃厚的雷雨雲吸收進去。紫帆抓著牧島的手臂，猛地把身體靠向他。

「你看那邊。」紫帆指著腳下。

馬路變成了小河，一棵被雷擊倒的巨樹緩緩地飄在水中。

「好像世界末日一樣。」

牧島緊緊抱住紫帆顫抖的身體。

紫帆依順地靠著他，不久，她圈住牧島的脖子。他感受到胸口猛烈的跳動，熱熱的呼氣噴在頸脖。

紫帆濕潤的眼睛凝視著牧島。兩人的唇碰在一起——。

「那是在十三年前，從此之後，一直沒再和紫帆見面。」說完夏日的回憶後，牧島這麼說。

古波藏默默聽完，只問了一句：

「為什麼就這樣結束？」

「因為它太完美了，我怕破壞了它。」

古波藏不可置信地看著牧島。

「我想我這一輩子，在那之前，與在那之後，都不會再有那麼完美的一刻。」牧島說，「因為我一開始就知道，像我這種平凡男人，與紫帆根本不相配。」

古波藏什麼也沒說，歪著嘴叼著菸，目光轉向暗淡的海。

第四章　徬徨

25

一如往常，鬧鐘在清晨七點響起。

牧島慧從棉被裡爬出來，開了窗，在暖爐升了火。天空蔚藍晴朗，但今天早上意外的冷。把昨晚的剩飯放進碗裡，用微波爐熱過，從冰箱拿出預做好的燙菠菜、燜茄子和煎蛋。用水壺煮開水，泡一杯即食味噌湯當早餐。

吃完飯，洗好餐具，他出外到附近的公園散步。從新加坡回來才不過一星期，但一切都宛如成了舊事。

沿著散步道走一陣，看到俱樂部改裝的諮詢中心。去年年底，他和紫帆、真琴三個人在這裡野餐過。

牧島是在上個星期六從新加坡搭當地時間上午八點的飛機，傍晚五點抵達成田機場。換乘往東京車站的快速巴士，再搭計程車到位於日比谷的飯店。

還保留明治時代創業初期風貌的酒吧，內部有條長長的吧台，吧台前方擺了四人座的桌子。牧島把行李箱寄放在入口往內探看，啜著千邑的猪野忠和舉起手來。

「長途旅行想必很累吧。」牧島在對面位子坐下，點了咖啡，猪野還是一貫討人厭的口吻說道，「聽說你在各方面都頗有收穫。」

因為是週末夜，桌位坐了半滿。約在這裡見面準備前往銀座遊樂的中年男子，與穿戴名牌衣飾的年輕女子特別引人注目。

「依照約定，我把這還給你了。」猪野從提包拿出北川康志的筆記型電腦。「這裡面完全沒有我們在找的資料。雖然北川以前總是說，『全部都存在裡面』。」

牧島接過筆電，放在隔壁座位。

「因為這個緣故，所以我不支付承諾你的三百萬日圓。至於車馬費一百萬，也等於丟到水溝裡了。」

「沒關係。反正我從一開始就沒抱這個期待。」牧島從外套內口袋拿出信封，交給猪野。「車馬費中剩下的錢還給你。我只用掉航空運費、飯店住宿，還有一些花費。」

猪野瞥了一眼信封內部，笑道：「看來你非常守本分。」

「我不想為了這種事欠別人的人情。」

猪野對牧島的諷刺沒放在心上，只是把信封塞進皺巴巴的西裝口袋，大聲地啜著干邑。

「我可能知道你們交給北川的錢流向何方。」等著侍者送來咖啡時，牧島說。

「什麼意思？」眼圈有點發紅的猪野問。來這裡之前，他似乎已經在別處喝了不少。

「我有顯示北川管理資金流向的檔案。只要知道帳號，就可以從這裡面調查。」

「真的嗎？」猪野半信半疑。

「因為我不想再跟你糾纏下去，」牧島把北川的電腦放在桌上，打開電源。「我們在這裡找出來，然後把它結束吧。」

視窗系統跳過登錄畫面，直接啟動。果然他拜託了某家業者，把密碼鎖解除了。

牧島在USB埠頭插入隨身碟，打開復原的北川匯款紀錄檔。

「能不能告訴我你想查詢的帳號？我可以查出帳號裡的錢移動到哪裡去了。」

猪野躊躇了半天，從西裝內袋裡拿出記事本，打開寫滿小小數字的頁面。從854開始的十一位數帳號共有三個。那是大神辰男在瑞士ＳＧ銀行開設的帳戶。

使用搜尋功能分類後，螢幕顯示出該帳號的進出帳紀錄。把它拷貝在表格計算軟體，加以整理後，計算帳戶裡的增減額。

「有沒有筆？」他問。猪野拿出老舊的鋼筆。牧島在猪野的記事本上記下各帳戶資金的動態。

三個帳戶分別匯出十三億七千萬、十六億四千萬與十九億七千萬。所以合計匯出將近五十億日圓。大部分都是二〇一一年三月之後的交易。資金全部都集中到先前提到的8×8的帳戶。

「從這個檔案無法知道後來資金怎麼樣，要不要請銀行幫你查對？」

猪野一臉呆滯地看著記事本上寫的數字。牧島雖然偷偷地保存這個檔案，但果不其然，猪野對電腦是個大外行，完全沒有察覺這件事。

「我能做的只有這樣。」牧島關掉電腦的電源，收進背包。「希望你別再找紫帆或我的麻煩了。」

猪野聽到紫帆的名字，還處在恍神狀態，過了一會兒才想起什麼似地咧嘴笑道：「就算我想找麻煩也沒辦法了。」

「怎麼說？」

「紫帆和她女兒前天開始就消失了。」猪野發出猥褻的笑聲。

「消失？」他傳了郵件、在電話裡留言，但紫帆都沒有回應。從機場打電話也沒人接。手機則一直播放「手機目前關機，或位於接收不到的地方」的錄音。

「你對紫帆做了什麼？」他不覺口氣激烈起來。

「什麼事也沒做。」猪野搖頭。「我們才被她搞得很麻煩。」

「為什麼你知道紫帆的行動？」

「這個嘛……」猪野頓時欲言又止。然後「嘿嘿嘿」的笑著說：「任誰也沒辦法逃出我的情報網。所以，你也別動什麼歪腦筋。」

與猪野分別後，牧島又打了一次電話給紫帆，還是沒人接。

他把行李箱寄放在有樂町車站的寄物櫃，坐計程車到紫帆麻布的家。標示「北川」的信箱裡雜亂地插著廣告信件，按了對講機，也沒有人回應。

經過了一星期，紫帆還是沒有回信。手機仍舊無人接聽。

一回神，牧島發現自己站在人影稀疏的寒冬公園裡發呆。

牧島心中的紫帆，仍然是二十歲那個夏天的她。雖然經過了十三年才重逢，但是他幾乎不知道紫帆這些年過的是什麼日子。

紫帆沒有告訴他，應該是因為有她自己的苦衷吧。他也明白自己只是她的同學，沒有追問她隱私的權利。

但是，即使如此，牧島還是想填補這十三年的空白。而且最重要的是，他想再見紫帆一面。

26

「古波藏先生，好久不見。」走下窄小的階梯，進入地下的店裡時，老闆招呼道。「今天門可羅雀，我差點都想打烊了。」

「我到熱帶一個星期，昨天才剛回來。」古波藏佑坐上吧台的圓凳。

「真好耶。日本冷得半死，伊豆下雪還上了電視新聞呢。」老闆邊說，邊拿出古波藏留在這裡的「波摩（Bowmore）二十五年」加入冰塊。

在外商銀行任職，定居藤澤之後不久，他就常來這家商店街外緣的酒館。光顧了十年之久，這段期間老闆換了人，現在是第二代。

「要不要下酒的小菜？不過太精致的，我也做不來。」

戴著圓眼鏡，留著斑白鬍子，漿白襯衫搭配灰背心，他總是打扮得十分高雅。古波藏點了卡波里沙拉和蒜味蝦仁。雖然嘴上謙虛，但在銀座名店修業過的烹調手藝不是蓋的。

「對了，不久前，有個女人來找過你。」老闆一面說著，手上料理著義大利空運來的新鮮摩札瑞拉與番茄、羅勒葉。「也不能算是找你吧。我告訴她『古波藏先生最近都沒來哦。』她回答說『我知道。』」

「什麼樣的女人？」

「很漂亮的女人。」老闆出神般瞇細眼睛。「個子高挑，好像模特兒或是電影明星似的。」

做好卡波里沙拉，又在小鍋倒入橄欖油、大蒜和辣椒後開了火。

「剛開始話題老是聊不起來，她說『以前和古波藏常常來這家店，一時很懷念所以才來的。』那麼漂亮的女人，我怎麼可能不記得呢，所以東問西問地才終於明白了。我頂下這家店是在五年前，她在我之前就來過店裡。」

古波藏不發一言，默默喝著波摩。

「我的吧台、裝潢幾乎都沒有改變，所以她誤以為是同一家店吧。」燒熱的橄欖油上丟進蝦仁，再用雪莉酒調味，老闆朝古波藏瞥了一眼。

「菜很燙，請小心享用。」木製的鍋墊放在吧台，盛上熱氣蒸騰的蒜味蝦。「雖然我一向不介入客人的隱私，不過她看起來很落寞，你要不要跟她聯絡一下？」

古波藏沒有回答，吃起卡波里沙拉和蒜味蝦，並且再點了一杯波摩加冰。

「今天進了一條新鮮的嘉鱲，要不要來一道義式水煮魚？」撤下吧台的盤子後，老闆捧出美麗的紅色嘉鱲。「讓它這麼躺一整天太可惜了。」

古波藏說了聲「都好」。「這個時節的嘉鱲最好了，」老闆邊說，邊在魚身撒上鹽和胡椒，讓它入味，又在平底鍋熱起橄欖油，煎到兩面微焦的程度。然後把香草、酸豆、大蒜塞進魚腹，加入番茄乾和橄欖，以白酒和清水燉煮。這時候開大火，把湯汁徐徐淋在魚上是竅門所在。

這道料理雖然簡單，但吸收了湯汁，再加上大火滾過的白肉魚又鮮又香，把烤好的長棍麵包浸一下吃，更是可口。最後，整個盤子都清得一乾二淨。

吃完飯，喝乾第三杯波摩時，已是凌晨十二點多。到打烊之前一個客人也沒來。

「那個，」結了帳要出去時，老闆叫住他。「我想還是告訴你一聲，」

「那位小姐回去的時候，我問她：『有沒有什麼話要帶給古波藏先生呢？』於是她想了一會兒之後說：『不用了，反正我們不會再相見了。』」

古波藏什麼話也沒說的出了店門。

傍晚的小雨不知何時變成了雪。古波藏叼起菸，點了火，把圍巾重新繞緊，立起大衣的領子。

古波藏在隔週週一的下午，到位於澀谷的民平總公司。

倉庫般的會長室裡，村井仍然在電話裡對屬下斥責不休。一看到古波藏進來，用下巴指著接待室。古波藏把沙發上四處散置的報紙和雜誌收拾好，坐著等村井訓完話。

村井像要把話筒敲爛一般的掛上後走近過來，沒坐沙發，而是把手撐在椅背，從高處瞪著古波藏。

古波藏把文件放在桌上。

「這是昨天對方送來的合約草案。幾天內一千萬美元就會歸還到你的帳戶，之後按五年分期，轉入一千萬美元作為損害補償，第六年再補上利息一百萬美金。讓律師看過沒問題的話，只要會長簽字，一切就結束了。」

「本事不小嘛。」村井滿意地說。

「但是有幾個條件。」古波藏繼續說，「本金的一千萬美元會在瑞士SG銀行的投資帳戶裡作運用，所以不能提出。但從那裡獲得的投資收益隨時都可以提領，也可以匯到其他銀行。如果有需要，也可以在境外開個適當的帳戶。」

「五年翻倍的話也就是年利率百分之十五嘍？就投資來說還不錯。」村井用心算計算利益率，露出白牙笑了。「所以，你的報酬是多少？」

「對本金一千萬美金的成功報酬是百分之五，也就是五十萬美金。銀行一入帳，麻煩三天之內匯到指定的帳戶。」古波藏把匯款指示單放在桌上。「關於損害賠償部分，成功報酬是百分之二十，這部分麻煩設定成一轉入就自動匯到指定帳戶。這樣比較不麻煩。」

「你的意思是信不過我？」村井臉上不太高興。

「因為有人會過河拆橋。」古波藏說，「沒必要彼此搞得不愉快。」

「只要告訴稅務署『銀行把擅自挪用的錢還清了』就行，損害賠償金只管收下，不用聲張。

「要不要繳稅不關我的事。反正稅務署沒管道了解你跟銀行簽了什麼約。

「我這個人最討厭隨便亂花錢。用賓館街上的舊大樓作為總公司，暖氣冷氣都不用，削減經費，東撙西節的擴大事業，賺來的錢卻被那些傢伙不由分說地拿走，而且只會用在廢柴公務員的薪水和多餘的公共事業上。」村井忿忿不平地說。「對了，我要跟你商量一件事……」

古波藏抬頭看村井。

「我有個兒子，是個沒出息的米蟲，所以沒讓他接觸生意。現在在寫些不值錢的音樂評論。他老婆是個只會花錢的賤貨，還有兩個蠢孫子。」村井在古波藏面前坐下。「人家不是說『兒子越傻越疼愛』嗎？這話一點不假。所以，我死了之後，想給兒孫多留點錢。畢竟他們以前都沒認真賺過錢。」

「你想說遺產稅的問題吧？」古波藏說。「若是不想付，只要會長你和兒子都不是日本居民就行了。」

「這點常識我也有。但是，只要這間公司還在，我就不可能離開日本。」

日本的稅法是屬地主義，所以原則上，如果不住在日本國內，就不用對日本繳稅。但是這樣一來，就能輕鬆逃避贈與稅和遺產稅，所以在二〇〇四年的租稅特別處置法修正條例中，贈與人與受贈人若未在國外定居五年以上仍需課稅。村井若想免除贈與稅，就必須與兒子成為長期非日本居民。

「既然如此，就只有讓兒子放棄日本國籍了。」古波藏說。

「可以這麼做嗎？」村井提起了興趣。

「日本不承認雙重國籍，所以若憑自己的意志取得他國國籍時，就被視為放棄日本國籍了。然後，將國外的資產贈與兒子的話，就只是將國外財產交給外國人，不課贈與稅。」

「可是這麼一來，就等於放棄日本。」

「為什麼要這麼想呢？」古波藏說，「住在日本的外國人不是很多嗎。」

「我懂了。取得外國國籍，在不課稅下贈與資產之後，再回到日本就行了嘛。」村井了然於心地點頭。

「當然，如果贈與的金額太大，就必須做個相應的計畫。以結果來說，就是成為加拿大人或澳洲人，再取得日本居住簽證就行了。他原本就是日本人，所以辦理簽證應該很簡單。」

「但是，再怎麼說變成一個外國人也……」

「如果不想當外國人，再次恢復日本國籍就行啦。」

「可以這麼做嗎？」

「放棄日本國籍幾乎多是因為國際通婚。婚姻生活若是不順，離婚回到了日本，若再繼續被當成外國人未免可憐，所以在運用上，即使有段時期成為外國籍，也能恢復為日本籍。」

「原來如此，」村井叉起手臂，「也許下次可以談談。」

「最近都是這種案子。去年我幫三個金主的不肖兒子變成外國人。」古波藏說，「報酬是一百萬美元以下，贈與財產的百分之二十，一千萬美金以下百分之十，以上的話一律百分之五，條件一清二楚。」

「嗯。」村井在桌上的匯款指示單上簽了字，站起身來，暗示他該走人了。

古波藏對回到辦公桌的村井說：

「與瑞士SG銀行達成協議的事，你對誰說過？」

「為什麼這麼問？」村井回頭。

「因為消息流出來了。」

「我只跟律師說過，他的嘴很牢，所以不會從他那裡洩露出去。」村井說。「賠償金的事傳開就麻煩了。是誰說的呢？」

「我覺得只有銀行的人有嫌疑。但想不出為什麼要做那種事。」

「我有種不妙的預感，我的第六感很準的。」村井皺起臉，「會不會有人想要利用這件事？反正要多留神。」

古波藏起身，穿上大衣的時候，村井坐回位子開始閱讀文件。

「我有個請求。」離開前古波藏說，「能不能介紹赤目給我認識？好像可以做筆大買賣。」

「你想見赤目？」村井從文件中抬起頭，瞪大雙眼。「最好別有些奇怪的想法。見他那種人只會減壽，而且他不見外人。」

「怎樣可以聯絡到他？」

「白道中有極少數的人能跟赤目說得上話。只能拜託他們。」他瞠目瞪著古波藏，「只不過，到那時候，你得要有相當的自覺。」

27

牧島尋找紫帆行蹤所做的第一件事，就是打電話到她娘家。

去新加坡時紫帆曾把真琴寄在娘家，所以他們應該某種程度知情。

從壁櫃找出高中畢業紀念冊，立刻就翻到她娘家的電話號碼。按捺到過了傍晚六點，才打電話過去。

「喂，這裡是桐依家。」貌似母親的女士立刻接了電話。

「我叫牧島。」報上姓名，但紫帆母親似乎沒有會意過來。「我是紫帆高中時的同學。」牧島又補充解釋時，突然，伯母失聲大叫起來：「什麼！你是那個牧島!?」

「真懷念啊。」紫帆的母親雖然被這突如其來的電話嚇了一跳，但並沒有起疑心。「聽說你進了大公司，出人頭地了……」聽她這麼說，看來應該不知道牧島的近況。

「這次輪到我當同學會的幹事，所以打電話來問問紫帆的聯絡方式。」

扯一個安全無害的謊，伯母立刻就相信了。「請你等一下哦。」然後她念出麻布家的地址和電話號碼。

「呃，我聽說她家裡出了不幸的事……」牧島委婉地問道。

「是啊，我女婿在新加坡出了意外，一眨眼就這麼走了。」從她的口氣中，隱約傳達出她對女兒與北川結婚的不滿。

「您最近跟紫帆見過面嗎？」

「有啊，她常常把外孫女寄在我這裡。本來以為我終於放下了育兒的重擔，沒想到現在又要照顧外孫，真煩人。」伯母開朗地笑了。

「為了保險起見，您方便給我她的手機號碼嗎？」

伯母把牧島已知的電話告訴他後，又說，「可是，現在這支電話不通耶。她說要換手機了，所以現在打過去也沒有人接。」

牧島說，沒有關係，同學會的通知會郵寄到她家。

「接到你的電話，真的很開心。」紫帆母親最後又說，「只能怪我女兒自己，被一個不正經的男人拐走。上次我也訓她：『明明高中時候有個那麼好的男友，卻還……』。」

牧島不置可否地笑笑。

「下次她打電話來，我會告訴她你來過電話。她一定會很高興。」

不順眼的女婿死了，女兒和外孫女回到自己身邊，伯母的聲音聽起來十分幸福。牧島不想增加她的憂慮，於是鄭重道了謝才掛斷電話。

第二天傍晚，牧島走進靠近新橋車站的銀座後巷裡。酒店和小吃店雲集，上班前的酒店小姐和同行的情侶踏著匆忙的腳步，消失在雜居大樓。午後的雨轉變為雪，天氣預報說，到明天早上會有相當高的積雪。

紫帆對娘家什麼都沒交代，不過想想也是理所當然，因為不論是牧島或是別人，想要尋找紫帆的行蹤，第一個都會往她娘家找。

與北川結婚，生了女兒，在麻布定居之後，紫帆可能隱藏了自己賣笑的過去，與附近的主婦們來往吧。如果其中有可以據實以告的可靠朋友，她也不用打電話給牧島了。

這麼一想，除了酒店工作時代的人際關係之外，他想不到別的路子。

其實，紫帆在銀座工作的事，牧島老早就知道了。大概是在十年前，一個同學湊巧在銀座的店裡遇到紫帆，所以告訴了他。

牧島打定了主意，打了電話給那個同學。

曾經是學生會的幹部，現在在名古屋某汽車公司服務的男同學，接到電話時吃了一驚，不過聽到紫帆的名字，立刻便想起來了。

「去東京出差時，部長帶我去他常去的店。沒想到紫帆在那兒上班，我嚇得腿都軟了。那女生高中的時候就是矚目的焦點啊。我立刻認了出來，上前打招呼，可是我們帶了客戶，所以沒法長談。第二次去東京出差的時候，聽說她已經辭職了。」

問了店家的名字，同學特地找出從前的記事簿來查找。

「對了，牧島，你現在做些什麼？」

他說辭了公司，在做翻譯的工作。

「是哦。你的英文從以前就很拿手嘛。」既沒問他找紫帆的原因，也沒問辭職的緣由。

「上次聊到隔了這麼久，明年想開個同學會。下次我們會開幹事會決定日程，到時候再聯絡你，一定要來露臉哦。」

從同學的口吻，傳遞出在大組織裡承擔重大任務者的自信和從容，牧島說了聲「一定會出席」便掛了電話。

紫帆以前上班的店，在銀座八丁目小巷底某雜居大樓的四樓。打開掛有「會員制俱樂部胡蝶」小木牌的門，可能是時間還早，只有一個五十開外、穿和服的女人坐在吧台寫東西。

女人一看到牧島，立刻知道他不是客人吧，一臉訝異的問：「您哪位？」

「是這樣的，我想請教一位以前在這裡工作過的小姐。」

聽牧島這麼一說，女人立刻轉變為警戒的表情，不客氣地拒絕道：「我們這裡不回答這種事。」

「這我明白。不過，因為她現在下落不明，所以我才找她的。」牧島把準備好的說詞背出來。

牧島解釋，她的丈夫在國外意外死亡之後，她便與孩子一起失去聯絡。這個話題似乎勾起了女人的興趣。

「你跟她是什麼關係呢？」

「我們是高中同學。」

女人合上吧台上的筆記，看著牧島，「那個小姐叫什麼名字？」

「她叫紫帆，桐依紫帆。」

「不是本名，我是問她的花名。」女人說。「我們這種店裡，沒有人在用本名，所以你告訴我她的真名，也沒有用。」

牧島沒聽過紫帆的花名。

「那小姐確定在我們這裡上過班？」

「是的。有個同學在這家店見過她。」

「什麼時候的事？」

「進公司第二年來東京出差的時候，算起來應該是十年前了。」

「十年？」女人拉高了聲調。「那是很久以前了耶，是我出來在這裡開店的那一年。」

她微傾著頭，思考了一會兒說：「你說的是不是花梨啊？」

「花梨？」

「她本來在鄉下當ＯＬ，被公司的女總管欺負得很嚴重，所以跑到東京來。個子高高、眼睛很大的女孩子。她是我這家店第一個小姐，我記得很清楚。」

「等我一下。」女人站起來，從店後面的架子上拿出一疊厚厚的檔案。「我有整理癖，這店裡所有小姐的履歷表，我都收得好好的。」

在檔案裡前後翻了半天，指著其中一張，「是這一位吧。」她說，「上面的確寫了桐依紫帆，她是個規矩的女孩子，所以連本名都寫了。別人的話，出身地、學校和名字，幾乎都是胡謅的。」

履歷表貼著紫帆沒有化妝、表情緊張的照片。以熟悉的筆跡不但寫了學歷和經歷，連老家的地址都正確填寫了。那時候她似乎住在江東區的公寓。

「花梨到底出了什麼事？」

牧島把她和北川結婚，在新加坡發生的意外，在不說謊的程度稍微改編了一下。

「那麼，她父母一定很擔心吧。」女人同情地說：「所以才拜託你幫忙找花梨。」

這個誤會令他有點不好意思，但他只是默默點頭。

「我對那個孩子的印象很深刻。」女人臉上透著懷念。「剛開店的時候，旗下的女孩全被其他店挖走了，沒辦法營業。我一火大，就在大樓門口貼了急徵小姐的廣告。雖然在巷子裡，但也算是銀座吧，說不定哪家的酒店妹會看到，進來聊聊也好。結果第一個進來的就是花梨。她不久前還在鄉下當ＯＬ，來到東京之後，在百貨公司的化妝品賣場打工。我嚇了一跳，這種工作圈外人絕對做不來的。可是店裡沒有小姐實在不像話，所以，我叫她只要穿得漂亮一點，笑咪咪地幫客人倒酒就好，她就來上班了。」

「她一直待在這家店嗎？」牧島問。

「才沒有咧。」女人回答。「該怎麼說呢。不知是太老實，還是太鄉下味兒了，老是學不會怎麼討客人歡心，穿衣服的品味也太差，做了一個月左右，我告訴她『你不適合過夜生活，還是去找找別條路子吧。』叫她辭職。而且我也從別的店拉了幾個姑娘過來了。她的確長得夠漂亮，可是她那種小姐這附近隨便一抓就有一大把。」

「後來就沒再見到紫帆了？」

「說起來也真奇怪。」女人突然變得多話起來，話匣子一開就關不上的性格。「從那之後又過了半年左右，她來找我說：『請讓我再來這兒工作』。那時候，她一身香奈兒套裝，提著愛馬仕皮包，時髦得幾乎認不出來。因為我太驚訝，所以到現在都還記得。人家說從蟲蛹變成蝴蝶，就是這種狀況。」

「她在這家店待了多久？」

「她那種等級的姑娘不可能在這種小店裡做太久啦。半年不到，就被貝赫耶波克挖走了。」

「貝赫耶波克？」

「就是銀座最大的夜總會之一啊。以前是一流，現在客層也變得雜亂，等於高級夜店一樣。」

就在這時，兩個女孩打了招呼進來。差不多該做開店準備了。

「我想去那家貝赫耶波克打聽看看。」

女人打量著牧島毛線衫牛仔褲的打扮。

「你這模樣進不了店裡，所以你繞到後門，找一個經理，他叫田中。告訴他是我介紹來的，他應該會告訴你一點線索。」

「她在那家店待得久嗎？」

「花梨在貝赫耶波克是頭牌的小姐。但是兩年多就辭了……」說到這裡，女人搗起嘴，「哎喲不行。」她大叫一聲，「我不能再多說了。那會提到捧我們場的客人。」

既然她這麼說，牧島也不可能再問出什麼了。女人做出看鐘的動作，於是牧島只能道謝趕緊離去。走出雜居大樓，已經下起大雪來。

貝赫耶波克的正門前用華麗的鮮花布置，打扮入時的酒店小姐們帶著同伴，推開厚重的樫木門，一個個被夜世界吸進去。按著胡蝶的媽媽桑所說，牧島繞到後門但是門上了鎖，也沒有工作人員的身影。雪不斷下著，即使躲在屋簷下，羽絨大衣還是凍成白色。他反覆跳著腳，但寒氣還是從運動鞋的薄鞋底傳上來。

就快凍僵放棄的時候，門開了。一個小伙子拿了垃圾袋出現。牧島叫住他，請他去叫田中經理。男子露出狐疑的神情，但還是口氣粗魯地丟下一句「等一下。」走進店裡。

雪中又等了快五分鐘，田中終於出來。白髮，留著小鬍子，黑色的三件式西裝，穿著十分講究。

表明是胡蝶媽媽桑介紹之後，田中將牧島帶進員工更衣室去。

「什麼事？」田中不太耐煩地說。「我這兒很忙，盡量長話短說。」

牧島先為自己冒昧造訪道歉，然後問他是否知道以前在這裡工作過的花梨近況。

「小子，你跟花梨什麼關係？」田中用威脅的口吻說。紫帆在這裡工作是相當久以前的事，但他肯定還記得。

牧島說，自己是高中同學，因為她丈夫意外身亡，行蹤成謎，所以正在尋找她。

「花梨的老公，死了？」田中一臉吃驚，「可他看起來一向很機靈滑溜的啊。」

「你認識北川先生嗎？」

「他和花梨結婚之後，還來過這兒好幾次。」田中不屑的說。「我們不准說客人的壞話，所以我什麼都不會說。」

「紫帆，哦不，花梨有沒有什麼可依賴的熟朋友？」

「想找這種人，你是白費工夫。酒店小姐彼此都在扯後腿，若是暴露缺點，只會被人利用。」

田中說完，轉身就想走。但牧島死命擋住請求道：「你能不能想想有什麼線索？什麼小事都行。」田中無情地揮揮手說：「你去北新地吧。」

「北新地？」

「大阪的夜店街。花梨在我們店裡雖然受歡迎，不過她在銀座待不下去後，就轉移陣地到大阪了。」

「在銀座待不下去是什麼意思？」

「這種事我不能告訴你。我能說的都說了，你快點走吧。」田中戳了牧島的肩，把他推向後門。「北新地的埃米塔日夜總會。這樣夠了吧。」

雪才下不到一個小時，銀座大街已經全然變成銀色世界。交錯的行人都怕冷的縮著身體，被吸進地下鐵的車站。

牧島突然閃過一個念頭，叫了一台計程車，決定去一個地方。

江東區龜戶二丁目。

一棟木造二層樓的寒酸公寓，位在龜戶天神社附近的巷子裡。信箱裡的廣告信塞了快半滿，通道放了一台舊洗衣機，夾板遮蔽的外梯看起來就快塌了。

牧島走回大路，觀察了一下四周。以前開的幾家商店現在都拉下鐵捲門，或是改成收費停車場。周遭一個人影也沒有。

他再次回到公寓前，仰頭看看二樓後面。辭去公司工作，搬來東京的紫帆，最初就住在這間公寓。胡蝶那兒履歷表上寫的二〇五室，現在門窗緊閉，似乎是空屋。鄰間有住戶，洗衣繩上掛的毛巾乾了也沒收。

二十三歲的紫帆租了這間寒酸的公寓，靠著化妝品賣場打工過不下去，於是到銀座去找工作，偶然發現酒店小姐的徵募廣告，去敲了胡蝶的門。

牧島想像著紫帆那時的孤獨。自己進公司的第二年，被分配到大分的工廠，從沒接到紫帆的聯絡。

雪不停的下著，幾乎快把運動鞋埋沒。

牧島佇立著，一直看著雪一點一滴地遮蔽住紫帆舊公寓的微髒牆壁、生鏽的陽台和壞掉的信箱。

28

把BMW停在明治大道附近的停車場，古波藏往原宿站的表參道口走去。東京地檢特搜部的榊原昭彥，怕冷似地兩手插在黑色素雅的大衣口袋，踩著腳注視從剪票口出來的人潮。

古波藏叫了一聲，榊原回過頭，露出可親的笑容。

「妻羅．皮耶納的大衣嗎？最高級的喀什米爾製品呢。」榊原瞥了一眼古波藏的西裝，叫出它的品牌。「公務員沒辦法做這種打扮，只有羨慕的份。」

昨天下午，榊原打電話到古波藏的手機。

「我又有點事想跟古波藏兄聊聊，明天能不能撥空見一面？」古波藏挖苦說：「終於要偵訊我了是吧？」「沒這回事。」榊原趕緊否認。「只是隨便閒聊而已。」於是，約了下午三點在原宿站的剪票口見面。

榊原邀了古波藏到代代木公園。「今天天氣很好，要不要稍微散散步？」見古波藏有些詫異，榊原回道：「啊，說起來真難為情。我們沒有預算。」一副很頭疼的樣子。「在國外，做什麼都行。但是在國內，連咖啡館的錢都不代付。既不能訂飯店房間，但也不能傳你到檢察廳去。若想說些不能被人聽到的話，只有這個方法了。」

看著左側的國立代代木田徑場，兩人並肩徜徉在葉落的樹林裡。四處的角落還殘留著前日的雪。晴朗的下午，許多出門曬曬久違陽光的人正在健走或跑步。

「因為父母工作的關係，國中畢業以前我住在美國。」榊原道出他成為檢察官的緣由。「高中回日本，大學畢業進入法律研究所，第二次司法考試低飛過關。也算是僥倖，一般的話以我的成績，絕對考不取。但檢察系統也在國際化，所以他們需要會說英文的人才。剛開始被高薪吸引，打算去涉外法律事務所，但那種地方多的是我這種人。相比之下，能用英文交涉的檢察官卻是屈指可數。心想這樣可以早點升官吧，結果還是失算了。」

榊原眉頭一皺，拉高了黑大衣的領子。

「日本的檢察體系跟軍隊很像，用一抓一大把的廉價西裝配上廉價大衣、廉價皮鞋作為制服。我想至少襯衫可以自己作主吧，穿了在義大利買的舊襯衫，馬上就被課長叫出去。」

「既然如此，改行當律師不就行了。」

古波藏一說，榊原露出白牙笑道：「有好幾個地方來問我意願了。不過，這兒的薪水雖然少如麻雀的眼淚，但國家權力還是有它的魅力在。」

代代木公園的一角有個鐵絲網圍成的小森林，作為野鳥的保護區。榊原指著園區前的陽光處，「稍微休息一下吧。」

坐到長椅，古坡藏叼起菸點火。

「案子已經算是尾聲了，不過我們關心的是民自黨的前祕書長大神辰男。上面的方針是盡可能把它弄成全國矚目的大案子，提起公訴。」榊原對飄浮的紫煙皺起眉心。

「告訴我這些話，不會不方便？」

「因為我今天想跟你開誠布公的談話。」榊原又展露亮白的牙齒。「大家稱之為政治大老的這些大人物，他們的工作就是募集資金。想在選舉中獲勝，首要的就是資金，所以他也有無可奈何的一面。若想要找幾個可以隨意使喚的手下，錢再多也不夠花。政治是權謀算計的世界，沒有錢的話，就算是心腹也會叛投敵方。」

因此，領導派系的政治人物，與地方首長、白手套、大型建設公司的董事等合作，從公共事業的仲介中獲取高額的運作金。但是在淨化政界與重視法治的呼籲聲中，這種做法的風險變高，油水也少了。這都是因為公共事業的預算一再被削減之故。

一九七〇年代前，跟公共事業一樣的肥羊是戰後賠償。日本與中國、韓國、東南亞各國簽訂了和平條約，為了負起過去戰爭侵略者的責任，日本提出賠償或等同賠償的經濟援助。當時亞洲各國幾乎都是獨裁政權，大半的資金都落入當權者的口袋裡。

積極從事賠償和經濟援助的是戰後的政治大老。追究他們如此熱心的原因，並不是對過去的歷史有所反省，簡言之就是為了錢。有像兒玉譽士夫（譯注：一九一一—一九八四，日本右翼運動家，暴力團體「錦政會」顧問，被稱為「政經界黑手」、「牽線人」，因洛克希德政治獻金案被判刑）那樣的白手套夾在其中，被日本政治家索討高額賄賂作為回扣，已經成了常識。

但是，自一九六五年日韓基本條約簽訂，與一九七二年中日邦交正常化後，戰後賠償也告一段落，再加上一九七六年，前首相田中角榮因洛克希德事件被逮捕，透過白手套露骨的金錢交易終於衰微。

「我們認為，之後上場的是ＯＤＡ資金。」榊原繼續往下說。

藉著經濟成長奇蹟，躍升為世界第二大經濟強國的日本，ＯＤＡ預算（譯注：政府開發援助Official Development Assistances）從一九八〇年的三千五百億日圓，增加到九七年超過一兆一千億日圓。除此之外，九一年的波斯灣戰爭，也支出了一百三十億美元。

「ＯＤＡ的經費幾乎都是付給開發中國家。但事實是這些國家也多是貪污橫行的獨裁國家。交給政府的資金，有七成到八成都由相關者瓜分，用於原本目的的資金少得可憐。為了防止這種狀況，許多ＯＤＡ都附帶條件，由日本的大型建設公司或機械公司來承包。當然，資金的一部分便成為仲介政客的回扣。我們判斷，這些回扣就存在瑞士的私人銀行裡。」榊原說到這裡停下來，望著古波藏。「一年一兆圓的ＯＤＡ，若其中百分之五成為政客的回扣，就是五百億圓。就算是百分之一，也有一百億。」

「所以，為什麼要特別盯著大神？」古波藏問。

「是首相強烈要求我們的，要不然也不會辦。」榊原說。「不久之前，他還被稱為『日本的頭子』，但現在成了泡沫政黨的首腦走下坡了，完全是個過去的人。逮捕這種政治人物，新聞上得不到什麼重要版面。」

「版面有那麼重要嗎？」

「特搜部的作用就是檢察署的活廣告。若非媒體大幅報導的事件，辦起來就沒有意義。」榊原直爽地說。「有人叫它『政治搜查』，但『宣傳搜查』比較接近實況。因為在上位的人，根本沒有人在考慮國家。這次也是打著用這案子賣面子給官邸的如意算盤。而且據說這政權會持久。」

「侍候大官真不容易。」古波藏丟掉菸蒂，用鞋底踩熄。

「其實一剛開始查得不太起勁，不過，卻出現炒作集團操縱股市的嫌疑，而且地點在新加坡。如果是洗錢的話，就會比單純的收受賄賂衝擊更大。正打算蓄勢待發的時候，沒想到關鍵人北川死了。」榊原繼續說，「雖然和新加坡當局建立了國際共同調查的框架，但坦白說，搜查處處碰壁，陷入泥沼。」

「炒作集團是指蜥蜴嗎？」

「果然有兩把刷子，連這都知道。」榊原驚奇的神情說。「最近ODA的資金減少不少，而且資金的用途也朝著透明化在進行。所以已經不能像從前那麼好賺了。可能因此才和炒作集團聯手製造政治資金吧。」

將核能出口當成經濟成長策略重點的民自黨，企圖把與巴西做生意當作政績，所以大神辰男才親自出馬到巴西，當起頂級推銷員向政經界要人推銷。另一方面，則讓自己手下的日伯通商簽下獨占合約，炒高股價。榊原解釋，如果用北川操作的政治資金來買他們股票的話，等於不用費力就能賺到巨額利益。他們就把這錢當作政界疏通用的資金吧。

「據說北川用核能基金募集了三百億日圓。因為大神去巴西，日伯通商的股票漲了十倍。如果沒有東北大地震與核能事故的話，現在他們早就賺大錢了。這當然是違法的股市操縱，可是，如果在開曼那種地方設立基金，用國外的戶頭交易的話，事實上是不可能證明政治家的參與。他們想出了絕佳的方法哩。」

榊原說著，從外衣口袋拿出一張紙。「這是北川康志死亡當天，手機的通聯紀錄。」紙上記載著十一位數的手機號碼與日期、通話時間、通話對象。

「新加坡警方與我們有照會，清單上記載的所有號碼都查證過了。其中有一個人換了電話號碼，聯絡不上。」榊原指著其中一個號碼。「當天，北川跟這個人通了好幾次電話。通話最長的時候有三十分鐘以上。」

「Kawasaki Masanari。」古波藏念出拼音標記的人名。

「我們猜，這個人會不會就是蜥蜴的首腦。辦手機時的文件上的資料全部都是虛構的。」榊原輕嘆一聲。「既沒有登記在警察廳暴力團相關的名單中，而且作為大人物的行情炒作者，卻也沒有在SEC（證券交易等監視委員會）留下任何紀錄。說到底，這是不是本名都很難說。」

耳朵聽著榊原說話，古波藏的眼睛卻從名單中看到另一個名字。

「這份名單也向新加坡提供了嗎？」

「是啊。本來就是從對方獲得的資料。」榊原訝異地說。

古波藏沒有回應，思考了一會兒，然後取出手機，打開牧島傳來的郵件。

「這是什麼？」看到郵件裡顯示的三組數字，榊原問。

「大神辰男在瑞士SG銀行所持有的帳號。」

榊原慌忙打開記事本，將帳號抄下來。

「但是，為什麼把這給我看？」謹慎查對了帳號與抄寫的數字後，榊原看著古波藏。

「從這些帳戶，總計流出了五十億日圓。但是在這邊的資料中，看不到帳戶餘額。以你們的權限，應該可以透過新加坡的金融管理局，開放該帳戶的明細吧。」

「了解了，彼此協助補充不足的資訊是吧。」榊原領會的點點頭。「但是，帳戶的名義很可能不是大神的，銀行會乖乖同意開放嗎？」

「到時候，只要請銀行保證這個帳戶與大神無關就行了。」古波藏回答，「對方明白，自己處於十分不利的立場。他們也擔心對金融當局說謊，事後敗露的話，恐將變成刑事案件。指明了帳號的話，他們應該不會冒那種風險。」

「我懂了。」榊原合上記事本。「你的邏輯依然令人耳目一新。」

「我還有一個請求。」古波藏說。

「請說。」

「一旦查到那個Kawasaki的真實身分，能不能告訴我？」

「好的，發現線索的話，我會向你報告。」榊原把記事本收進西裝內袋，扣上大衣釦子，立起領口。「與政治家聯手炒作那麼龐大行情的人，不可能完全隱藏起來，一定會露出馬腳的。」

古波藏從長椅站起來，榊原開口道：

「你從瑞士SG銀行要脅了一大筆錢吧。」榊原露出熟悉的親切笑臉。「我們對那件事完全沒興趣，反正是外國的銀行。」

古波藏默默地往車站走去，強風颳過公園，把枯葉吹得不斷飄舞。

29

埃米塔日夜總會位在北新地鬧區的正中心。發薪日之後，狹小的通道擠滿喝一杯解憂的上班族。從名字看來以為是家高檔的店，但卻是推出「一小時五千圓！」招牌的小酒店。

牧島對站在門前的拉客仔說：「我想找個了解舊日狀況的人，打聽一下事情。」拉客仔一開始有點驚訝，但立刻就說：「反正你先進去，選個喜歡的小姐，愛問什麼隨你問。」

牧島好不容易擺脫拉客仔的糾纏，用手機打電話到店裡。

一名年輕男子接了電話：「歡迎惠顧！這裡是埃米塔日。」

「請問，店長在嗎？」

聽到這句話，男子突然警戒地問：「你哪位？」

牧島報上姓名，解釋自己想找一位七年前在店裡工作的小姐，名叫花梨。

「你稍等一下。」電話轉到保留，等了約一分鐘，對方接起電話，「那麼久遠的事沒有人知道，真對不起。」不由分說地講完，就掛了電話。

與東京地檢特搜部的榊原道別後，古波藏開著BMW回到藤澤的家。一走進房間，手機就響了。

「古波，現在可以說話嗎？」是新加坡警察愛麗絲．王。「事情變得有點棘手。」

「怎麼回事？」古波藏坐到餐椅上，叼起香菸。從窗口看得見江之島和太平洋。太陽將西方燒得火紅。

「我告訴過你，我們將北川康志的手機號碼與日本警方照會過，結果出爐了。」

榊原已把通聯紀錄給他看過，古波藏知道她要說什麼。

「上個月偵訊的時候，紫帆作證說，北川沒有任何聯絡。但是，在事件發生前，紫帆與北川談過好幾次。這件事在這裡變成了問題。」愛麗絲以嚴肅的口氣說。

紫帆與牧島一起到新加坡領取遺體時，問話的人是愛麗絲。當時紫帆回答：「北川的死亡十分突然，一點徵兆都沒有。」但是，北川手機的通聯紀錄上，有多通都記載著紫帆的名字。

「北川死亡前，有位自稱其妻的女子到飯店找他。最初認為與紫帆完全無關，但既然她有做偽證之嫌，只靠護照上沒有出入境紀錄，是不足以採證的。」

「這份調查，你告訴了日本警方沒有？」古波藏問。

「嗄？」愛麗絲發出不解的聲音，然後壓低聲音說：「一位名為安迪的年輕精英被拔擢為搜查負責人。那位安迪先生說，不需要把所有資料都確實傳送給日本。因為這案子是在新加坡發生，日本方面只要取得必要資料就行了。案子當然由我們這邊來解決。」

說到安迪這個人時，愛麗絲的聲音顯得有點情緒。

聽到這裡，古波藏恍然明白榊原不在意紫帆的名字出現在通聯記錄上的原因。若非知道有個女子曾去到飯店，丈夫與妻子之間打電話並無可疑之處。

「Kawasaki Masanari這個名字，妳有沒有印象？」古波藏問。

愛麗絲思考了一下，問：「他是誰？」

日本方面也隱瞞了北川死亡與炒作集團有牽連的事實。所謂的「日本與新加坡全面聯手調查」也不過就是這麼回事。

「所以，那個叫安迪的調查員還說了什麼？」

「他說，因為當時是我偵訊她的，應該叫紫帆女士再到新加坡來一趟。」愛麗絲不滿地說，「他的意思好像在說都是我無能，漏掉了重要的線索。」

「如果拒絕的話呢？」

「我們這裡會派搜查員到日本，訊問紫帆女士。可是，這麼一來，我方的心證就會變差，所以，若是紫帆與案件沒有關連，來新加坡把實情交代一下比較好。」

「這件事我會讓阿慧向紫帆轉達，讓他們兩人決定怎麼做。」思考了半晌後古波藏說，「還有，從北川筆電裡發現的那個檔案，妳可以告訴安迪那傢伙。」

「咦，可以嗎？」愛麗絲驚呼道。

「那是重要的搜查情報，交給他，妳也會比較受重視吧。日本方面已經將政治人物大神的帳號傳給他了，如果日本向妳照會，不是會變得更棘手嗎？」

「的確是沒錯……」愛麗絲沉默下來，隨即轉念說道：「好吧，比起給紫帆套上莫名的嫌疑，不如讓搜查回到正軌好一點。」

「只有我們保存那個檔案，也無法再查出什麼事實了。麻煩的部分就交給國家權力去辦，取得有利的材料就行了。」

「你還是老樣子。」愛麗絲笑著說，「其實，我還有一件事要找你商量……」她欲言又止。

古波藏聽完愛麗絲的話，說：「這件事你直接找阿慧談吧。」

回到梅田的商務旅館，牧島從房間望著窗外，居酒屋、壽司店花俏刺眼的霓虹燈，塞滿高利貸的大樓。天空灰沉沉的，好像又快下雪。

牧島不想再去思考下一步要怎麼做。埃米塔日現在只是間酒店，再去打聽只是浪費時間。追查紫帆待過店家的計畫已走到絕路，而且挖掘紫帆的過去，也令他有些猶豫。

正決定明天早上退房回東京時，手機響了。是新加坡刑警愛麗絲打來的。

「紫帆家裡電話和手機都沒人接，我和古波商量之後，他叫我來問你。」

愛麗絲把北川死前和紫帆通過電話，關於這件事，新加坡警方想詢問紫帆細節的事傳達給牧島。對於紫帆隱瞞的實情，讓他大為震撼。

牧島告訴愛麗絲，紫帆已不知去向，「她好像有跟老家聯絡，所以應該沒有惹上什麼麻煩。也許為了什麼苦衷，自己躲起來了。」

「找得到她嗎？」愛麗絲問。

毫無線索。牧島只能老實以告。

「這樣啊。」愛麗絲大大嘆了一口氣。「其實，還有一件重要的事必須通知紫帆。老實說，我跟王爺爺見面了。」

北川康志在新加坡的小三姬姬，在北川死後即與瑞士ＳＧ銀行的私人銀行員山之邊貴越過國境，前往新山。姬姬的養父王國強就住在新山。而這位統領華人黑社會的頭子之一，愛麗絲叫他爺爺。——這件事牧島曾聽愛麗絲談過。

愛麗絲瞞著警方，獨自去向王國強打聽姬姬的行蹤。

「姬姬是北川案子的重要證人，所以警方正在追查她的行蹤。王爺爺剛開始不太搭理我，但最後還是跟我說了，他說姬姬不想和警方的人見面，即使大家都是一家人。……」愛麗絲吸了一口氣，又說：「但是姬姬也說，如果是紫帆，她願意見面。」

30

第二天早上，牧島從旅館打電話到山吹證券，那是北川在大阪時工作過的公司。

接電話的是一位年長女士。

「不知道您是否認識以前在這家公司工作過的北川康志先生。」

女士一聽到這名字，揚起聲音：「哦，北川先生啊。他不是過世了嗎？」

牧島表示有些私人的事想請教，想和與北川熟悉的人說話。女士猶疑了一會兒說：「請稍待。」然後將電話保留，電話中播放出阪神老虎加油歌「六甲颪」的旋律。

過了一會兒，一個粗重的聲音接起電話，「找北川什麼事？」接著又問：「他人都死了，有什麼事就放過他吧。還有，你到底是哪位？」

牧島再一次報上姓名，解釋自己是北川妻子的同學。

「北川的太太？你是說花梨嗎？」男子的態度改變。「發生什麼事了？」

男子也認識紫帆。

牧島說了紫帆在北川死後失去行蹤的緣由。

「真的嗎？那一定很擔心了。」

「不知道會不會打擾您，我想跟您約個時間當面談談。」

「若是為了這種事沒問題。」男子爽快地回答，「不知道能不能幫得上忙，不過反正我閒得很，你現在過來嗎？」

「請問，您貴姓大名？」牧島問。

「我是社長江田。」男子說。

山吹證券位於北濱大阪證券交易所附近的雜居大樓。一推開門便看到顧客用的櫃台，兩三個六十出頭的老人正在打電話。

坐在門口附近的小姐看到了牧島，所以他表明來意。小姐似乎已經接到江田的指示，立刻帶他到接待室。

喝著白開水般的淡茶等了幾分鐘，一位七十多歲、體態優雅的銀髮紳士走了進來。

「所以說，北川怎麼死的？」形式上的招呼之後，江田開門見山地問。

牧島解釋北川在新加坡的飯店墜樓身亡，至於到底是自殺、意外，或者與第三者有關，當地警方正在調查。

「原來如此。大概因為那傢伙一直在走險路吧。」江田說。「不管怎麼說，希望他能早登極樂。」

「北川先生在這裡工作了多久時間？」牧島問。

「差不多十年吧。」江田盯著天花板。「聽說本地的證券公司有個很能幹的業務員，就把他挖過來了。這個小子風度翩翩、能說善道，一來到這兒馬上就成了王牌。」

「那時候他就常到新加坡去嗎？」北川買下豪宅是在七年前，還在山吹證券的時期。

「是啊。多的時候一個月就要出差一次。」江田說。「那時候開始，炒股的客人不喜歡用國內的帳戶交易。所以，北川就開始在新加坡的證券公司幫他們開戶，由我們這兒接單，靠著他讓我們賺了大錢。東京那邊我是不知道，但大阪這兒，當時還沒有證券公司這麼做。」

「他會不會跟那時候的客人起了什麼衝突？」

「做這門生意，有很多複雜的狀況。」江田用犀利的眼神望著牧島。「不過，那也是很久以前的事。當時的客人全因為雷曼事件跑光了。現在再來評論北川哪裡不是，未免不太妥當。」

江田說了聲「抱歉」，從桌上的菸盒拿出一根雪茄，切了口。

「真要有什麼事，也是他搬到東京之後的事吧。」

「北川換了工作嗎……」

「啥？你不知道啊？」江田呆住。「就在他認識花梨之後啊。」

老人用一支巨型打火機緩緩在雪茄上點了火，強烈的香氣立刻溢滿房間。

「北川在北新地的夜總會第一次見到花梨，那位小姐長得美，又是這一帶少見的東京人。聽說他有好幾個競爭對手呢。最後還是讓他這小子占了上風。」

「是在一家叫埃米塔日的夜總會嗎？」

「對。你打聽得很清楚嘛。以前算是北新地前五名的店，現在換了老闆，成了一家小酒店。」

「您知道紫帆是什麼時候到大阪來的嗎？」

沉吟了一會兒後，江田說：「大概是二〇〇七年的這個時候吧。你知道我為什麼記得嗎？大家在埃米塔日幫我開了七十大壽的派對。那時候媽媽桑把花梨介紹給我們，說她是剛從銀座轉過來的。」

紫帆在二〇〇九年與北川結婚，之後兩人就搬到東京的話，他們只在大阪待了兩年左右。

「有沒有當時和紫帆很熟的人？像是出了事，紫帆可以投靠的人。」牧島問。

「這個嘛……」江田想了一會兒，說：「有個叫小葵的小姐吧。」

「小葵？」

「是猪飼野（譯注：大阪平野川舊河道右岸一帶的地名）那兒的女孩子，在銀座的夜總會做過。後來父親生病回來大阪。是她把花梨叫來的，稱她是『銀座時候的朋友』，相當豪氣的女孩，用現在的話來說，就是個女漢子吧。」

「有沒有那位小葵小姐的聯絡方式呢？」

「這個嘛，現在到哪兒去找呢……」江田歪著頭想了一下。「對了，有個男的對小葵很是著迷，我去問問他吧。說不定會知道。」他說。

牧島道了謝，告知下榻的旅館和手機號碼。

「雖然最後客戶的戶頭出了大紕漏，所以在大阪待不下去。但是之前北川讓我們賺了不少錢。我也算是回報他吧。」江田朝著天花板吐出煙來。「大阪的證券業已經不行了。證券交易所與東京合併，以後我們這兒全都是東京公司的分公司了。那個活力市長剛上任的時候，我們都還期待他能幹點成績出來，結果啥都沒做成。」

走出山吹證券，牧島在附近的咖啡店吃了午飯。傳統口味的義式肉醬與玉米湯，還附了一盤少得可憐的沙拉。

吃完太甜的義大利麵，牧島對自己還待在大阪感到不可置信。昨天晚上他本已決定今早回東京，不再追查紫帆的過去。

愛麗絲的一通電話，使得狀況轉到意料之外的方向。但是牧島感到自己心裡鬆了口氣。因為他有了正當的理由去尋找紫帆的行蹤。

接到愛麗絲的電話後，他找了古波藏談過。

據古波藏說，警視廳受到新加坡警方的委託，調查了北川手機的通聯紀錄。並且將事件發生一星期前與北川說過話的人叫來問話。當然，警察應該也去紫帆的住處查問過。

紫帆說過，以前和北川之間幾乎無話可談。但是從北川手機的紀錄裡，包含案發當天，他與紫帆有過好幾次通話。會不會是因為擔心這件事會惹禍上身，所以才躲起來呢。

日本股市的上半場是早上九點到十一點半，中午休息時間到十二點半。所以十一點四十分左右，證券營業員和ＯＬ開始坐滿店內，匆忙吃完通心麵或咖哩之後再回公司。

牧島無意識地看著這番光景好一會，想起了他與江田的對話。

江田說，紫帆在二〇〇七年來大阪，不到兩年便與北川結婚，回到東京去。

從胡蝶媽媽桑的話中知道，二〇〇三年開始在銀座夜總會上班的紫帆，一年左右就轉到貝赫耶波克，成為頭牌的公關小姐。但因為某個因素，做了兩年便辭掉了工作。如果她在朋友小葵的引薦下，〇七年來到大阪工作的話，自〇六年起的一年間是一片空白。

二十六歲時，紫帆究竟在做什麼呢？

31

位於六本木摩天大樓四十五樓的飯店大廳，大和政治研究會代表猪野忠和正佝僂著背，啜飲干邑。

一發現古波藏從電梯出來時，猪野半站起身向他行禮。

「不知怎地，有點坐不住。」猪野說著，目光賊兮兮地環顧四周。「我平常喝酒的地方通常都像個黑呼呼的山洞，這種地方還是第一次來。」

從大玻璃窗可以看到東京鐵塔，還有更遠處的芝浦碼頭及台場海濱公園，可惜正好是陰天，現在還快要下雪的樣子。古波藏把喀什米爾大衣靠在椅背上，點了格蘭菲迪三十年加冰。

「您喝的是內行酒呢。」猪野用謙遜的口氣說道，「不像我，三百六十五天都喝這款。」他亮了亮軒尼詩XO的杯子。

昨天，猪野突然打電話到古波藏的手機，說有重大的要事想跟他談談。所以他指定下午四點，在這家飯店的酒吧。

蘇格蘭威士忌送來後，古波藏沒有舉杯致意，逕自喝了一口。

「如您所知，我想商量的，就是死去的北川所操作的資金。那些錢不見蹤影，我們老闆天天來囉嗦，要我們不論如何非得想辦法找出來不可。」穿著鼠灰色庸俗西裝的猪野，喝了一口干邑，用袖子抹抹嘴邊。

「我與您的朋友牧島先生見面時，他帶著不知哪來的瑞士SG銀行北川帳戶的進出帳紀錄。那時，從中看到了我們的帳戶，後來我才想到，如果把那份紀錄再調查一下，說不定能了解得更詳細。都怪我的腦子不清楚，真丟人。」猪野露出難為情的笑，拍了拍頭髮稀薄的頭。

「於是我又打電話給牧島先生，誰知他現在在大阪，叫我跟你聯絡。」

拿到北川的電腦，卻不得其門而入，猪野顯得一籌莫展。古波藏事先已告訴牧島，若是猪野再打電話來，請他打給自己。

「所以，不知您可不可以幫個忙呢？」猪野恭敬地看著古波藏。「我聽說您不但幫民平拿回帳戶中消失的十億圓，還順便要了十億的補償金。您的本事實在了不起啊。如果能用那種本事也幫我們解決問題的話，報酬我們不會少給的。」

「不見的資金有多少？」古波藏問。

「這個嘛……」猪野含糊不答，「我只能說比民平的金額還大。」

「是拿得上台面的錢嗎？」

「政治的世界沒有台面上的錢哦。」

「這樣的話就沒辦法了。」古波藏放下杯子。「連資金的名目、多寡都不知道的話，沒辦法跟對方談判。」

「請等一下，」見古波藏已要站起，猪野慌忙阻止。「我的意思是說，我個人不能回答你，這問題太敏感，我必須得到老闆的許可。」

「大神辰男嗎？」

「是。」猪野爽快承認。「老闆點頭的話，我就可以說得詳細一點。畢竟我們已經無路可走了。」

「既然如此，就在你能說的範圍內告訴我，」古波藏坐回椅子，看著猪野。「向大神辰男建議將核能出口巴西的人是誰？」

「崔民秀。」猪野壓低聲音。

「崔？那個牽線人？」

大力宣傳核能出口巴西的時候，大神辰男還是執政黨的祕書長，權力處在巔峰狀態。正因為如此，他有辦法完全護航炒作手的方向。但為什麼大神會同意這麼可疑的建議，一直是古波藏心中的疑問。

但是，如果是被崔民秀咬住的話，那謎團也就迎刃而解了。被稱為「最後牽線人」的崔民秀，是大神的好友，這已經是政界心照不宣的常識。大神肆無忌憚地稱崔民秀是「義兄弟」。

猪野說，崔從牢裡放出來時，民自黨內部正為政權的攻防，展開激烈的權力鬥爭，也處於毀滅的邊緣。為了將觸怒美國、堅守烏托邦主義的總理大臣踢下台，需要高額的政治資金。為了賺到這筆資金，崔民秀和大神主導了炒作戰。

「蜥蜴那個炒作集團和崔民秀是什麼關係？」古波藏問。

崔民秀因為背信罪與違反法人稅法遭到收押，假釋之後他從幕前淡出。而蜥蜴在炒作市場中打響名號也是在這個時期。

「崔搞壞了身體，現在正在靜養。可能是以前不注重養生和關在牢裡的關係吧。因此蜥蜴Kawasaki那個傢伙進來，接續炒作市場。」

「北川扮演什麼角色？」

「那傢伙只是個跑腿罷了。」猪野浮起淺笑。「只是體面的被利用，用過即丟。」

根據猪野的話，終於拼湊出炒作的結構了。崔民秀描繪出核能出口巴西的藍圖，大神辰男把自己手下的顧問公司拉了進來。崔把這個計畫透過下面的炒作集團在市場上傳播，同時北川也勸說瑞士SG銀行的顧客投資。

「北川還有哪些其他的顧客？」古波藏問。

「小型高利貸、柏青哥店、黑道經營的生意，反正都不是正經人。因為新加坡那家銀行最有名的地方就是，不管張三李四，都能在那兒開帳戶。」

「和赤目也有交易嗎？」

「這我不能講。」猪野露出卑怯的笑容。「但就算有帳戶，我也不驚訝。」

古波藏把手抵在額頭想了一會兒，「如果條件夠好，要我接受也行。」他說。「成功報酬，是回收金額的百分之二十。還有，我要和大神辰男見一面。」

「見老闆嗎？這表示你不相信我？」猪野有些意外。

「那是當然的啦。」古波藏說，「難道你相信我？」

「被你發現了。」猪野露出褐黃的板牙笑道，「等我一下。」他站起來，走到電梯間去打電話。

回來之後，猪野說：「您能現在到麴町的事務所嗎？如果五分鐘的話，還挪得出來。」

古波藏拿起大衣站起來。

「聽說大神被特搜盯上了。」

拿了帳單的猪野倏然一臉驚訝。「那些傢伙真是窮追不捨，」歪著臉說，「好像是官邸那邊逼得很緊，不過反正也搞不出什麼名堂。」

「相當有自信嘛。」

「因為我們手上有炸彈。」猪野揚起笑聲。「老闆已經無路可退了，要是被抓，就會把以前所有的事抖出來。他是自殺炸彈客，官邸那些少爺們到底有沒有那麼大的決心呢。」

大神辰男的事務所在麴町十字路口附近的雜居大樓。「以前是在永田町的金地段，離開民自黨之後就落到這種地方。」猪野兀自咕噥道。

大樓前站了好幾個穿西裝的男人，像是新聞記者。其中一人發現了猪野，上前問道：「有情報傳出馬上就要傳喚問話了，有沒有聽到什麼？」

「我沒有什麼話可說。」猪野冷漠地揮開記者。

「真是的，簡直比獵狗還狠。」電梯門一關上，猪野便忿忿地說。「檢察官在記者俱樂部洩露情報，他們就汪汪叫著衝向餌食。之後就在辦公室和宅邸前站衛兵，就算是隻狗，至少也會要點狗把戲吧。」

到四樓出電梯，打開事務所的大門，服務台後面有四、五位祕書坐在案前工作。猪野舉起手叫了聲「喲」，向一個中年女士問道：「老闆人呢？」對方答：「有外國客人來拜訪……」

猪野嘴裡念著「沒辦法。」把古波藏帶到裡面的會議室。「你先在這裡等一下，結束時，我會來叫你。」

他看著古波藏，再次強調：「今天只是單純打個招呼哦。別說那些複雜的話給我添麻煩。不過，反正你說了也是白說。」

在單調的會議室等了一會兒，大約十分鐘後猪野開門，「前面的客人拖太久，現在他馬上得出門。真的只能打招呼哦。」

在猪野引導下，往大神辦公室走去時，與前面客人擦身而過。穿著庸俗西裝的四個男人，最前頭的兩手抱著鼓鼓的公事包，可能手提的部分壞掉了吧。

曾被稱為「日本頭子」的大神辰男，個子比想像中矮小。猪野把古波藏介紹給他後，滿面笑容地說：「不好意思，給您添了很多麻煩，不過雖然辛苦點，還是多多拜託嘍。」

與美國總統乃至世界各地政治人物的合照，緊挨著掛在辦公室牆上，架子上隨便放著各類勳章。接待桌前堆滿了韓文的資料。

「有關北川的事……」古波藏起了話頭。

「北川？」大神露出不解的臉。猪野在耳邊提示後，他笑道：「哦哦，那個北川啊。做的事真令人惋惜。」

「古波藏先生是北川太太高中時的同學。」

「北川的太太？」大神的表情霎時僵住，立刻又堆滿笑容。「不是還過得很不錯嗎？」他說，「人哪，不論發生什麼事，健康最重要了。」

「關於新加坡銀行的事，我接到了委託。」古波藏再問一次。

「新加坡？」再次露出不解的大神，看了猪野一眼後又恢復笑容。「這件事全交給他了，你就跟他仔細商量吧。」

這時祕書探頭進來，「祕書長，時間差不多了。」

「不好意思，接下來有個重要的會議。」大神再次握住古波藏的雙手。然後又說：「請轉告北川的太太，我太失禮了，北川君的喪禮連個花環都沒送。如果有什麼困難，隨時來找我談談。」似乎把古波藏當成後援會的人。

大神匆忙出去後，猪野道：「你一定嚇一跳吧。世人所說的『政治大老』全都是這副模樣。」他笑著說，「年輕的時候比較認真一點，不過一直坐居高位後，漸漸變得什麼都不清楚了。執政黨的時候，一天要接見近五十組的訪客，不可能記得住每個人的事，只好配合祕書的暗號演戲。所以，我們的買賣就算成立了吧。」

古波藏走出大神的事務所，猪野陪到電梯間。

「你跟老闆打了招呼，我們就可以進一步商談新加坡帳戶的事了。不過，我今天還有別的事，不如改天吃個飯吧？」

「我一向不跟男人吃飯。」古波藏答。

「是嗎，既然如此，下星期到銀座的酒店如何？」不管什麼樣的挖苦，對這男人都沒有用。「有個安靜的小店，叫做胡蝶。」

不知是不是一樓有貨物進出，電梯停著沒動。

「對了，北川是怎麼死的？」猪野打發時間似地問道。

「恐怕是被女人殺了吧。」古波藏答。

「女人？這還是第一次聽到。」猪野混濁的眼睛看著古波藏。「是誰？」

「誰知道。有個女人深夜突然進飯店找他，自稱是北川的老婆。但紫帆當時在日本，所以應該是別人。」

猪野的臉色變了。

就在這時，電梯門開了。

32

離開大神的事務所，古波藏從麴町走路到ＪＲ四谷站，坐中央線往新宿去。在歌舞伎町的入口打了電話，情報販子柳說他正在附近的咖啡店。

老咖啡店位在賓館和酒店包夾的雜居大樓地下室，屋裡滿是菸味。半數客人都是看漫畫打發時間的年輕人，另一半則是穿著厚大衣發呆打盹的老年人。他們的共通點是無所事事。

一見到古波藏進門，柳就從裡座用力揮手，桌上擺著豬排咖哩。

「歡迎回國。日本很冷吧。」柳邊說，吃了一口炸豬排，喝了口水，叼起長枝和平點了火。

「古波藏老弟現在成了注目的焦點。跟瑞士私人銀行談成了筆超大的買賣。連我也跟著神氣了。」

「原來是你把話放出去的？」

「才沒有呢。」柳慌張地搖頭，滿口的咖哩順勢飛撒到桌面。

古波藏點的美式咖啡，是用熱水沖淡的即溶咖啡。他喝了一口放回盤子，說到大神事務所前站滿新聞記者的事，「大神辰男差不多要倒大楣了。」

「你見到『日本頭子』了嗎？」柳笑道，「那個人被一些壞蛋拖累，已經完蛋了。」

「聽說觸怒了官邸是吧？」

「想也知道吧。誰叫他給以愛國自傲的首相臉上抹灰。」柳混著開水把咖啡吞進肚裡，捏熄了香菸。「我看他手頭沒幾個錢了，現在正一一想辦法找門路賺錢。」

大神身邊有好幾個牽線人，柳說，他們會陸續帶些旁門左道的提案進來。

「他們到底在做些什麼？」

抽出另一根菸點了火，柳訕訕地笑道：

「朝鮮總聯（譯注：在日北韓人總聯合會，於一九五五年設立）的本部大樓拍賣不是正爭執不下嗎？他們想分一杯羹啦。」

泡沫崩壞後，融資過多的朝銀信託組織陸續破產，朝鮮總聯因為非法融資，背了六百億日圓的債務，破產整理公司將它的大樓抵押，遭到拍賣，但第一輪得標的和尚繳不出款項，因而流標。第二輪拍賣中，資本額六萬圓的某蒙古公司，以五十億一千萬的破盤價格標到。然而由於沒有實體公司，東京地院裁定不得賣出。

「在這個交易背後穿針引線的就是大神。」柳吐出一口菸，一口氣吞下水，搖著杯子叫服務生過來。

「為什麼要做這種事？」

「當然是為了賺錢哪。」柳笑了。「金正恩把張成澤處死後，接下他手上經濟特區的利權，但是，就算想把它發展成事業，日本現在的政權也不想跟他打交道。所以他們就接近大神。大神正窮於資金，把總聯本部大樓賣掉，賣個面子給他，順便把自己手下的公司送進經濟特區去。」

「那種破地方能做什麼生意？」古波藏也點了一根萬寶路。

「也沒有你想的那麼破。」柳邊吃咖哩邊抽菸。「要製造強度高的混凝土需要上等的鵝卵石，日本河川的石頭幾乎都被開採光了，但是北韓還有很多，要多少有多少。現在建築材料價格飛漲，在特區開設貿易公司，光是把從河邊取得的鵝卵石運到船上送回日本，就能賺到大錢了。」

古波藏想起在大神事務所遇到穿著過時西裝的幾個人，辦公室的桌上還堆了韓文資料。

柳的鼻子噴出煙，享受似地喝起服務生端來的白開水。

「問題是，大神想趁著這股氛圍，解決北韓綁架問題，與他們簽訂和平條約。當然，並不是沒有可能實現，但是這種事，那位首相大人不可能答應。」

「與北韓恢復邦交的話，大神可以拿到什麼好處？」

「要說起來，多得很呢。」柳揉掉香菸，又新點一根。「如果不和俄羅斯與北韓兩國簽訂和平條約，日本的戰後就不會結束。致力與北韓恢復邦交，可以在歷史上留名。而且，還能操縱賠償的利權。」

「賠償？」

「北韓也曾經是日本的殖民地啊。只是因為沒有邦交，無法進行賠償而已。」柳說。「就日本民眾的情感上，雖然會有些抗拒，但是這是清算過去歷史，不應該逃避。北韓的經濟已經完全破產了，所以如果合併ＯＤＡ的無償援助與有償援助，大概有一兆日圓的規模吧。他們可以拿回扣。」

貌似在附近色情店上班的年輕女子走進來，穿著假毛皮大衣坐到古波藏的鄰桌。點了紅茶，便專心地開始給客人寫簡訊。

古波藏把冷掉的美式咖啡還給服務生，另外又點了綜合。

「崔民秀也插手北韓的案子？」

柳霎時面露驚訝。

「他跟這件事沒有關係。因為他是右翼。」回答之後，他反問：「為什麼突然提到崔？」

「北川推銷的核能基金，是崔所規畫的吧？我聽猪野說的。」

「那個混蛋，又多話了。」柳把幾乎沒抽的香菸粗魯的揉掉。「俗話說錢斷緣份盡，地震和核能事故害大家丟了大財，刎頸之交也會不歡而散。但是，你怎麼會對這種事有興趣？」

「我在想，北川死了的話，誰會得到好處。」古波藏喝了一口剛送來的咖啡，只比剛才那杯濃一點點。「這個案子裡，還有個沒有浮出水面的人物。我想知道他是什麼人。」

「可疑的人還有好幾個呢。因為在北川那兒吃到苦頭的全是黑社會的人。」

「但是，那些人不會殺了北川。因為這樣錢就拿不回來了。想盡辦法想拿回資金的大神和猪野也沒有嫌疑。就算假設赤目牽扯進這個案子，他也不可能為了讓北川死，寧可損失五十億。」古波藏又把咖啡擱在桌邊。「北川用核能基金募集了三百億，但是這一切並未因為股價暴跌而消失。應該有人在事情發生前就巧妙鑽營，搶先拿走了錢。若是那樣，那個人就有封北川嘴的必要。」

「我懂了。這麼一來，相關者中有可能的就是崔和蜥蜴了。」

「另外還有私人銀行員山之邊。這傢伙在事件發生後，跟姬姬一起失蹤，然後就失去下落。」

「崔民秀從監獄出來時一文不值，使喚我這種小混混做起下流的買賣。我不認為他會靠這件事賺大錢。」柳說，「至於蜥蜴，我就不知道了。」

「你對Kawasaki Masanari這個名字有沒有印象？」

「他是誰？」柳閉著左眼，恭敬地看著古波藏。

「他在北川死前，打手機跟他通過話。警方調查過手機的通聯紀錄，但那隻電話已經解約，聯絡不到本人。」

「他成了搜查對象嗎？」

「好像是蜥蜴的首腦。」

柳連續吸了好幾口菸，說：「那一頭不好搞啊，古波藏老弟。」

「你在說什麼？」

「你去威脅瑞士SG銀行，什麼都不用擔心，因為對方是名門正派的銀行，而且反正錢又不是他們自己的。」柳睜開右眼。「可是，黑道的人可不是如此。如果真是Kawasaki這個人偷了北川募集的錢，為了保住那個祕密，他可能什麼都幹得出來。」

柳盯視著古波藏許久，然後低聲說道：「雖然我只有一隻眼睛，但是可以看得非常遠。想要活久一點的話，就得走正路。」

33

在山吹證券見到江田社長的那天晚上，手機接到一通電話。

「你叫牧島？」按下通話鍵，一個女人便操著大阪腔說：「為什麼要找花梨？」

「你是小葵小姐？」牧島反問。

「那是我以前的名字，我叫金晴美。」女人說。

「有件事我必須轉告紫帆……」牧島支吾地說。

「是什麼事？」

「在這兒說有點……」

「怎麼？你老實告訴我，為什麼要找花梨。」

牧島本想用「在電話裡說不方便」來拒絕，但聽她的口氣，恐怕不會接受這種說詞。如果紫帆在她那裡的話，總有一天她也會曉得來龍去脈，於是他決定盡量簡短的說明。

「這有點困難。」聽說新加坡警方要求她到案說明的事，晴美嘆了一口氣。「如果她拒絕的話會怎麼樣？」

「新加坡方面會派搜查員來日本，在日本警方陪同下偵訊案情。」

「這的確很嚴重呢。對方過來和她去新加坡，哪個比較好？」

終究還是得讓紫帆自己決定，不過……在這個前提下，牧島解釋，到新加坡去接受偵訊，對方的心證會好很多吧。

「不會突然被逮捕吧？」

他說，案發當日紫帆人在日本，所以，不管再怎麼樣，都不用擔心被拘捕。

「是嗎，不過還是令人有點不安。」明美沉默下來。「算了，我答應你。我想得再多也沒有用，等我問問花梨。牧島先生，你在大阪打算待多久？」

他回答，打算再待個兩三天。

「是嗎？那不好意思，等我一下。」說完，掛了電話。

第二天，金晴美沒有跟他聯絡，牧島在咖啡館看書，到中之島散步中度過。

傍晚五點多，手機響了。

「你還待在大阪嗎？」山吹證券的江田打來的。「我一直擔心，不知怎麼樣了。」

牧島告訴他，小葵，也就是金晴美來了電話，同時也向他道謝。

「看來她好像跟花梨有聯絡。那就好了。」江田發出放心的嘆息，「如果不打擾你的話，今晚要不要去喝一杯？」

「我沒事。不過為什麼要找我？」

「昨天很難得跟你談起北川和花梨，總覺得有些感傷。我想以後不會再有這種機會了，所以想跟你說說從前的事。」

今晚同業有個聚餐，所以他約了牧島晚上十點到北新地的酒吧見面。

那是一家四十多歲、和服打扮的女子獨自打理的店，店裡只有吧台，牧島到達時，店裡還沒有客人。

「我和江田先生約在這裡。」牧島一說，「聽說了，」女子答道，把他引到吧台最裡面的位子。

「要不要先喝點什麼？那位老先生，別看外表精明，對時間卻是很糊塗。大概三十分鐘以後才會來。」

聽她這麼說，牧島便點了一杯白酒。

「冒昧問您一下，您是花梨的朋友？」把酒杯一面放在吧台上，女子一面說。

「對。」牧島點頭，女子說，「那時候那家店由我打理，所以對花梨印象很深刻。」

「您當過埃米塔日的媽媽桑嗎？」他問。「是啊，」女子點頭，「那是北新地繁華的最後時刻。自從把那家店讓給別人之後，我就用積蓄開了這家店。」

女子遞給他一張寫了「遠藤靖子」的名片，笑道：「現在我恢復本名，以前的名字太丟臉了，請讓我保密。」

「紫帆那時候過得怎麼樣？」牧島試圖問道。

「豔光四射喲。」靖子用作夢般的口吻說道。「銀座一流夜總會的頭牌小姐到我們這兒，可是前所未有的事。所以當然炙手可熱。要約她得要排隊一個月。」

「是小葵說動她過來的嗎？」

「小葵也是好女孩子。」靖子說，「花梨在東京待不下去時，她便把花梨叫到大阪，自己照顧她。」

「她說在東京待不下去……」牧島說到一半時，江田進來了。

「啊，不好意思我遲到了。」老人一就座，便要靖子做一杯熱水兌燒酒。

「天氣越來越冷了，再下去恐怕要下雪。老骨頭很難撐得住呢。」

「我們已經在聊花梨的事了。」靖子說，「什麼，已經自我介紹過了嗎？」江田打趣地說。

「本來想給你個驚奇的，真是太沒意思了。」

「是我太不機靈了，不好意思。」靖子隨便敷衍著，捲起袖子開始做小菜。

乾杯之後，「這店雖然小，但是最讓人心情平靜。」江田道，「在埃米塔日存活下來的，現在也就只剩靖子了。」

「拜託您，不要把別人說成七老八十的嘛。」靖子笑道，「花梨和小葵不也都還健健康康的。」

「是啊，你說你跟小葵聊過了？那丫頭是不是很有男兒氣？」江田看向牧島。

想起那通凶巴巴的電話，牧島苦笑。

之後，江田與靖子談起當時公關小姐的近況，越聊越開心。有的人結婚生了孩子，有人回故鄉自己開店。有些小姐從北新地轉到難波、堺區等級較低的酒店，也有人落入風塵。牧島聽著陌生女子們的身世，只能在旁應和。

「想到這些，花梨還好能來大阪。」江田的臉因為第三杯燒酒而脹得通紅。「北川雖然死了，但是這世上多的是單親家庭。尤其在大阪，老公絕少會待在家裡。」

「您這麼說太失禮了。」靖子訓誡道。

「可是，如果一直待在東京的話，就算是花梨，也只能落到郊區的店吧。」江田說，「要不是小葵出手相救，她現在就算是賣身也不稀奇。」

牧島感覺胃在翻攪。

「那時候的確很危險呢。」牧島配合著說。

「對呀。北川那傢伙，在花梨居中介紹下，向大神辰男獻殷勤，才到東京開展了新事業不是嗎？否則，因為雷曼事件搞垮顧客時，一個營業員的生涯就應該到終點了。明明只懂得營業，卻被人稱為『幹練的基金經理人』，過著奢豪氣派的生活。活得精彩而短暫不就是他的心願嗎？」

「北川是通過紫帆，才與大神辰男認識的嗎？」他的胸口抽了一下，但盡可能裝出平靜的表情。

「怎麼，你沒聽說過嗎？」江田一臉驚訝看著牧島。「如你所知，花梨本來是被大神辰男包養的。但這事被大老婆發現，搞得雞飛狗跳，所以花梨在銀座待不下去。北川了解其中緣由之後，就拜託花梨居中把他介紹給大神。大神可能心中有愧吧，但花梨有了家庭，正經談公事的話，大老婆應該也沒什麼可抱怨的，所以就答應照顧北川。」

之後的對話，牧島幾乎都沒聽進去。

走出店門，雪靜靜下在霓虹街。牧島停佇在路邊，木然呆望著變成雪景的世界。

34

昨天開始的大雪，讓日比谷公園戶外音樂廳也堆出好幾個雪人。過了約定的下午一點後，榊原才氣喘吁吁地跑來。黑色大衣平凡樸素，只有脖子上用了Orobianco的長圍巾高雅地打了結。

「這麼忙的時候，虧你還能抽空出來。」古波藏把在地鐵站買的報紙給他看。

〈前民自黨祕書長大神辰男，今天傳喚？〉的快訊占滿了頭版篇幅。

「因為那不是我負責的案子啊。」榊原笑道，「官邸十萬火急地催我們，無論如何要成案，今後會變成怎麼樣還很難說。」

報上也報導對南太平洋的納烏拉共和國的ODA捲入收賄疑雲。

「為什麼要對這種芝麻大的小島提供ODA？」古波藏問。

「因為想讓新聞記者寫出『大神的政治權力』。其實沒什麼好奇怪的。」榊原說。「雖然是個何時沉入太平洋也不奇怪的小島，可是至少也是個主權國家。他們在國際捕鯨委員會也擁有一票。」

反捕鯨運動的高漲，讓日本政府苦惱不已，因此讓無海國家寮國、蒙古等加入國際捕鯨委員會，對抗歐美的反捕鯨國。納烏拉共和國雖是島國，但與捕鯨完全無關，因而反捕鯨的NGO團體批評日本，用ODA買票。

「那個國家的財政完全破產，只能出賣主權求生。因此，在民自黨政權的時代，大神運用ODA，為他們建設了發電廠和國際會議廳。國際會議廳聽起來響亮，其實也只是比公民館稍強的建築，發電廠則是該建築物自己發電用。」榊原說到這裡大大嘆口氣。「承包單位雖然是大神支持者經營的建設公司，不過事實卻是完全相反，因為價格便宜而且條件太差，其他公司裹足不前，外務省向大神哭訴。最後是大神強迫地方業者參加投標的。如果這些全是為了收受賄賂，那可真是丟大臉了。」

「所以呢，幹嘛把我叫出來？」

榊原示意古波藏一起往前走。

「上面說，再這樣下去會弄得很難看，所以命令我們從新加坡洗錢案那邊下手。搜查雖然才剛剛動起來，但也實在太荒腔走板了。於是，我又得請你幫忙。」

公園裡雖然雪積了很深，但步道已經把雪鏟乾淨了，樹林間隱約看到前來欣賞雪景的人們。

「上次你告訴我的大神辰男帳戶，新加坡方面來了回答。」榊原確認四周沒有人之後，從大衣口袋拿出一張紙，上面寫了三個帳號。它們旁邊有兩個寫了零，另一個寫了1560000的數字。

「一百五十六萬？」古波藏不覺抬頭看著榊原。「這是大神在瑞士SG銀行的所有存款嗎？」

「是的，如你所見，帳戶裡已經空了。好不容易得到這麼寶貴的情報，但餘款只有一百五十六萬，無法作為立案證據。」榊原搖頭。「我們索取了帳戶的交易明細。二〇一〇年為止，三個帳戶合併起來一共有五十億圓。最初，其中的十億圓轉到別的帳戶，繼而在這兩年，又轉了四十億。我們本來盤算著，就算只有一億圓也好。」

古波藏叼起菸，點了火。

「第一筆十億圓，是大神去巴西，熱中核能出口計畫的半年前轉出的。恐怕是用這筆錢來買日伯通商的股票吧。因為股價上升了十倍之多。順利脫手的話，就能一本萬利，賺到九十億圓。現在日伯通商的股價就跟垃圾一樣不值錢，也不能逃稅。」

榊原指著下面的轉出紀錄。

「問題是在二〇一三年，大神帳戶分幾次匯出的四十億圓。用核能出口炒作行情而損失慘重後，北川並沒有用其他投資案來活動的跡象，所以資金移動的目的，並不是投資。」

「調查資金去向了沒有？」

「沒有。銀行方面不太願意公開。」榊原怕冷似地對著兩手呵氣。

古波藏站定，拿出手機，打開其中的記事簿，顯示出八個8的帳號。

「這是什麼？」榊原一邊把數字抄下來一邊問。

「北川提出的錢全部集中在這個帳戶，從這裡再轉到國外。不妨叫新加坡金融管理局施壓，讓他們公開紀錄。」

「了解了。這些資金如果轉回日本，就能成為起訴人神的理由了。如同上次，若是用現金就不會留下證據，但是也可能是用銀行匯款。這資料太寶貴了，真的幫了大忙。」榊原再一次檢查記事本上的數字。「不過，這個帳號也真奇妙。」他說。

古波藏沒有回答，把香菸丟進雪中。

繞了半圈日比谷公園，可以看到戶外音樂廳的屋頂。

「對不起，會議差不多要開始了，我得回去了。」他瞄了一眼左手上的伯爵錶說。「但是，我一定會遵守約定。」

「約定？」

「毫不隱瞞地把有利你生意的情報都告訴你。我們需要的只是起訴大神用的材料而已。」

「關於炒作集團，查到什麼了嗎？」古波藏問。

「那方面有點奇怪。」榊原微傾著頭。「與相關機構照會之後，公安便出手阻擋了。」

「公安？」

「警視廳公安部外事課。專門搜查外國特務等的部門。」

「為什麼那種部門會出動？」

「他們不會告訴我這種小角色。」榊原露出苦笑。「上面不置可否地提醒我，若繼續在這裡下功夫，會給自己找麻煩。」

榊原說完這話，草草告別便跑出公園。

坐進停在日比谷停車場的ＢＭＷ，發動引擎開了暖氣後，古波藏打電話給情報販子柳。

「你電話來得好，我也正想打電話給你。」柳說，「現在發生了一點狀況，我得躲一躲。有段時間不能聯絡了。」

「發生什麼事？」

「先前談的那件事演變得很棘手了，有命才能談下去。等我安頓之後再詳談。」

接著柳又說：「古波藏老弟也要牢記我的忠告。快快走上正道。」說完匆忙掛上電話。

古波藏接著又打電話給大神辰男的祕書猪野忠和。

出乎意料的，猪野立刻接起電話。

「你一定在忙吧，不好意思。」古波藏道，猪野反而爽快地說：「如果被逮捕的話，反而樂得輕鬆。」

「你們存在瑞士SG銀行的四十億圓，全部都轉到銀行外面去了。我只是想傳達這一點。」

「哦哦，那件事到此為止行了。」猪野乾脆答道。

「怎麼回事？」

「我們決定自己追回那筆錢。所以不需要你幫忙了。給你帶來麻煩，不好意思。」猪野只說完這句，便兀自掛了電話。

35

報紙上大大地跳出「大神辰男，逮捕」幾個字。打開電視，談話節目的名嘴們滔滔不絕地說著各種理論。

逮捕的原因雖是關乎對聞所未聞的小國納烏拉共和國的ODA收賄，但金額只有一百萬日圓。對於此點，媒體也不知如何處理，只好迫不得已寫下「也許經由這次案件，號稱『日本頭子』的前民自黨祕書長大神背後，將爆出更大的醜聞」。

牧島讀著這篇報導，一面喝著飯店早餐附贈的咖啡時，接到金晴美的來電。

「花梨說，她願意跟你見面。中午一點，你可不可以到鶴橋來一趟。我在出站口等，你一到就從中央出口打我手機。」

牧島消磨時間直到中午，從大阪車站搭外行的環狀線到鶴橋，依照吩咐在JR中央出口打電話到晴美的手機，一接通就聽到「喂你在哪裡啊？」然後看到一個大塊頭女人邊說「看到了、看到了」邊走過來。她頭髮染成金色，身著豹紋外套，戴著遮住半邊臉的太陽眼鏡。

「你是牧島？」晴美說。

「是的，」晴美一聽到他回答，沒打招呼就往前走去。「我住在猪飼野那個地方，有點遠，你要跟緊。」

穿過烤肉店林立的鶴橋商店街，走過住宅區，來到一條兩線道的馬路。沿著馬路走了一陣子，轉進小巷裡，出現一道寫著「百濟門」的褐色大門。

「這裡是韓國街。」晴美說。「我是在這裡出生的，所以，還是覺得這裡最安定。最近靠著『深度大阪』之類的話題，觀光客會在假日蜂擁而來。不過，其中也有些高喊『殺死朝鮮人』的神經病就是了。」

商店街充斥著韓文招牌，肉店或烤肉店、陳列著華麗韓服的服裝店、在店門外賣泡菜的商店比比皆是。街道的盡頭是一條小河，名叫平野川，過了橋，有棟三層樓的雅致樓房。

「三〇五室就是我家，我到附近咖啡館找老闆娘聊天，你儘管待久一點。聊完了給我電話。」晴美在樓房前交代完，就沿著來時路回到商店街的方向。

走樓梯上了三樓，最尾端就是晴美的房間。

按下門鈴，聽到一個僵硬的應答聲。「我是牧島……」隨著一串開鎖和鏈的聲音，門開了。

紫帆穿著白毛線衣和刷白的牛仔褲，頭髮用髮夾固定在後腦勺。

「我們吃完飯，真琴才剛睡著，時間掐得正好。」

一在玄關坐下，紫帆拿出拖鞋。

南向的餐廳準備了兒童用的椅子，桌上放著剛吃一半，畫著動物圖案的盤子。

「這些全是晴美買給她的。」紫帆邊說邊收拾，「真的讓她照顧太多了。」

屋內兩房兩廳，沒有任何多餘的裝飾，所有的用具都整理得井井有條。房間一角擺著路易．威登的旅行包和普拉達的手提包。

「你在那兒坐會兒，我去泡茶。」紫帆指著餐桌，順手把茶壺放在爐上。客廳旁有間三坪左右的和室，裡面鋪著兒童用的棉被。真琴露出安詳的睡容。

牧島脫下羽絨大衣掛在椅子上，紫帆發現了，將它掛在屋角的衣架。今天外面也冷得發凍，但房裡地板暖氣很強，令牧島不覺有些汗涔涔。

水燒開了，紫帆把茶壺和茶杯端到桌上，坐在牧島面前。

「對不起，讓你擔心。」紫帆說，「事情我聽晴美說了。」

「妳不用跟我客氣。」牧島說。

「因為北川的來電，警方問了我好多事，我害怕極了。」紫帆說完嘆了一口氣。「除此之外還有接到各種各樣的電話，我都不知道到底是怎麼回事。」

紫帆斟了茶，放在牧島面前。

「北川死前打過電話給我，」她又嘆了一口氣。「他說工作失敗，他破產了。別人寄在他那邊的錢也都沒了。」

牧島默默無言地看著紫帆，她有些憔悴，沒有化妝，但還是很美。

「北川從來沒跟我提過工作的事，而且我也沒有興趣知道，所以聽到時大吃一驚。我告訴他，不如先回一趟日本看看狀況……」紫帆說到後面含糊帶過，「可是他說，若現在回日本會被殺掉。」

接著一段長長的沉默。外面馬路傳來短促的喇叭聲，立刻又恢復寂靜。

「北川哭了。」紫帆驀的磞出一句。「也許我應該馬上趕到新加坡去，但我沒有那麼說，只告訴他，一定有什麼方法解決的，冷靜下來想一想，等他心情平靜，再跟我聯絡。」

紫帆用兩手搗住臉。

「那是什麼時候的事？」牧島問。

「北川死去前一天的晚上。」然後又改正，「他們說北川是在凌晨三點到五點死亡的，所以正確來說應該是前兩天的晚上。」

「北川弄丟的金額，比妳和我所能想像的大很多。不管妳當時說了什麼，都無力挽回這一切。」牧島只能如此安慰她。

紫帆摀著臉，靜靜地哭出聲來。悄然無聲的房間裡，充滿了紫帆的啜泣聲。

「還有一件事，我必須通知妳。」等紫帆停下哭泣之後，牧島說，「北川在新加坡有個叫姬姬的女人，現在已經跟她取得聯絡。」

紫帆帶著淚光的眼睛注視著牧島。

「姬姬說，她想和妳說話。」

「跟我？……」紫帆問。「說什麼？」

「不知道。」牧島搖頭。「我聽到的就只有這些。其他的就由妳來決定。」

紫帆低垂著眼，凝視著桌上的污漬。隔壁房間的真琴好像在說夢話。

「一味逃避下去也不行，對吧？」她低聲自語著。

隨即，紫帆看著牧島。

「你也會陪我一起去嗎？」

牧島點頭。

「你已經知道我是什麼樣的女人吧？」大顆淚水從紫帆眼中撲簌簌地流出來。「你一定瞧不起我了。」

牧島伸手撫觸紫帆冰冷的臉，輕輕拭去她的淚。

「沒有那種事。不論從前還是現在，妳都是我最終的嚮往。」

與東京地檢特搜部的榊原道別，古波藏回到藤澤時，太陽已經下山了。天空飄著細雪，車頭燈滲出白光。

公寓入口處停了一輛沒見過的黑色廂型車。古波藏沒進停車場，逕行經過，在稍遠的投幣停車場停好車，徒步走回確認，車牌是這一帶少見的練馬車號，塗黑的玻璃窗看不見裡面。

古波藏直接轉身，到常去的酒吧喝酒。

在酒吧待到凌晨十二點多，回到公寓時，黑色廂型車不知開到哪裡去了。雪花變大，在光禿的行道樹上留下白色的外衣。

信箱中粗魯地塞了個褐色信封，沒有貼郵票。

他撕開信封。

裡面有個怪異的東西。球體半邊染成暗紅色，另半邊有黑色的漬痕。

那是人的眼珠。

第五章　夜之動物園

36

搭上上午十點四十五分從成田機場出發的班機，牧島慧與北川紫帆下午五時許，在樟宜機場降落。

取得行李走出入境大廳時，即聽到「阿慧」的叫聲。一回頭，黑色褲裝的愛麗絲王繃著臉站著，後面還跟著兩名警官。

問她為什麼在這裡，愛麗絲吃驚地說：

「你們還不知道嗎？今天早上發現了猪野忠和的屍體。日本媒體都在大幅報導呢！」

紫帆也明白愛麗絲說的是誰吧，她臉色發白，雙手捂著嘴呆在現場。

「猪野不也是北川康志案的關係人嗎？所以，為了保險起見，我們決定從機場保護你們。」愛麗絲說。

「我，我得打個電話……」紫帆慌張地從皮包裡拿出手機。

牧島請愛麗絲稍等一會，讓紫帆打電話與娘家聯絡。

「當然，」愛麗絲溫柔地把手放在紫帆手腕上，「放心吧，日本警方傳來報告，他們已經確認了妳女兒的安全。」

說了兩三句話，紫帆合上手機。

「他們說沒有異狀，明天要帶真琴到伊豆溫泉四天三夜旅行，現在正忙著準備，就把電話掛了。」紫帆放下懸空的心說。

這段時間，牧島也打開自己的手機。古波藏佑傳來郵件，告知會搭今天傍晚的飛機趕來。搜尋新聞網站，猪野的事件被當成了頭條新聞。

〈5日清晨4時左右，一名送報生在中央區日本橋蠣殼町的大樓內，發現門底縫隙流出類似血的液體，於是立刻通報一一〇。警方趕到後，發現門並未上鎖，屋內有個流血的男子仰躺在玄關，已經死亡。經警視廳久松警察署查證，該名男子是住在屋裡的政治團體代表猪野忠和（五十八歲），心臟遭到尖銳刃器一刀刺中。

猪野長年擔任前民自黨祕書長、現希望之黨主席大神辰男眾議員的祕書，大神議員日前因收賄嫌疑，在東京地檢特搜部接受調查，警方正慎重調查兩案的關連性。〉

「若是紫帆小姐願意的話，我們希望她現在直接到警署接受偵問。如果擔心女兒，搭明天的班機回日本也沒有問題。」步行到停車場的路上，愛麗絲說。

坐上黑色警車前往中央警署的途中，紫帆臉色僵硬，不發一語。

由於紫帆並不是案件的嫌疑人，所以愛麗絲並沒有帶她們去偵訊室，而是署長室旁的接待室。牆上掛著新加坡的開國者李光耀照片，同時也陳列了放在匾額的獎狀與獎牌。

房間裡已有個年約四十的男子及其部屬三人在等候。自稱安迪・譚的長官穿著細條紋高級西裝，頭髮理成小平頭，在日本警方來說相當於課長，他介紹自己現在是這個案子的指揮。其中一名下屬是日語翻譯，但他允許牧島出席，只不過也強調不承認牧島的發言。

安迪先向兩人致謝，「非常感謝你們專程到新加坡來，」然後向紫帆說：「我從愛麗絲刑警那兒聽說，今天早上，日本發現了本案相關者的屍體。我們都抱著高度關心，盼望與日本搜查單位合作，繼續進行搜查。接下來的訊問對真相的水落石出十分關鍵，請妳務必誠實回答。」

翻譯轉達了安迪的話後，紫帆小聲答道：「好。」

「那麼，我們就直接了當地問了。」安迪以官式口吻說，「根據北川手機的通聯紀錄，案發之前，精確來說是前兩天晚上，妳和北川有過近三十分鐘的對話？」

紫帆點頭。

「能不能告訴我們對話的內容？」

紫帆平淡地說明，北川告訴她，自己將要破產及回日本的話也許會被殺的擔憂。

「最初，愛麗絲刑警問話的時候，妳對這一點完全沒有提到，有什麼原因嗎？」

因為害怕被麻煩波及。紫帆敘述道。

「聽到北川那席話後，妳做了什麼事？」愛麗絲問道，手邊還不忘記筆記。

「這些話太出人意料了，我驚慌失措，不知道怎麼辦才好……」

「妳有沒有跟誰談過？」

「有。」紫帆說。

「跟誰？」

紫帆沉默了一會兒，才吐出「猪野忠和」幾個字。

聽到這名字，安迪的雙眉微微揚起，愛麗絲睜大眼睛搗住嘴。

牧島也嚇住了。從紫帆先前的態度，完全感受不到有那種跡象。

但是這麼一來，好幾個謎團都解開了。因為從紫帆那兒聽到不少消息，猪野自然能逐一掌握牧島的行動。也沒有必要跟蹤牧島到東京或新加坡。

「妳為什麼會找猪野商量呢？」愛麗絲重啟偵問。

「因為我想不到其他還有誰可以商量。」紫帆回答，「猪野先生似乎和北川一起做生意，我對工作上的事又完全不了解……」

「妳和猪野是什麼關係？」安迪問。

「猪野是政治家大神辰男多年的祕書。」

「妳是說民自黨的前祕書長吧。大神先生的名氣在新加坡也十分響亮。不過他現在遇到一點小麻煩。」安迪催促她往下說。

「大約七八年前，我當了一年多大神的二奶。」紫帆說，「猪野雖掛名祕書，其實他打理所有大神身邊的雜事，因此我們才認識的。」

可能在思考「二奶」這個詞該怎麼翻譯，新加坡譯員頓時猶豫了一下。最後他選了意指

「情婦」或「妾」的Mistress。

安迪臉上波瀾不驚地繼續筆記。

「北川和猪野是怎麼認識的？」

「北川是我在大阪夜總會工作時認識的客人，當時他是證券公司的營業員。後來我和北川結婚，受他所託，我把猪野介紹給他。」

「原來如此，所以說北川是透過妳認識了猪野，得到與大神先生見面的機會，並且被委以資金的操作。」安迪點點頭。「北川打電話告訴妳他破產的消息，妳把這件事與猪野商量，當時他怎麼說？」

「聽到這消息，猪野先生也十分震驚。然後說，他要親自到新加坡見北川，直接問清詳情。」

「猪野到新加坡來過？」安迪聲調變了。「什麼時候？」

「打電話的第二天晚上，從日本出發。」紫帆回答。

「這麼說的話，他就是在北川屍體被發現那天的深夜到達樟宜機場嘍。」他傳了張紙條給隔壁的部下。「之後怎麼樣？」

「猪野說凌晨三點到達新加坡，直接叫車到北川下榻的飯店去敲門，可是不論怎麼敲，都沒有人回應。反倒是住在隔壁的房客起來向他抱怨，他無法可想，只好回飯店大廳發呆。但清晨五點左右，周圍開始吵鬧起來，警車和救護車開到。他上前去看看發生什麼事，正好遇到北川躺在擔架上被救護車送走。他心裡害怕起來，於是把計畫提前，坐當天下午的班機回到日本。」

「我明白了，妳剛才的證詞可以從出入境紀錄查證，我們會立刻去照會。」安迪如此說時，一名下屬慌忙從房間出去。「如果照這麼說，妳在接到正式聯絡以前，就已經知道北川發生事故了嗎？」

「沒有。」紫帆搖搖頭。「那天午後稍早的時間，我先接到新加坡大使館的聯絡。到了晚上，猪野回到國內，打電話給我，我才告訴他北川的死訊。猪野只看到北川被抬出去，後續的狀況他並不清楚。」

「猪野是為了見北川才到新加坡來，但在飯店大廳等候時，北川死了。因此，他慌張地回日本去。」安迪把紫帆的話做了摘要。「那時，猪野有什麼想法？」

「他說，北川應該有把重要資料藏起來，所以他要到北川家徹底搜查。事後知道，偽裝小偷潛入六本木的事務所，連壁紙都撕下來檢查的正是猪野。但是他還是沒有找到想找的東西，十分焦慮。於是……」紫帆望了牧島一眼。「我和他兩人來新加坡領取北川遺體的時候，知道了北川有一部電腦放在家裡，但已經被警方扣押作為證據。我把這訊息告訴猪野，他很強烈地叫我盡快把那台電腦收回來。」

「強調？」譯員直譯，所以安迪顯得訝異不解。

「是威脅。」紫帆修正。「我說我不會講英文，要我去收回電腦太困難了。就叫他……」紫帆又一次把目光投向牧島。「猪野說，可以拜託朋友去。我拒絕了，這種事我說不出口。猪野便說，要不然他自己問……」

安迪轉向牧島，「剛才說的這些是真的嗎？」

牧島說，猪野強迫他代替紫帆來取回電腦。

「那台電腦後來怎麼樣了？」

牧野解釋，他在新加坡用國際快遞寄回給猪野，回日本那天晚上見到猪野，電腦已經歸還。現在在他手上。

「所以，你從硬碟中找出被刪除的檔案，發現了北川的帳戶紀錄？」

安迪這麼一說，牧島訝異地看了愛麗絲一眼，對方使了個眼色。於是配合回答：「是的。」

「知道這件事的，只有愛麗絲刑警，和你朋友古波藏佑吧？」

「是的。」他說。

安迪對這個回答十分滿意地點點頭，又轉向紫帆：「猪野後來還有沒有跟妳聯絡？」

「他說，北川的錢找不到了，這樣下去，你跟我都會毀滅。」

「然後？」

「我很害怕，帶著女兒離開東京。」紫帆回答。「刑警為了我和北川的通聯紀錄來找過我，到了最近，還有雜誌記者半夜裡闖到我家。所以我躲到大阪的朋友家裡。」

「明白了，妳害怕猪野對妳不利。但猪野現在死了，所以妳願意吐露實情？」

紫帆答：「是。」

「妳的話我大致了解了。對了……」安迪說到這裡，聲調降了下來。「北川死前，大約清晨四點左右，有位自稱他妻子的女性來到飯店大廳，妳知不知道可能是誰？」

紫帆臉色煞白地搖搖頭。「你是說那個人是我嗎？」

「請放心，」安迪微笑。「根據大廳服務員的證詞，那個女子雖然是亞洲人，但個子嬌小，直髮，而且操著流利英語。」

「這麼說，會是姬姬嗎？」牧島舉出北川在新加坡的同居女人。

「有這個可能。關於姬姬，現在我們列為重要關係人，正在追查她的行蹤。」

牧島還想再問，但安迪舉起一隻手制止。在這裡，擁有提問權的是他，不是牧島。

就在這時，剛才出去的下屬回來，交給安迪一張紙條。

安迪掃了幾眼，說：「已經證實猪野的出入境紀錄了。如紫帆女士所說，案發當天，他坐清晨三點降落的班機到達新加坡。當天下午三點三十分的班機返回日本。」

接著，他放下紙條，看著紫帆和牧島。「想必你們很累了，今天就到這裡為止吧。謝謝你們的合作。」

牧島推推紫帆站起來。愛麗絲開了門，「我送你們到飯店。」

「當然我們沒有強制性……」安迪叫住紫帆，「配合搜查的進度，我們可能必須再次請你們來問話，所以可以在新加坡再待幾天嗎？否則大老遠專程跨海而來太辛苦了。」

37

猛然清醒，坐起上半身看看手錶，凌晨五時許。他感覺有人在看他，回過頭，愛麗絲正眼也不眨地凝視自己。

「把妳吵醒了？不好意思。」古波藏說，愛麗絲搖搖頭。

「沒有，我比你早一點醒了。總覺得睡不著。」

古波藏倚過來擁住她，愛麗絲順從地把身體交給他。胸和腰都很嬌小，幾乎沒有贅肉、少年般的身材。

在信箱裡發現眼球狀物體的那天起，情報販子柳就下落不明了。柳說過他牽連到某個麻煩中，必須躲起來。

得知猪野死訊時，古波藏買下最快往新加坡的機票。他打電話給牧島，但可能已經準備登機，手機沒開機。古波藏聯絡愛麗絲說明事態，請她到機場保護牧島和紫帆的安全。

前往成田機場的途中，有人來電。他把ＢＭＷ停在服務區，回撥電話。

「我本想早一點聯絡你，但現場一片混亂……」東京地檢特搜部的榊原昭彥帶著疲憊的口氣說道。

「發生什麼事？」

「這問題我也想問。轄區警署幾乎都沒把情報傳上來，受害者因為是大神的祕書，變成一場大騷動……」榊原嘆息。「目前只知道是專業人士所為。推斷犯案時間為昨天晚上七點十分到十五分之間。兇手知道猪野與家人分居，獨自一人生活，因此扮成快遞業者，讓在家的猪野來開門。一棍擊中猪野後腦勺，等他昏倒後再取刀刺中心臟。猪野當場死亡，兇手將凶器和雨衣丟在現場，從容逃走。他知道監視錄影機的位置，因此戴著露眼帽，讓人無法判斷五官。只知道他是個身高一八〇左右的瘦男人。」

古波藏告訴他，自己正要前往新加坡，若有新訊息，請他傳郵件告知。

在最後的電話中，猪野忠和對古波藏說，「錢會自己拿回來。」不久前才哭著求他幫忙與銀行談判，突然改變一定有原因。

大神辰男從瑞士SG銀行流出的資金，少說也有四十億。能付得出這麼多錢的人，在這個案子的相關者中只有一個，那就是竊取大神資金的當事人。

炒作集團蜥蜴的首腦「Kawasaki Masanari」，猪野會不會發現了他的真實身分，打算直接與他談判呢——。

兩人再次熱戰了一回之後，愛麗絲把臉重新貼在古波藏赤裸的胸口。從敞開的窗簾看出去，濱海灣金沙酒店的輪廓就像浮在空中的船。

「北川這個男人真過分。」確定古波藏還清醒著，愛麗絲便像自言自語般說起來。「我不是告訴過你，我們成立了搜查總部，把相關者又重新過濾了一次嗎？然後，我也調查了山之邊的經歷。這才發現，他以前在馬來西亞所投資的證券公司上班，就是在那裡認識姬姬的。」

姬姬在加拿大的大學畢業後，二〇〇〇年初回到新加坡，到證券公司上班。而山之邊貴原本在新加坡的日系金融機構工作，差不多同一時間，他辭去原職，成為姬姬的同事。正巧這時候大阪山吹證券負責營業的北川，為了在國外從事炒作交易，正在尋找合作的金融機構。

「所以，北川和山之邊決定合夥？」

「對。他好像從北川那裡接到相當高額的下單，接著再從新加坡向山吹證券下單，所以兩頭賺。兩年後，瑞士SG銀行私人銀行部設立了專門服務日本顧客的部門，山之邊被挖角，就把顧客帶著跳槽過去。」

「姬姬和北川什麼時候認識的？」古波藏叼著菸問愛麗絲。

「山之邊轉到私人銀行之後，把兩個人拉在一起。」

愛麗絲看著古波藏說：「不過這些終究只是謠傳。當時的北川雖然坐領高薪，但畢竟還是上班族，所以，他想獨立創業。不只是日本，也想接觸新加坡的富商和東南亞的華僑財主。他透過姬姬，獲得王國強的青睞。在這個地方，沒有人不知道王爺爺，所以他隨處喊一聲，都能取得相當的金額來操作。」

「但是，雷曼風暴讓所有的一切都垮了。」古波藏從床邊的小桌拿起打火機，點了菸。「北川讓顧客受到嚴重的損失，不得不辭去工作。但那時，他認識了紫帆。然後，透過紫帆，企圖討好當時權力巔峰的大神辰男。」

「歸根究底，姬姬和紫帆都只是被北川利用罷了。」愛麗絲輕輕吐了一口氣。「紫帆很了不起，她把自己難以見人的過去，毫無隱瞞地說出來。」

然後，又是一陣沉默。當他意識到時，愛麗絲在哭。

「到底怎麼了？」古波藏伸出手拭去愛麗絲的淚。

「對不起，一想到姬姬和紫帆的遭遇，就覺得我自己也一樣……」愛麗絲用床單的一角擦淚。「我知道古波會跟我交往，也是因為我負責北川的案子。等這份工作結案後，你就會拋下我離去。」

愛麗絲把臉埋進古波藏的胸口，憋著聲啜泣起來。

「怎麼辦，我這麼喜歡你。」愛麗絲抬起臉，大大的眼眸望著古波藏，淚水不絕地流瀉而下。「只要你現在看著我就行了，一心一意的看著我。」

古波藏將愛麗絲細瘦的身子擁進懷裡。

牧島與紫帆並肩站在飯店高樓層的陽台上，遙望濱海灣對面華燈初上的金沙酒店。

晚上九點半一到，燈光秀開始。從金沙屋頂的船上放出藍、綠色雷射光，鮮豔的光線在夜空中交錯。

紫帆穿著金盞花色的洋裝，靠在欄杆欣賞交相飛舞的光影，看膩了又把目光轉向地面。

「北川就是從這裡掉下去的吧。他那時候在想什麼呢?」紫帆呢喃著說。

選擇北川康志住過的飯店,是紫帆的堅持。她說,「我對他一無所知,所以,至少想親眼看看他嚥下最後一口氣的地方。」

愛麗絲用警車送他們到飯店之後,在鄰近的購物商場餐廳吃了簡單的晚餐。紫帆拉住打算回自己房間的牧島,配合燈光秀的時間,走出陽台。

「對不起,我隱瞞了猪野的事。」紫帆說,「好幾次我都想告訴你,但是我太害怕了。」

「別放在心上。」牧島答,「話說回來,我才應該向妳道歉。」

「道什麼歉?」紫帆問。

「我沒得到同意,就去調查妳的過去。」

「那種事不用在意啦。我被趕出銀座的過程,那個業界沒有人不知道。現在就算想隱藏也藏不了。」紫帆笑道,「現在回想起來,北川從一開始就利用我來接近大神。而我向他拿了很多零用錢,在麻布扮演有錢太太。但是再怎麼扮也改不了妓女的人生。」

「妳不要這樣說自己。」牧島大聲吼道。

不知何時雷射燈光秀結束了。微陰的天空下,摩天高樓區的燦爛夜景又回來了。

在日本,大神辰男遭到逮捕,帳房猪野忠和被殺的新聞,連日來都是媒體的報導重點,但在新加坡,它只是外國的家務事。網路上的幕後情報,都在討論著北川與猪野的關係,所以,回到日本的話,媒體也許又會堵在紫帆家門口。但在這裡一切都像包在透明的膜裡,沒有真實感。

「北川會不會是被殺的呢？」紫帆冷不防說。「深夜到訪的女人會是兇手嗎？」

「不知道。」牧島搖頭。「但是，把一個大男人從陽台上推下去，需要相當大的力氣，一個女人做不到吧。」

「要不然，難道是猪野跟案子有關？他跟北川說話，兩人吵了起來？」

「這有可能，可是，若是如此，無法說明他後來的行動吧。如果是殺人犯，應該會盡量不讓人知道，然而，猪野卻主動接近我。」

「當然我並沒有認定猪野是兇手。」紫帆輕聲嘆息，「那個人我從很久以前就認識了。猪野讓自己看起來像個流氓，但他其實是個很膽小的人。他不可能殺了北川，還能神色自若地來來去去。我告訴他北川死了的時候，他真的在發抖呢……」

牧島想起猪野挖苦口吻下隱藏的卑微。

「果然還是自殺的吧？」紫帆對自己說。

「北川的手機不見了。」牧島說。「如果他是自殺的話，就等於飯店人員發現屍體前，有人拿走了手機。這個邏輯說不通。」

紫帆突然兩手攀住陽台的欄杆，把半個身體探出去。牧島慌忙抱住紫帆的腰。

「這些日子，好幾次都想死了算了。可是還是害怕。」兩腳回到地板時，紫帆說，「我還是沒法相信猪野已經死了，究竟會變成怎麼樣呢？」

她凝視著牧島的眼睛。

「姬姬說，她想見我是吧。」

牧島點頭。

「我也有話想跟她說，想問問她，北川在想些什麼。」

紫帆再一次從欄杆探出身體，俯視下方。但是待了一會兒，又回頭看牧島。

「打電話來時，北川在哭。他說，我想馬上見到妳。但是，我卻拒絕了。」

38

穿過出入境管理處，從隔壁的購物中心往外跨出一步，那兒就是傳統的中國城。入口豎著中華牌坊的窄巷，並立著掛有「茶餐廳」招牌的中式餐館。老人們坐在店外的桌邊，一面品著中國茶，一面話家常。

愛麗絲指點的地址，就是一樓有這種茶餐廳的雜居老大樓。他們到的時候，比預定時間早了很多，所以牧島和紫帆在那家店喝咖啡消磨時間。咖啡是用磨得很細的羅巴斯塔咖啡豆沖泡，再添入加糖煉乳，喝起來十分甜膩。

到達新加坡接受警方偵問的第二天，等到早上九點，牧島打電話給愛麗絲，傳達紫帆想與姬姬見面的意思。大約一小時後，愛麗絲回電。她聯絡了王國強，王說請他們下午四點到新山來。

新山是與新加坡國境接壤的大馬城市，從武吉斯的公車總站，直達公車頻繁出班。民眾運用它上下班要比旅行更多，買好每人四美元八十分的票，就可以坐上停在站內的公車。提著購物袋的民眾陸續坐進冷氣太強的舊公車上。聽到日語說話聲，他嚇了一跳。不過似乎是住在新山的日本人到新加坡來補貨而已。

公車穿過熱帶雨林的森林，一小時左右到達新加坡海關。經過出境審查，再搭上同一輛公車，接著又到馬來西亞的新海關大樓通過入境審查。

自從中國本土投機熱錢流入，促使新加坡地價高漲，國境相連的新山也成為注目的焦點。運用比其他東南亞都市更靠近新加坡的地利之便，決定在這裡設立新都心的伊斯康達爾計畫發表時，在日本個人投資者之間也形成話題。但實際來到新山一看，只有海關大樓一角的豪宅有銷售熱潮外，其他的再開發案都幾乎還沒有開始。

天空烏沉沉的，好像就快要下雨。不知為何，人們拎著大袋子交錯行走在窄小的巷弄裡。只有桌子和圓椅的茶餐廳裡，紫帆拄著臉望著街頭景致。小吃店門口掛著烤成焦糖色的鴨子，令人垂涎的點心冒著蒸氣。店內只有三、四組客人，廚房正忙著準備晚餐。招牌斑駁，文字無法判讀，時間好像還停留在一九二〇年代那時候。

紫帆穿著輕便的麻紗長裙搭配綠松藍的襯衫，戴著寬邊帽和太陽眼鏡，一副休閒出遊的裝扮。但在南洋地方，透明般的雪白肌膚還是特別突出。

四點前，坐在面街桌邊談笑的老人之一朝他們走來，個子瘦小，額頭上刻著深深的皺紋，但身上卻穿著上等臘染襯衫，背脊挺得筆直。

「是牧島先生和紫帆小姐吧？我聽愛麗絲說了。辛苦你們特地到這個地方來。」

老人用帶著濃重鄉音的英文說完，在兩人面前坐下。他叫來店裡的夥計，用福建話傳達幾句。絲毫感覺不出「王國強乃掌管東南亞黑社會首領之一」這句話的氛圍，就像是隨處可見的慈祥大爺。

「喝烏龍茶行嗎？福建的好友送了我武夷山產的最高級茶葉。」王國強舉目四顧說，「別擔心，這店裡一個懂英文的人都沒有。」

過沒多久，夥計送來了一壺熱開水、茶具和香味高雅的茶葉。王國強令夥計退下，自己將茶葉放進茶壺，注入開水，第一泡的茶用來洗茶杯，然後直接灑在地上。等待熱水將茶葉充分泡開，再倒第二泡，放在紫帆和牧島面前。

「好香。」喝了一口，紫帆發出讚嘆聲。「我從來沒喝過這麼溫潤的烏龍茶。」

王國強點點頭，大聲地喝了一口茶，然後轉向牧島。「最初我不同意，我不喜歡日本人。」他說，「我這女兒想要什麼樣的幸福都得得到，為什麼偏偏喜歡那種男人。」

在中國福建省出生的姬姬，十歲時喪父，母親帶著她身無分文地逃到馬來西亞。母親把姬姬丟下，跟男人同居，後來，王國強就把她當親生女兒一樣撫養長大。

「我絕不容許日本人把這孩子當成玩物。」王國強依序看著牧島和紫帆。炯炯的目光令人不敢動彈。「但是那時候，姬姬有了孩子。對我來說就是孫子。我不能殺掉這寶貝外孫的爸爸。」

王國強喝乾烏龍茶，沖了第三泡。「結果，那個男人死了，新加坡警方卻懷疑姬姬，所以我不得不把她藏到警方無法觸及的地方。」

倒在茶杯裡的烏龍茶，散發出比剛才更強烈的香氣。王國強問紫帆：「聽說妳想見姬姬，為什麼？」

牧島把這句話翻譯後，紫帆回答：「我想道歉。」

「為什麼需要道歉？」王國強興味盎然地問。

「留在新加坡家裡的照片，看上去非常幸福。如果沒有我，也許一切都會順利。」紫帆回答。「我不愛北川，我追求的只是優雅安定的生活，對於其他的事，沒有半點興趣。然而，我沒有剝奪別人幸福的權利。」

「我跟那孩子說過好幾次，告訴她你被騙了。但每次她都回答我，就算這樣也沒有關係。」王國強嘆了口氣，「姬姬說過，如果北川在日本有真正心愛的人，她願意做小三。」

「我和北川結婚，以為獨占一切是天經地義的事。但是這次的事件讓我明白，我沒有那種資格。」紫帆抬起眼睛，直視著王國強。「所以我想見姬姬，向她道歉。」

王國強思考了一會兒，唐突地開口道：「因為愛麗絲拜託，所以才答應跟你們見面，但我本打算拒絕你的要求。姬姬的心已經受了傷，不用特地在傷口上灑鹽。」

又是一陣沉默。

「但是聽了妳的話，我改變了想法。」王國強瞄了紫帆一眼。「姬姬也想跟妳見面，你們兩個人好好談談吧。」

王國強叫夥計拿來紙和鉛筆，寫下飯店的名字。

「安排好了的話就會聯絡你們。我想你們知道，這件事不能對任何人說，連愛麗絲也不行。」

從王國強手上接過紙條，牧島說：「我只有一件事想請教。山之邊貴那個日本人和姬姬好像在一起。」

「那個沒用的男人。」王國強冷冷地說。「他一想到自己身陷險境，就向姬姬哭訴要我幫助他。」

「所以，山之邊現在在……？」

「因為姬姬開了口，我讓他選擇他喜歡的生活方式。他可以換個名字、用新護照去過新的人生。可是那個人選的卻是最蠢的一條路。」王國強說到這裡站起來，表示談話到此結束。

坐在回新加坡的公車上，愛麗絲打電話來問：「如何？」牧島只好回答，可以跟姬姬見面了，但地點不能說。

「這件事爺爺告訴過我了，我明白。但是，如果真的與案情無關的話，還是解釋清楚比較好。」

姬姬現在是這案子的重要關係人。之後，從護照紀錄查出她從吉隆坡去了曼谷，所以現在正請求泰國警方支援，追查她的行蹤。

「我們最想知道的是山之邊的下落。如果能從姬姬那裡打聽到就好了。」

「我會試試。」牧島回答。

然後，愛麗絲說，「幫我傳話給紫帆。我們採集到下榻北川隔壁房間的房客證詞，確定清晨四點有個男人在敲門。所以豬野看來並沒有對紫帆說謊。因為口供無誤，現在應該沒有必要重新問話了，你們隨時可以回日本。」

「謝謝。我會告訴她。」牧島道謝。

「希望這個討厭的案子快點結束。」愛麗絲嘆息，「不要再讓任何人受傷了。」

39

在日本大使館前下了計程車，古波藏打手機叫出榊原。過了半晌，榊原從大使館的建築中小跑步出來。他穿著短袖白襯衫，配上紫紅色條紋領帶。

「謝謝你專程跑一趟。」榊原從長褲口袋拿出高埗耶手帕，擦去額頭上的汗。仰頭看天，光線太強似地瞇細了眼。「我從無聊的會議中偷溜出來的，十五分鐘就得回去。」

今天早上九點多，接到榊原的電話。班機在凌晨三點才到達新加坡，古波藏幾乎沒什麼睡，榊原就叫醒他，要他直接到大使館這邊來。

從大使館往烏節路的路上，是成排行道樹並立的高級住宅區。榊原領在前面走。

「因為猪野忠和案，警視廳成立了搜查總部。沒想到現場臨時接到新加坡警方偵訊北川紫帆的報告，全場嘩然，議論紛紛。……由於北川的事件中，與新加坡方面合作調查的是我，所以我便隨同警視廳的負責人一起來尋求說明。」

「那種事有什麼好抱怨的？」

「那些人的腦袋裡只有地盤兩個字。」榊原皺眉說。「外國的搜查單位竟然比自己先知道重要的情報，還把人在國內的日本人叫去問話，這種事絕不可以發生。」

「真麻煩。」古波藏諷刺地笑笑，榊原嘆息道：「就跟黃狗打架一樣。」

「打算找紫帆問話嗎？」

「這要看警視廳的決定。至少，他們在國外沒有管轄權。他們現在只能責罵我，叫我老老實實招出北川事件中，我向新加坡警方說了多少。」榊原又拿出手帕擦汗。「不過這兒還真熱啊。從大冬天突然跑到類似蒸氣房的地方，真是辛苦。」

根據榊原的話，紫帆在新加坡警方做的證詞已經傳給日本搜查機關了。

「紫帆曾經是大神辰男情婦，也與被殺的猪野認識。北川死亡時猪野在新加坡，而且，還有個自稱北川妻子、身分不詳的女人在案發前出現在飯店。日本警方得到這樣的通知，一時面子掛不住啊。」榊原說到這裡大大嘆了口氣。「我們逮捕了大神，警視廳興致一來，也開始指手劃腳了。畢竟日本媒體大幅報導了兩個案子的關聯。」

「大神怎麼樣？」

「全面否認。不過聽到猪野被殺，好像相當受打擊。負責的檢察官吃了不少苦。」

在收受賄賂上金額太小，所以很快就出現「政治搜查」等擁護大神的呼聲。由於大神反對特定祕密保護法，在釣魚台問題上，一再發表理解中國主張的言論，因此八卦雜誌認為這是官邸的陰謀。

「但是，猪野被殺，我們這兒終於有點好運降臨。」榊原露出潔白的牙齒。「搜索猪野的家裡，找出了多種資料，現在雖然才剛開始分析，不過因為猪野是大神的帳房，對他的內幕瞭若指掌，說不定能從他那裡得到一點破案的線索，到那時候我就可以卸任了。」

「關於資金的下落，有沒有什麼新的消息？」

「你說的那個8×8的帳戶。」榊原拿出記事簿。「瑞士SG銀行剛開始頑強地拒絕提供情報。但是新加坡警方的負責警官安迪，相當有手腕，讓金融管理局施加壓力，要他們公開帳目。大半資金都匯到開曼或列支敦士登、賽普勒斯等可疑的避稅天堂去。接下來我們會依照租稅資訊交換協定，請求各國提供情報。但另外，我們又發現一些奇妙的匯款。」

「奇妙的匯款？」

「對，去年十一月初，北川死亡約一個月前，有一億美金，約一百億日圓匯到柬埔寨去。為什麼會是柬埔寨呢？」

「帳戶持有人是？」

「一個叫ＮＫ貿易的法人。」

「會不會是因為其他地方都不能開戶呢？」古波藏思考了一會兒後問。

自從九一一以及多起恐怖攻擊事件之後，在美國主導下，國際在洗錢防治的協議上有了大幅進展。現在，所有避稅天堂都承諾遵守FATF（Financial Action Task Force on Money Laundering，國際金融反洗錢特別工作小組）的「打擊資助恐怖分子資金的特別建議」。但是部分新興國家的法律制度還趕不上，因而被批評是洗錢的一大漏洞。

「原來如此，所以他匯了一百億日圓給連三流的避稅天堂都不能開戶的對象。」榊原點頭。「難怪銀行那麼不情願交出情報。」

兩人在與烏節路的十字路口停下腳步。

「我有個外行人的疑問……」榊原問道。「北川與瑞士ＳＧ銀行的私人銀行員山之邊聯手，為那些被正經金融機構拒不接受的顧客一一開戶。在瑞士的名門銀行裡，他們怎麼能做得到？」

「現在這時代，企業法規（Compliance）規定得很嚴，如果在總行的話，肯定不能通過。但是新加坡分行的銀行員最多三十個人吧，而且除了山之邊，其他人大部分是負責中國大陸、東南亞、大洋洲的華人富商。銀行員之間沒有橫向聯繫，除了上司之外，日本人在做什麼，沒有人知道。如果把新加坡分行的法務人員拉攏進來，就可以為所欲為了。」

「可是，他的主管和法務不是得承擔風險嗎？」

「外資體系的金融機構，是個只要有成績，薪水無上限；沒達到業績，就得走人的世界。在那種時候，如果有個像變魔法一樣賺大錢的人出現，會怎麼樣？就算覺得他有些可疑，也不會想去調查他。就算法規訂得再怎麼嚴格，在大錢面前，誰都不會把那些法規看在眼裡。」

「也就是說，北川和山之邊在銀行裡是無人可管的狀態嘍。其他地方也會有這種私人銀行員嗎？」

「不論哪裡，多多少少都差不多吧。」古波藏露出譏諷地笑。「最大的收益來源，都是些抱著見不得光資金的人。一個正派的商人，根本不會去運用私人銀行。不過，我倒是沒有聽過幫黑道開戶這種情形。」

「不論什麼樣的組織，都有些荒謬難解的事吧。」榊原看看手錶，說，「我也沒立場說別人了，現在該回去繼續接受拷問了。」

西方天空暗了下來。這個季節，氣溫只會上升到三十度，但雨季濕度高，每天都會降下豪雨。

看著古波藏，「我有件事想拜託你。」榊原說道，「握有這案子關鍵的人是私人銀行員山之邊，新加坡搜查單位也注意到這一點，所以正在追查他的行蹤。也許古波藏兄會進行得比我快。所以，若是有山之邊相關的訊息，希望你能在新加坡警方知道前告訴我。下次再有同樣的狀況，我可能就要被貼上無能的標籤，別想再升官發財了。」

古波藏沉默地看著榊原。

館。

「相對的，只要有什麼我做得到，一定幫你。」榊原浮起可親的笑臉，轉身走回日本大使館。

40

小雨下在黃褐色的湄公河上，背後的深林籠罩在霧中。

牧島與紫帆從新加坡經過曼谷，在泰國北部的清萊機場降落，是在下午三點多。王國強指定的飯店大概是從機場坐計程車一個小時的距離。

泰國、緬甸、寮國等三個國家以湄公河相接壤的地區，被稱為金三角。從泰國這一側看出去，湄公河對岸是寮國領地。左邊有支流，它與湄公河之間的沙洲地區屬於緬甸。湄公河由此北上，流至中國雲南。

一九四九年，中華人民共和國成立，在國共內戰中敗北的國民黨退至台灣，但部分軍隊在人民解放軍的追擊下，從雲南方面向南逃亡，越過中緬邊境，在湄公河流域的山區建立據點。這一帶是克倫族、佤族、撣族、孟族等少數民族居住的地區。當時開始盛行栽種罌粟，收穫時期巡迴各村莊的商隊常為山賊所苦。南逃的軍隊雖然殘弱，但也是擁有機關槍和迫擊砲的正規軍，總共有近一萬多人進入這個地方。

國民黨士兵的任務始終都是反攻大陸，但為了活命，他們必須賺錢。因此，剛開始時他們成為毒品商人的護衛，不久，他們成為這一帶的統治者，指使少數民族栽種罌粟。

金三角的毒品交易，因為越戰的緣故，在一九六〇年代走向巔峰，除了舊國民黨軍之外，緬甸共產黨、意圖獨立的少數民族、鎮壓上述組織的緬甸政府軍，甚至還有美國的ＣＩＡ，多批人馬交會於此，展開複雜的合縱連橫。這個時期的英雄是大毒梟昆沙。他的父親是中國人，母親是傣人，他以少數民族獨立運動的名義，接受ＣＩＡ的支援，發展大規模的毒品事業。

但是越戰結束，東南亞的政治漸趨安定下，舊國民黨軍於一九八七年放棄武裝，歸順泰國政府。昆沙也於一九九六年向緬甸政府投降。現在緬甸和寮國山區雖然繼續栽種罌粟，但金三角泰北地區的治安，卻也因此急遽改善。現在，國民黨軍曾駐紮的美斯樂，和昆沙軍的據點辛提克，都有觀光客造訪。

其中，湄公河邊境地帶從九〇年代開始發展觀光，在緬甸、寮國觀光簽證難以取得的年代，背包客都知道這裡是不用簽證可以過河到鄰國的地方。從面湄公河而建的飯店大廳取得的觀光簡介，牧島第一次了解到國民黨殘兵部隊的多舛命運。據說斷絕收復故鄉夢想的他們，子孫在泰國有近一百萬人。華裔泰人中大多數就像前總理塔克辛及他的妹妹，也是前總理的盈拉那樣已與泰國社會同化，但「國民黨的孩子」現在在家中仍然說中國話，堅持固守中國的習俗在異國之地生活——。

到了飯店後沒有任何行程，所以牧島約紫帆到湄公河畔散步。

太陽已落到山後，河邊的攤販也都打烊了。與曼谷相比，這一帶到了夜晚甚至有些寒意。紫帆在襯衫外加了一件開襟毛衣，披上絲質圍巾。

在往緬甸和寮國的渡船口，有個用英文寫著「金三角」的紀念碑。貌似台灣來的觀光團在碑前合照留念，此外，就只有小小的山廟、展出鴉片菸管和昆沙相片的鴉片博物館。

在棕櫚與芭蕉等茂密生長的熱帶樹林中，以生鏽白鐵皮搭蓋屋頂的破落房子相倚而建。腰部捲著暗紅色沙麗的中年女子，用碳爐烤著河魚。沒有街燈，太陽一下山，四周就隱沒在熱帶深沉的黑暗中。

回飯店的途中有家餐廳，所以兩人決定在此欣賞湄公河一面用餐。菜單有泰國菜和中國菜，最高檔的菜是附近捕獲的鯰魚，不過兩人還是選了較為一般的菜。可能因為是非假日，儘管是觀光季節，但除了他們一個客人也沒有。

在新山與王國強見面後，紫帆便一直鬱鬱不樂。才用筷子夾了一點青木瓜絲做的沙拉，紫帆便拄著臉凝望著湄公河。牧島也刻意不打擾她，偶爾才說些不關痛癢的話。

既然把真琴放在日本，紫帆無法待在國外很長時間。不管姬姬有沒有聯絡，他們都打算後天回新加坡，然後回國。暫時會避開媒體守株待兔的東京，打算在娘家附近租個公寓。

紫帆目不轉睛地凝視夜的黑暗。

「認識大神辰男，才第一次懂得權力這種東西。」看著幽暗的河水，紫帆說。「只能在電視和報紙上看到的政治人物、大公司老闆、藝人搓著手，雙膝跪地，維維諾諾地斟酒，簡直就像漫畫裡一樣。看了不知幾次這種景象後，我不禁思考『權力究竟是什麼』。」

紫帆視線回到牧島，說：「想要確認它非常簡單，只要把身體獻給大神就行了。」

牧島默默地迎視紫帆的眼。

「像我這種女人，只能出賣自己身體，利用男人活下去。在銀座，大家都認為這麼做理所當然。而且我對人稱『日本頭子』的男人也感到興趣。其實他只是個好色的老頭罷了。」說到這裡，微微嘆了口氣。「大神開始賴在我的公寓，後來被他太太發現，引起騷動時，我只拿到微薄的分手費就被趕出東京。當時就應該開始自力更生的，但是北川向我求婚，我心想這樣也不錯。他對我說，如果我肯嫁給他的話，可以讓我到死都過著任意揮霍的生活。這個人傻雖傻，但我相信他的話，更傻。」

紫帆的臉頰垂下一道淚痕。

「跟你重逢之後，我想了好久。十六歲的時候，我夢想中的未來不應該是如此。這麼不堪的生活方式，實在太可恥了。」

牧島想不出該說什麼話來安慰她。最糟的是，認為夢想中的未來不該是如此的人，不只是紫帆。

吃完飯回到飯店時，有人留了話給他們。沒有名字，只寫了「明天上午十點在大廳等候」。

與紫帆分別，回到飯店房間，牧島打開窗眺望窗外。

一輪明月高掛在湄公河上，附近也許有猴子，椰子樹無風卻搖擺著。森林中傳來貓頭鷹的叫聲。

對岸在月光的沐浴下，浮現出一棟白色的建築。

41

瑞士ＳＧ銀行指定的地點，和上回一樣，是位於萊佛士坊的總行。古波藏在服務台報上姓名，就被引導到冰冷的接待室。愛德華與麥斯立刻進來，接著又送來三人份的咖啡，英國茶的誇張儀式好像放棄了。

「很榮幸再次跟你見面。」跟古波藏握手的愛德華，臉上少了光彩，眼眶下有大大的陰影。

「聽說，北川紫帆小姐和牧島先生這次也來到新加坡，」愛德華作勢請他用咖啡時說，「為了案子來接受警方偵訊？」

「你知道得真詳細。」古波藏啜了一口咖啡。

「畢竟這是個小地方。」也許是一向的老習慣，愛德華謹慎地量著咖啡的砂糖量。

「反正，我們先把這部分解決了吧。」古波藏從提包拿出文件，放在兩人面前。

愛德華快速掃視過村井簽字的文件，直接交給法務部的麥斯。麥斯慎重地查對文字與簽名，說道：「也就是說分期支付給村井先生，合計一千一百萬美金的損害賠償金中，在每次匯入的同時，也將其中百分之二十存入古波藏先生您的戶頭中。對嗎？」

古波藏默默點頭。

「我明白了。我們馬上去進行。」麥斯把文件收入檔案夾。

三人陷入尷尬的沉默，彼此都在觀察對方。

「敝行還有什麼地方可以為您服務嗎？」愛德華以委婉的方式催促古波藏。

「你們應該已經知道，一個叫猪野忠和的人被殺了吧。他是政客大神辰男的祕書，專門負責下三濫的工作。」古波藏悠哉地喝著咖啡。「大神辰男應該在你們銀行裡存了五十億左右。」

「這部分與案子有什麼關係嗎？」愛德華好像咬到一口爛水果般，臉歪了一邊。

古波藏從提包中拿出一疊列印紙，拿給兩人看。

「這是從死去的北川電腦裡找出來的帳戶金額出入紀錄。」他指著用馬克筆做記號的帳戶。「這是大神辰男的帳戶。二〇一〇年時，轉出十億日圓到同銀行其他帳戶，但這應該是炒作股票的資金吧。二〇一三年分好幾次，轉出共四十億圓，但持有人似乎並不知情。」

古波藏刻意在此停頓了一下。

「北川利用授權委託書，擅自從大神帳戶提出資金，所以，可見他在其他帳戶也做了同樣的事。受害總額到底有多少呢？」

臉色發青的麥斯側眼看了一下愛德華。愛德華握著咖啡杯的手指微微顫抖。

古波藏翻著列印紙，說：「這其中似乎還有很多更麻煩的帳戶。」

愛德華臉上已無血色，眼睛死盯著列印紙上的數字。

「光靠那些不能成為任何證據！」再也承受不住沉默的重量，法務部的麥斯大叫。

「真的嗎？」古波藏銳利地盯著麥斯，「既然這樣，如果北川紫帆申請繼承的話，會怎麼樣呢？」

聽到這一句話，兩人的表情瞬間凍結。

「太荒謬了。」愛德華驀然爆出大笑。「北川在我行還背了一千萬美金的債務。除此之外，他還到處借錢。繼承那種東西有什麼用？」

「在新加坡，繼承是由法院挑選的遺產管理人執行。」古波藏低聲說。「遺產管理人確定了繼承人，調查財產和負債之後，再分配純資產，不繼承債務。」

「你說的確實沒錯，因此需要遺產認證（Probate）手續。」臉色發白的麥斯反駁道。「雖然需視遺產狀況來決定，但是考慮到付給律師的報酬，需要花上數萬美金的費用。從一開始就明顯無力償債，還要求繼承的話，根本沒有意義。」

「是不是無力償債，要調查看看才知道。」古波藏說。「北川沒有親人，紫帆是唯一法定繼承人。如果紫帆提出申請，遺產管理人會要求銀行公開北川簽名登記的所有帳戶資料吧？」

「做那種事有什麼意義？」麥斯用虛弱的聲音問。

「北川為了隱匿資料，刪除了帳戶持有人的檔案。他應該還有帳號與持有人的對照檔吧。」古波藏看了一下列印紙。「但是依法院命令公開帳戶的進出帳紀錄，會出現對方的帳號與名義。只要將這兩個紀錄相對照，北川做了什麼勾當就全部水落石出了。」

愛德華的手指劇烈顫抖，咖啡杯碰到碟子的聲音響遍室內。

「我一直在想，你們為什麼要封紫帆的嘴。」古波藏看著愛德華。「北川死亡的時候，紫帆對瑞士SG銀行的事一無所知。然而你們卻特地打電話，告訴她與北川之前有交易。而且不但願意把一千萬美金的借款一筆勾銷，還奉送兩百萬美金的豪宅。這些作為都是為了防止紫帆提出繼承申請，使北川的帳戶資訊公諸於世。」

說完，古波藏把視線轉向麥斯。「這像是有小聰明的法律專家會做的事。」

「你到底想做什麼……」愛德華臉頰脹紅。

「我的工作就是幫忙解決麻煩……」古波藏緩緩地說。「調查所有帳戶中有可疑匯出款的顧客，上門推銷『您是否什麼地方有困難？』的生意，應該可以聽到很多有趣的故事吧。」

冰一般的沉默控制著房間。

「意思是說，你從顧客那裡領取的成功報酬，由我們代替付那筆錢嗎？」麥斯好不容易才擠出這句話。

「我不做那種敲詐的事。只是因為你問我今後的業務計畫，我實話實說罷了。」古波藏笑道。

愛德華與麥斯靜默不語，身體一動也不動。古波藏冷眼注視著兩人，說：「差不多該打開天窗說亮話了吧。」

「說什麼亮話……」愛德華的聲音在發抖。

「這個事件背後到底由誰在操縱？你們為什麼那麼害怕？」古波藏緊盯愛德華。「我來幫你說吧？」

愛德華臉上無一絲血色，蒼白如紙。他凝視著古波藏一會兒，全身簌簌地顫抖起來。

「對了，8×8的帳戶到底是什麼？」古波藏突然問道。

「你為什麼會……」愛德華張著大口凍結了。

「去年十一月從這個帳戶匯了一億美金到柬埔寨的銀行。那究竟是什麼錢？」

古波藏注視兩人將近一分鐘，但發現沒有人回答後，從座位站了起來。

「遊戲結束。你們的選項只有兩個。」古波藏對愛德華說。

「求我幫忙，或是破產。」

42

上午十點，牧島和紫帆在飯店大廳等了一會兒，一個白襯衣配老爺褲，趿著涼鞋的瘦男人走近。「我只是個觀光導遊，有人託我當你們的嚮導。」他說。

導遊帶著牧島他們到飯店附近的泊船口，這裡有往返船隻到對岸的緬甸領地。

棧橋前是出入境管理所，不用在護照上蓋章，只要查驗身分證明，每人付五十美金作為手續費就可以。等候乘船約十分鐘左右，沒有其他的客人，只有幾個將食材等貨物搬上船的生意人。

小船出發，很快就接近緬甸領地。在熱帶雨林的森林陪襯下，昨晚從飯店房間看到的白色建築巍然而立。導遊指著它說，那是一家飯店兼賭場。

船大約五分鐘駛抵緬甸方面的泊船口。那兒停了幾輛高爾夫球車。乘客坐上這些車離開。由於只能往返泊船口與飯店，所以進入國境才不用簽證。

金三角休閒區的開發是一九九〇年代泰國財閥主導興建的，但最初還帶著泡沫餘威的日本不動產開發公司也有出資。舉著國際貢獻的旗幟，規畫出同時擁有高爾夫球場、購物中心、高級豪宅的大規模休閒度假區。但是隨著泡沫崩壞資金燒盡，最後，只完成了飯店和賭場。

泰國國內禁止賭博，所以開幕時，以「離泰國最近的賭場」猛烈宣傳。但是後來在柬埔寨邊境陸續建設了幾家可從曼谷一天來回的賭場後，此地立刻被大家遺忘。現在只有少許從清邁或清萊來玩一把的客人。

觀光導遊把牧島和紫帆帶到飯店，然後又坐著小車回到泊船口。

櫃台旁有個賣免稅酒類的店和一家小巧的餐廳。左手邊是賭場的入口。最前面是一排吃角子老虎，裡面看得到一些華人圍在百家樂桌邊。客房是面對湄公河的三層式建築，看上去大約有百來間房，到這種窮鄉僻壤來的只有賭客。

過了一會兒，一個長髮的嬌小女子走進大廳。一眼就看得出她就是北川豪宅裡照片中的女子。她穿著紫色T恤與牛仔褲。

姬姬與紫帆和牧島打過招呼之後，「要不要去外面？」她問，「我兒子待在房間裡，不太抽得出時間。」

飯店前庭有個小涼亭。走上階梯，茅草屋頂下設了木製長椅。湄公河混濁褐黃的流水從眼前流過。

請兩人在長椅坐下後，姬姬背對著河靠在欄杆上。濕熱的風輕撫著長髮。「外國人自由進出的地方，只有飯店內的這裡。再往外走，就有警衛過來。簡直就像籠子裡的肉雞。」姬姬皺著眉說。

新加坡警方將姬姬列為北川案件的重要關係人，要求泰國警方限制姬姬的行動。但是這裡是緬甸領土，只要她留在飯店裡，安全就有保障。

「我來到這裡已經一個月。」姬姬不耐煩地說，「整天什麼事也不能做，想的都是同一件事。剛開始，我根本搞不懂到底發生了什麼事，可是終於漸漸明白了，雖然我苦惱了很久，但還是拜託王爺爺請你們到這裡來。」

「我才是，很高興妳願意見我們。」牧島把姬姬的話翻譯過來後，紫帆說，「在新加坡的屋子裡看到你們的全家福照片，就一直想找妳聊聊。」

「妳聽說了我和北川的事了吧？」姬姬用優雅的動作將拂到臉上的髮絲撥開。「母親有了男人，我等於成了孤兒。然後，王國強收養了我，讓我到加拿大念大學。然後在新加坡的證券公司工作，那時正是ＩＴ產業泡沫的最盛期，日本有一千四百兆日圓的個人金融資產，十分令人心動。我公司老闆起了貪念，向新加坡的日系金融機構挖了山之邊過來。」

「於是，妳才認識了北川？」

「對。但是，那是因為一個小小的機緣。」姬姬看著翻譯中的牧島。「那時候，公司和大宗的客戶起了爭執，由於對方與黑社會有關連，社長非常苦惱地向我哭訴。我無法拒絕，只好拜託王爺爺出面解決。山之邊知道了這件事，告訴北川。」

「所以北川來接近妳……」紫帆說。

「就是這麼回事。我聽山之邊說，妳也是這樣？」

「對。」紫帆點頭。「他接近我，是為了認識政治大老。」

「真是愚蠢的男人。用盡方法追求金錢與權力，到頭來卻被殺了。」姬姬深深嘆息。「王爺爺一直堅決反對，可是我愛上了北川，很傻吧？」

紫帆一臉認真地聽完姬姬的話，默默地搖頭。

「從一開始就知道被利用了。可是跟我在一起的時候，北川非常體貼，他也來看小健的足球比賽。」姬姬給了紫帆一個笑臉。「我們同居之後，立刻發現懷孕了。那時北川正在與前妻協議離婚，他答應我『只要離婚辦好，立刻迎娶妳』，所以我決定生下孩子。但是，他卻瞞著我跟妳在日本結婚。」

「對不起，」紫帆道歉，「我一點都不知道你們的存在。」

「我也一直不知道有妳這個人，我們彼此彼此。」

然後，姬姬轉向褐色的湄公河水。

「雖然沒有正式結婚，可是日子過得也很幸福。北川在新加坡，是別人眼中最成功的日本人，來自日本的藝人、運動明星絡繹不絕來找他。家庭派對上，可以喝光無數瓶勃艮第有名酒莊的紅酒。開藍寶堅尼送孩子上幼稚園，也認為是理所當然的事。」姬姬又開始說，「但是日本東北大地震之後，事情有了改變。北川總是心不在焉，不時走到陽台上，望著外面良久。於是，我找山之邊來問。山之邊說，他們牽扯進一個嚴重的麻煩，若不想辦法，恐怕身敗名裂。」

「我毫無察覺。」紫帆低喃道。「那時候真琴剛出生，照顧孩子占去了我所有心思。」

「因為我在金融機構工作過，」姬姬說，「那時候，山之邊告訴我，北川與妳再婚了，還生了個可愛的女兒。那真是晴天霹靂。聽到這消息後，我一個星期吃不下任何東西，只是哭。山之邊看到我那模樣，便鼓吹我拋棄北川，跟他一起生活。」

紫帆眼眶濕潤地看著姬姬。

「但是當北川來新加坡後，我決定裝作不知情的樣子，像以往那樣待他。一方面是為了小健，而且木已成舟，現在再來哭天搶地又有什麼用。但是，新加坡警方卻以為我因為這件事，對北川懷恨在心，懷疑我半夜到飯店把他殺了。真是太過分了。」

風轉強了。不知不覺間，一朵沉重的雲垂掛在頭上。

「北川常在我面前哭。」姬姬拿出圍巾，把被風吹亂的頭髮紮好。「他欺騙我，在日本跟妳結婚，然而卻在我面前大哭，真是個笨男人。」

「他從沒在我面前哭過，」紫帆對姬姬說，「只有最後一次電話中哭了。」

「好像快要下雨了。」姬姬看看天空，「這幾天到了這個時間，總會下一場豪雨，泰國應該是乾季，真是怪天氣。」

回飯店的途中，姬姬對牧島說：「聽說你們倆是高中同學？」

牧島稱是，姬姬歪著頭，「你們日本人真奇妙，新加坡人無法想像這種關係。」然後又自言自語地說：「北川身邊連一個稱得上朋友的人都沒有。」

三人一走進飯店，幾顆雨珠便開始落下，然後瞬即轉變成瀑布般的大雨。飯店人員似乎很習慣地繼續聊著天。姬姬帶牧島和紫帆到櫃台旁的餐廳兼咖啡廳，用中國話向女服務生點菜。

「你想知道最後一天的情形？」咖啡送來之後，姬姬說。「那天北川有工作，很正常地出了門。我也照舊親了他，叮嚀說『一路小心』。」

姬姬加了牛奶和砂糖，但沒有喝，只是用湯匙不斷攪拌著。

「傍晚六點多，北川打電話回家說，今天會晚歸，叫我先吃飯。然後又囑咐我，『把家裡筆電中的檔案殺掉。』」

「筆電？」牧島問，「警方扣押的那一台嗎？」

「是啊。平常他不論何時都隨身帶著。」姬姬回答。「我依他指示，刪除了檔案，把垃圾箱清空，然後他對我說：『我愛妳，這些日子謝謝妳。』」

姬姬拿著湯匙，呆望著外頭的雨。

「他以前從來沒對我說過這種話。所以我想，我們結束了。」姬姬自言自語地說。「第二天早上六點前，山之邊打電話來，叫我立刻收拾行李，帶小健到武吉斯的公車總站來。我到了車站，他就跟我們直接跳上計程車，直奔國境。」

然後，她望著紫帆。「女人真是不可思議的生物。」她說，「我明明愛著北川，但是聽到他死去的消息，我一點也沒有哀傷，只是流下了眼淚。說不定，我的心裡其實恨著北川。」

「不會的。」紫帆說。「大使館來電話的時候，我也只覺得『哦，這樣啊。』後來，我腦中只想著以後怎麼跟孩子活下去。」

姬姬看著紫帆，靜靜地浮起微笑。

「去新山的時候，為什麼把電腦留在房間裡呢？」牧島把他百思不解的疑問提出來。「如果沒有那台電腦，我們就沒有任何線索了。」

「因為我覺得它很危險。把它帶在身上，就好像帶著災難的源頭。我也只考慮到怎麼保護小健。」

姬姬玩弄著湯匙，一時大家陷入沉默。

「有一件事我怎麼想都兜不攏，當時因為心情太激動，完全沒有注意到。」她的視線回到牧島。「這也是我請你們來的原因之一。」

「什麼事？」

「北川倒在飯店後院，清晨五點多被人發現。然後送到醫院，確認死亡。但是北川身上沒有任何一件可以辨認身分的東西。所以，警方拿著飯店的住宿登記簿，一一確認，尋找死者。」姬姬一口氣說到這裡，暫時停下來。「既然如此，為什麼山之邊會在早上六點打電話給我？」

「你是說山之邊與北川的死有關連？」牧島問。

「那時候，他應該嚇得沒有說謊，而且山之邊也沒有殺北川的膽量。但是，他一定透過什麼管道知道了北川死亡，所以在警方接觸我之前，把我帶離那裡。」

「這麼說，他會不會是直接從殺北川的兇手得知的？」

「不知道。」姬姬搖頭，「所以我希望你們去見山之邊，問清楚真相。」

雨在不知不覺間變小了，飯店服務員依然故我地聊得起勁。空蕩無人的店裡，除了三個人外，沒有別人。

「妳知道山之邊躲在哪裡嗎？」牧島問。

「如果一個月之前，他沒有改變的話……」姬姬點頭，「王爺爺叫他在這裡等鋒頭過了，但是他忍受不了。每天說的全是賭博贏了或輸了的話題。而且小健今年九月要進小學了。」

「山之邊如果知道兇手是誰，妳就可以洗清嫌疑，回新加坡了。」

「你說的沒錯。而且如果不快一點，就沒有人能夠聽到山之邊說話了。」

「怎麼回事？」

「你見到他就明白了。」姬姬如此說著，好像看到炫光般瞇細了眼。正好雲層開了，一道陽光直射下來。

「對了，有件事我想問妳。北川死前不是打電話給妳嗎？」姬姬正色看著紫帆，「那時候，北川跟妳說了什麼？」

「他說，自己已經完蛋了。」紫帆說，「他哭著問我，能不能跟他一起逃走。」

「這樣啊。謝謝妳坦白告訴我。」姬姬只說了這句話，舉起手叫服務生過來。

「對不起。」紫帆的臉頰流著淚。

「不用道歉。」姬姬笑道，「我就是為了問這件事，才請妳來到這裡。這樣我也終於能放下跟那個人的過去了。」

牧島和紫帆走出飯店時，雨完全停了。周圍的森林散發出強烈的草葉氣息。

坐上回泰國的船回頭望，姬姬和兒子並肩站在飯店的前庭。

比照片中長高一些的男孩，穿著FC巴塞隆納的制服，朝著兩人拚命揮手。

43

在清晨的陽光中醒來，打開窗簾，眼前是昭披耶河。換上麻織襯衫與長褲的古波藏下到一樓，面河的咖啡廳擠滿在休閒飯店享受早餐的歐美人士。

昨天下午，牧島來了聯絡說，姬姬告訴他們山之邊的下落。聽到這消息，古波藏立刻安排機票，搭深夜的班機到曼谷來。

褐色的昭披耶河上，掛著紅藍旗幟的細長河船縱橫往返。古波藏向侍者點了一杯咖啡，坐在陰涼處的位置，點起萬寶路。

文華東方酒店開業於十九世紀末，是一家殖民地式飯店，曾以作家桑默塞．毛姆和約瑟夫．康拉德長住於此而聞名。這一帶曾經為各國大使館雲集之處，但隨著曼谷的發展而漸漸搬離，現在只剩下法國大使館。年年惡化的交通堵塞，使得這一區成了陸上孤島，一到傍晚，就幾乎動彈不得。

曼谷正是難得的晴天。乾季中濕度也不高，算是美好一天的開始。雖然接下來有幾個小時，街道都將籠罩在汽車排放的廢氣中。

咖啡喝完，正欲離座時，手機響了。

「你起來啦?」愛麗絲打來的電話。「我擔心得不得了呢。」

得知山之邊蹤跡的消息，古波藏也告訴了愛麗絲。愛麗絲隱瞞著姬姬的消息，向搜查總部報告，並且委託泰國警方限制山之邊的行動。

「聽我說，就算是現在也還來得及，你要不要再考慮一下?再怎麼說也太危險了。」愛麗絲說。「等到可以偵訊山之邊時，我一定會把內容全部告訴你的。」

「與泰國警方交涉成功，需要多少時間?」古波藏問。

「這案子是最急件，明天搜查員就會過去。」

「那就太遲了。」古波藏說，「我們不知道情報會在哪裡洩露出去。」

「你是說警察單位裡有奸細？」

「這個案子有些詭異的地方。」古波藏答，「好像總是被人領先一步。」

「那也不能確定……」

「我不會闖禍的。老子也很珍惜生命呢。……見到山之邊後，我會給妳電話。」

「至少等到今天傍晚呢？」愛麗絲不肯退讓。「我去求求爺爺，叫他找個人陪你一起去。」

「那麼做反而引人注意。旅行中的日本人來探望老友，這種方式最為恰當。」

好不容易安撫好愛麗絲掛了電話，古波藏叫出手機裡的通訊錄，按下撥號鍵。

「找到山之邊貴了，接下來要去見他。」

他向東京地檢的榊原說明緣由，對方說：「你這動作會有點危險吧。」

「所以才打電話給你啊。」古波藏說。

「為什麼？」

「我把資料留在文華東方酒店的櫃台，如果我有什麼意外，就麻煩你來一趟把它拿走。」

「那倒是無所謂，但為什麼要給我？」

「我們必須彼此幫助啊。」古波藏答。

「了解了。」靜默了一會兒，榊原說，「真有萬一的時候，我會負責把你的朋友送回日本。」

在金三角見了姬姬，牧島和紫帆退了房間，坐上路線公車，前往清萊。在山裡迴旋的老公車敞開所有的車窗，沁涼的風和樹林的清香飄進來。在清萊的公車總站換了長程巴士，到達泰國北部大城清邁時，已經是晚上六時許。

在位於平河邊的飯店入住之後，紫帆打了電話給母親。他們還在伊豆溫泉，掛了電話，紫帆釋懷地向牧島說：「被她罵說『難得輕鬆一下，不要緊迫盯人的一直打電話來。』」大神事件的報導還在持續著，但媒體的採訪記者並沒有到老家來的跡象。

打電話到航空公司，確認後天往東京班次還有空位，於是訂好了紫帆位子。明天在新加坡再住一晚，第二天返回日本。

晚飯前，兩人到街上四處走走。

清邁僅次於曼谷，是泰國第二大都市，也是以前治理泰國北部的蘭納王國的首都。全城分為護城河與城牆圍繞的舊市區，與周邊廣大的新市區。走到舊市區，參觀了清曼寺等寺廟，又往東回到塔佩路逛夜市。三層樓的樓房裡全都是賣民俗藝品和泰國絲的店。一到夜裡，周圍的步道全都擺滿了攤販。廣場的美食區飄送著串燒和香菜的香氣。裡面的舞台正在表演泰國的傳統舞蹈。

逛累了，走進面河的露天咖啡座。是一家泰國菜和義大利菜的雅致小店，客人大多是歐美來的背包客。

喝著冰鎮的白酒，吃著通心麵，偶爾吹來的河風消去了滿身汗意。照明只有桌上的蠟燭。

「古波現在正在曼谷，」放下酒杯，牧島說，「又與他錯過了。」

「是啊。」紫帆笑道。「我跟佑仔好像老是無緣見面。」

「問妳一件事，妳別見怪……」牧島欲言又止。

「什麼事？」

「總覺得古波跟妳，好像在躲著彼此。」

「怎麼會？」紫帆驚訝地說。「只是時機不對而已。」

「真的嗎？那對不起了。」牧島道歉。

「等一切歸於平靜時，三個人聚一聚吧。像從前那樣。」涼風撫弄著柔軟的髮絲，隱約露出白皙的頸脖。紫帆穿著無袖上衣配上緊身長裙，均勻的身材曲線畢露無遺。

海鮮雞肉麵吃到一半時，紫帆說：「我們交換。以前也這麼做過，對吧。」

「妳還記得啊。」牧島說。

「當然啦。」紫帆笑，「那是我最幸福的時候。」

吃完通心麵，又各點了一杯酒，紫帆將脹紅的臉迎向河上的夜風。

與姬姬見面後，紫帆明顯改變了。她不再沉浸在思索中，表情也恢復了生氣。偶爾也會有笑鬧的模樣。

「以前一直以為身邊的人死去，一定會夢到他。」紫帆浮起微笑。「可是，實際處在這種境況時，不但不曾夢見，過了一個多月，我對北川連想都沒想過。」

雙頰飛紅的紫帆充滿了魅力，坐在鄰座的白人小伙子從剛才就一直看著這邊，不時低聲交談。

「當女人真無趣。」環視著店裡的情侶們，紫帆說，「如果不與男性在一起，能去的地方就有限。不管是酒館、迴轉壽司，還有這種店……」

牧島說：「也有很多女生背著背包獨自去旅行呢。」但紫帆皺眉：「那種事我做不到。」又說，「像這次，若沒有你陪我，我也不敢做這麼大的冒險。」

店裡面響起了歡呼。好像是團體中有人過生日，服務生端來了蛋糕。眾人開始唱起生日快樂歌。

「這趟旅行很棒，因為我體驗到很多事。不過這麼說對北川不太好意思。」合唱結束時，紫帆對牧島笑道，「真的謝謝你。」

「不用向我道謝。因為多虧了妳，我才有機會從每天單調的日子逃出來。」

「聽我說，我還有一個願望。」紫帆惡作劇地說，「新加坡有個地方，我希望你帶我去一下。」

「哪裡？」

「很久以前，我在外國的小說裡讀過一個故事。地點在維也納，在那兒相遇的年輕人半夜裡偷偷潛進動物園，把動物們都放了。那時候，我才知道，幾乎所有的動物都在夜間行動。動物園不是只有白天才開放嗎？所以，我一直很嚮往夜裡的動物園。」

「真是的，我以為妳會要求更難的事呢。」牧島鬆了一口氣說。「明天傍晚我們會回到新加坡，時間正好呢。」

牧島問她，對那個故事的什麼地方感興趣。

「在於我們每個人都被封鎖著。所以必須把自己心中的熊解放出來才行。」（譯注：該書應為美國作家約翰．厄文的《讓熊自由》〔*Setting free the bear*〕，出版於一九六八年，日文版為村上春樹所翻譯）紫帆蹙起眉頭，然後笑了。「我在說什麼！明明這麼自由的呀。」

44

喝完咖啡，古波藏請櫃台服務員用泰文寫了一張紙條，然後請門房叫計程車。

他指著地圖說：「我要叫車到空堤區。」門房一臉為難的說，「建議您不要到那邊去比較好。」

「開到附近就可以了，剩下的路我用步行。」他還是堅持這麼說，門房和計程車司機商量後走回來。

「他說可以載你到保稅倉庫。從那裡到你的目的地只要幾分鐘，那兒水溝很臭，一看就知道了。」

曼谷的主要十字路口還是被反塔克辛的示威人群占據。計程車為了避開人潮，從倫比尼公園朝東往拉瑪四世大道前進。遠離了曼谷街道中央區之後，看不到高樓大廈，舊綜合大樓之間是一片片廣大的空地。雖然還不到早上十點，但直射的陽光已十分毒辣。

開了幾分鐘，計程車右轉，越過流經高速公路下方的河道，在一扇拱門前停下。再前方是卸貨場，載了貨櫃的大卡車匆忙出入。古波藏給了豐厚的小費，司機接過之後，指著馬路對面看得見的小巷。

古波藏戴上墨鏡，順著駕駛指的方向踏出去。

馬路西側是連綿的倉庫外牆，東側有些破舊的雜貨店和攤販。它的末端是一條巷子，擠滿用細梁柱釘住木板，頂部鋪著生鏽波浪板屋頂的破房子。昭披耶河與帕卡儂運河匯合口一帶，是曼谷最大的貧民窟。

也許是接近河邊，地面變得濕黏，到處都積了綠苔的水漬。每個屋子大門都敞開著，看得到打赤膊的男人和穿襯衫的婦女躺在地板上吹電風扇。不少家裡房間收拾得相當整齊，也有電視。

居民們對突然出現的闖入者投以好奇的目光，但沒有感受到敵意。古波藏把準備好的紙條拿給幾個人看，上面用泰文寫著「我想見見最近住在這裡的日本人」，但每個人都面無表情地搖頭。

走了快十分鐘，排水溝的臭味越來越刺鼻，找不到可以遮陽的蔭涼處，汗水在墨鏡上形成霧氣。

再下去只好換個街區找了。正心煩的時候，前面走來一個臉上有疤的瘦子，用泰語向他招呼。他穿著泰絲做的華麗禮服襯衫，打著金色的粗領帶。

古波藏搖頭，那男人用片斷的英語問：「你來做什麼？」他拿出紙條，沒留神間有四、五個男子圍上來。

在他們跟隨下走了五分鐘，進入一戶人家，男人們把古波藏的物品全部檢查一遍，從錢包裡抽出鈔票，領頭的男人拿著護照出去。

古波藏和四個負責監視的人被留在屋裡，後門有個小小的碼頭，從那兒可以直接到運河。偶爾風一吹起，髒污的臭味便刺激著鼻心。木船激起浪花駛走，幾個裸體的小朋友在玩水。

過了五分鐘，剛才的男人回來了。他把護照還給古波藏，叫他跟自己走。

繼續走進貧民窟的小巷弄，男子在其中一棟更加破爛的屋前停下。地上鋪著涼蓆，一個中年婦人坐在旁邊搖扇子。涼蓆上躺著骨瘦如柴的男人，眼也不眨地直盯著古波藏。他的頭宛如直立的電燈泡，不過才三十幾歲，頭髮卻幾乎都掉光了。

古波藏脫了鞋進去，問他：「你就是山之邊貴？」

男人微微點頭。

古波藏檢查山之邊的兩隻手，密密麻麻地留下注射的痕跡。

「可以說話嗎？」

「我的頭腦還很清楚。」山之邊說話的聲音出乎意料地清晰。「只是沒想到還有機會再說日語。」

「為什麼淪落到這種地步？」

「你既然來到這裡，大概也心知肚明了吧。」山之邊坐起身，瞇起眼睛試圖集中焦點在古波藏臉上。「看來你不是來殺我的吧。」

「新加坡警方在找你。」古波藏在山之邊身邊坐下。「現在立即去投案吧。你這樣下去只是在等死。到醫院接受治療的話，還有一線生機。」

「治療了之後又能怎麼樣？」山之邊笑了。「你知道我和北川弄丟的錢有多少嗎？」

「不知道，少說也有一百億吧。」

「若是只有那麼一點，哪用得著走到這一步。」山之邊舉起火柴棒般的手臂。

「從什麼時候開始的？」看著滿是結痂的手臂，古波藏問。

「我想想，大概三年多前吧。」

「你在新加坡竟然買得到海洛英？被發現可是死刑啊。」

「只要給得出錢，什麼東西買不到？只不過價格是這裡的十倍。」山之邊看看女人，用泰語說了什麼。女人神情哀傷地搖搖頭。

「她在照顧我。」山之邊說，「我沒給多少錢，但她一整天就這樣坐在我身邊，甚至把屎把尿都做。可是，當我毒癮一犯，非到痛苦得在地上打滾，她絕不幫我打針。醫生來過一次，但只看了我一眼就搖搖頭回去了。」

古波藏端詳著山之邊骷髏般的臉。

「姬姬需要你的證詞。」

「姬姬啊。」山之邊懷念似的說。「她是個好女人，北川根本配不上她。她是真的擔心我的身體。北川回日本的時候，她經常叫我去吃飯。我要她拋棄那個薄情的男人跟我走，但是她說即使如此，她也愛北川。」

「你如果說實話，姬姬的嫌疑就能洗清，帶兒子回新加坡去。」

「實話？」山之邊笑。「我已經不知道什麼是真的，什麼是假的了。」

「你和北川合作很久了吧？」

「對，我們是最出色的搭檔。」山之邊眨了眨凹陷的眼睛。「因為五菱會事件，外國的私人銀行員在日本的營業越來越困難，所以，就在日本安排像北川這樣的代理人。北川負責營業，雙方談好之後，在瑞士SG銀行開戶，我來負責窗口。」

「可是北川帶了些問題很大的顧客進來，不是嗎？」

「規規矩矩的有錢人不會跟我們這種銀行打交道。SG在瑞士不管再怎麼有名，也無法跟大銀行競爭。所以只能靠正派銀行不接受的顧客賺錢。股市炒手、政治家、色情、小鋼珠業者、高利貸、黑道，什麼都有。」

山之邊像是回想起懷念的過往般閉上眼睛。

「剛開始的時候無往不利。北川靠自己的基金，與顧客約定一年百分之十的利潤。但實際上收益接近百分之二十。剩餘的就由銀行和我們瓜分，賺了好多錢。一年賺到的錢可以買好幾輛法拉利。」

山之邊突然咳起來。旁邊的女人幫他搓背，一邊輕聲叮嚀著什麼。山之邊無情地將女人的手揮開。

「但是，北川在市場上失敗，開了個大缺口。為了挽回局面，他砸了大錢賭在炒作集團提議的核能出口話題上。但三一一發生後，什麼都沒了。」咳嗽平息之後，山之邊又繼續說。

「為什麼要做這種糊塗事？」

「承諾的利潤沒有給客人，性命就可能不保。北川應付的都是那種人物。」

「所以你們才擅自挪用顧客戶頭裡的錢，開始偽造對帳單嗎？」

「如果不那麼做，就會被殺。」山之邊笑起來，「我們本來只是膽小又平凡的銀行員，若是不靠藥物，根本無法保持清醒。」

「北川為什麼要去飯店？」古波藏把他心裡多日來的疑惑提出來。

「我怎麼知道。」山之邊虛弱地搖搖頭。「我勸北川快點帶著姬姬和兒子逃到新山去。那邊有王國強在，就算日本黑道派了槍手過來也不用怕。但是，北川說無論如何他都不想離開新加坡。」

「你怎麼知道北川死了？」

「我在做逃亡準備，一面等北川打電話來。因為姬姬不一起走，王國強不會聽我說話。後來，突然來了一通電話，說他在中央醫院有熟人，」山之邊又大咳起來，女人拍著他的背，他卻用比剛才更強烈的口氣繼續說，「他說，有個像北川的日本人被送進來，立即死亡了。所以我硬把姬姬帶出來，逃到新山去。」

「電話是誰打的？」

「炒作集團的人，好像叫蜥蜴。」

「是Kawasaki Masanari嗎？」

「我不知道名字。那一天也是第一次跟他對話。因為我平時只是照著北川的吩咐，處理交易而已。」山之邊臉上浮起似笑非笑的表情，痛苦地大大吸了一口氣。女人看著古波藏說了句什麼，看樣子是叫他回去的樣子。

「最後再告訴我一件事。」古波藏握住山之邊如火柴棒的手臂，「將近一〇〇億圓的錢從8×8的帳戶匯進柬埔寨的銀行，那筆錢究竟是怎麼回事？」

「8×8是蜥蜴的帳戶，平時是北川在管理，詳細情形我不知道，應該說因為問題太大，我不想知道。」

「可是平常的話，那麼異常金額的匯款，應該不能通過法規遵循部吧。」

「因為我們有特別待遇，銀行裡也有不少吃到甜頭的人。」

「你是指愛德華？」

山之邊沒有回答，躺下來閉上眼睛。女人瞪了古波藏一眼。

「對不起，今天的對話我會向新加坡警方報告，因為一開始就約定好了。」古波藏站起來說。

「你想怎麼樣就怎麼樣。」山之邊不屑地說，「我為了保住性命才逃出來，可是到了這種景況，跟廢人也沒有兩樣。也許最後能幫上姬姬再死比較好。」

山之邊微微睜開眼。

「能跟你說話真好——日語真好聽啊。這樣我也沒有什麼遺憾了。」

出了貧民窟，古波藏一路步行到大馬路才攔到一輛車，錢包裡的信用卡還在，所以他在半途的銀行領了錢。

回到文華東方之後，他撥了電話給愛麗絲，告知他與山之邊的對話。愛麗絲說，她立刻請泰國警方將山之邊帶走保護。

「接下來你有什麼打算？」緊要的對話之後，愛麗絲問。

「我在這裡已經沒事，會回妳那邊去吧。」

「蹩腳的謊言。」愛麗絲說，「但是我很開心。」

之後，他也把過程告訴東京地檢的榊原。

「我會向日本報告已查出山之邊的下落。這樣一來我的位子也勉強保住了。」榊原笑說。

這件事完結，在「天使之城」也沒事了。古波藏退了房，在下午塞車開始前，搭上計程車往機場駛去。

45

兩人到達新加坡動物園時，還不到晚上九點。

中午前牧島和紫帆從清邁出發，過境曼谷，回到新加坡。在飯店換了衣服，沒吃晚飯就坐上計程車。

「肚子餓了吧。」紫帆說，所以在入口前的輕食店買了啤酒和漢堡，一就座，舞台上的火舞秀正好開始。

表演著從婆羅州傳來的勇猛舞蹈，男子們吹出熊熊的火焰。每次焰火一壯大，觀眾們便響起掌聲和歡呼。漢堡雖然乾巴巴的，但肚子餓時什麼都好吃。

表演結束，等待開園的人們一齊湧向門口。繞行園內的遊園車搭乘站排了長長的人龍，所以兩人決定先徒步走一段叫做小徑的步道。

夜間動物園是利用鄰接新加坡動物園的四十公頃土地建設而成，是世界上首座可以就近觀察夜行性動物的專用設施。園內盡可能不使用柵欄，利用草坪或水道，在接近自然的狀態下飼養動物。它分為東環（east loop）和西環（west loop）兩個區，除了有人員解說的遊園車之外，東環還鋪設了步道，可以徒步與動物們接近。

剛開始在漁貓小徑，看得到水邊動物大集合。黑暗之中，粉紅火鶴特別突出，赤麂平靜地在吃草，恆河鱷從河中探出頭來。赤麂是產於中國東部和台灣的小型鹿科，它的鞣革可製造出最高級的皮製品。恆河鱷分布在印度和馬來西亞，長吻是它的特徵。這種動物也因為人類想獵取它的皮，而面臨絕種的危機。

水邊的後方是獅子區。正好是給食的時間，看到丟入的肉塊，一隻隻母獅陸續跳進來，小獅們則站在周圍虎視眈眈。母獅們毫不在乎，從容不迫地走向肉塊，趕走小獅子開始用餐。

花豹小徑最受歡迎的當然是瀕臨絕種動物「豹」（花豹），但這裡只能隔著玻璃窗參觀。再前端是熱帶雨林植物園，穿過兩層門後，放養著鼯鼠和白頰鼯鼠等夜行性動物。抬頭往上看，不時會看到鼯鼠在樹枝間滑行的景象。道路的正中央倒掛著一隻大蝙蝠，紫帆嚇得尖叫。

走出植物園，紫帆不經意地挽住牧島的手，脹紅的臉頰散發著光彩。

過了遊園車的停車站，出現了大草原。成群的長頸鹿佇立在月光下，近處，斑馬們正悠閒地低頭吃草。

擺擺頭，長頸鹿群緩緩地開步走。藍色的月光照在牠們的背上，強風一起，樹林搖晃不已。這是他們以前從來沒見過的奇幻景象。

「好美。」紫帆嘆息，「真正是夜間動物園。」

大草原旁邊的大沼澤裡，河馬正在沖涼。河馬也是夜行性，成群結隊地從水裡出來，吃起飼料。

「原來非洲是這樣的地方啊，有一天我也想去。」紫帆走得流汗的身體靠到了牧島的身上。挽著手，走進動物們潛伏的暗路。每個與遊園車通道交錯的地方，都有警衛駐守，但過了那個點，一個人影也看不見。

「你看那個！」紫帆小聲驚呼。威風凜凜的馬來虎前腳攀在石頭上，欣賞著月光。「簡直像是誤闖到不可思議的王國。」

東環走完一圈，回到入口，這次換乘遊園車把剛才走過的區域再看一次。車道的路徑和步道不同，可以從別的角度欣賞動物。

西環區只能以遊園車參觀。這裡主要是棲息在東南亞的動物。有聽說會吃夢的馬來貘，和巨大的印度犀。爪哇野牛和印度野牛廣泛分布在東南亞各地，豺是分布在印尼等地的紅狼，水鹿是一種優雅的鹿種。

下了遊園車，牧島問紫帆，潛入夜之動物園放走動物的故事，後來怎麼樣了。

「我不太記得，不過沒有發生什麼重大的狀況。」紫帆蹙著眉，微微歪著頭說。「一開始是猴子和鹿，後來連象、老虎和凶暴的熊都逃了出來。不過並沒有引起太大的混亂。附近的人類聽到風聲集合起來，將逃出的動物一一擊斃，然後帶回家做成香肉料理吃掉。主角後來離開城市時，在森林裡遇到自己從檻舍跑出來的一對眼鏡熊。於是世界總算有一點光明。大概是這樣的故事。」

在紫帆央求下又坐了一圈遊園車，離開動物園時已經十一點多。搭上環狀巴士回到萊佛士城，紫帆說：「最後一晚了，我們再去哪裡玩玩吧。」

非假日的深夜，金融街毫無人煙。紫帆驀然停下腳步，回過頭，怔怔地注視著街燈。

「怎麼了？」他問。「沒事。」紫帆一笑，挽起牧島的手。

牧島和紫帆在摩天大樓一角的服務台付了每人二十五坡幣，坐直達電梯到六十二樓，然後再換乘電梯到再上一樓，門一打開，轟然的舞曲音樂直灌耳中。

在吧台領了飲料，走上階梯時，夜景瞬間飛入眼界。

「好棒啊……」紫帆不禁捂住了嘴。

「LEVEL 63」是世界最高的屋頂酒吧。除去高達胸口的欄杆，視野沒有任何遮蔽。從濱海灣到烏節路、度假勝地聖淘沙島，整個新加坡都能一覽無遺。

「美得令人害怕。」紫帆低聲說。

眺望著閃耀的夜景，在屋頂外緣繞過一圈時，一名像是剛下班、還穿著西裝的年輕人叫住他們。「嘿，你們看，那是南十字星。」

不知何時，月亮沉落，滿天的星斗在閃爍。

「這裡經常是雲山霧罩，你們非常幸運哦。」

年輕人說，他在附近的金融機構上班，今天是同事的歡送會。得知牧島和紫帆是日本人，就邀他們來自己的包廂。他說同事中有個女生很喜歡日本，休假的時候常去東京或京都旅行。

桌位需事先預約，提供披薩等輕食。他們的團體約有男女共十人，大家都穿著黑色套裝。年輕人將牧島二人介紹給大家，其中一個女生用日語說「你好」。她大學主修日文，可以說流利的日語。紫帆提到自己住在麻布，她便高聲驚呼：「哩，好棒哦。那是我夢想的地方。」

牧島將紫帆交給她，自己加入其他人。

他們都是私立中學的同班同學，分別在美國、英國、加拿大、澳洲的大學畢業，又回到新加坡來。其中一人獲得矽谷某企業的聘用，所以大家難得聚在一起慶祝。

「在銀行工作雖然有相當優渥的薪水，但還是不能滿足。」明天就要出發到美國西海岸的年輕人告訴牧島。「金融事業不能創造新價值。不論再怎麼努力，這個行業也出不了史蒂芬・賈伯斯或傑夫・貝佐斯之類的英雄。」

聽到這席話，牧島油然羨慕起來。他辭去了工作六年的公司，就是為了找回只屬於自己的小小世界。

在他們勸說下喝了酒，熱烈的聊起《航海王》和《新世紀福音戰士》，還交換了臉書的帳號。紫帆與哈日女生完全混熟了，約好要帶她去淺草玩。

拍了紀念合照，在他們歡送下進了電梯，回到地面時，已過了午夜一點。

「真的很開心。」計程車裡紫帆說。「不知不覺想到從前的自己。……」

紫帆的纖指壓住眼角，一道淚流下臉頰。

「真傻，這麼開心還哭。」

回到飯店，送紫帆到房間，道了晚安正想回房時，紫帆握住他的手。

「今天晚上，留在我這裡。」

這狀況太突然，牧島不知道該如何反應。

「我不行嗎？」紫帆不安地看著牧島。

「不，不是那樣。」牧島語塞，「因為我從來沒想過……」

冷不防間，紫帆的唇貼了上來。

在床上，牧島認真地看著紫帆的臉。

「討厭，我沒化妝，別看得那麼仔細。」

牧島用手指摩搓著紫帆右眼下方。

「這個雀斑，第一次見到妳時，我就發現了。」

紫帆看著牧島的眼神充滿情感。

「開學那天，老師突然指定我為班長，我手足無措，坐立不安的時候，妳走過來跟我說『請多指教』。那時候我心裡想的是『她有雀斑』。」

「真過分。」紫帆按住牧島的手指。

「從那一刻開始，我就一直暗戀妳。」

紫帆兩手勾住牧島的脖子，被單往下退去，露出白皙豐腴的胸。

牧島把手放在充滿彈力的乳房上，激烈的心跳從手心傳過來。

紫帆的眼眶濕了。

第二天早上，牧島送紫帆到樟宜國際機場。

「我想我應該都會待在娘家，回來的時候一定要聯絡我。」紫帆說完，在牧島的臉頰留下一個吻。

送走紫帆，走向捷運車站的路上，手機響了。

「阿慧嗎？」是古波藏。

「現在在哪裡？」牧島問，古波藏說昨晚才回到新加坡。

「這麼不巧。怎麼不跟我聯絡……」還沒說完，就被古波藏打斷。

「剛才愛麗絲打電話來，山之邊貴死了。」

一時間，牧島沒意識到他在說誰，然後才想起那個失蹤的私人銀行員。

「什麼時候？」

「昨天晚上，泰國警方去帶回保護時，他因為施打過量海洛英，昏迷不醒。雖然叫來救護車，但到醫院前就過世了。」

古波藏掛了電話，牧島再次邁出步伐，但轉念一想，又拿出手機。

姬姬立刻接起電話，轉告她山之邊已死的消息，她只輕嘆一聲說「是嗎」。

「我早知道他會是這種下場，在新山時，我叫了醫生來看他。但醫生說：『意志不堅又有錢的毒蟲，我治不了。』連診察都沒做就回去了。」說完後，姬姬又問：「還是說，山之邊是被殺的？」

現在一切還不清楚。牧島回答。

「你也要注意安全。」姬姬說，「牽涉到大筆金錢時，誰都不能相信。我就是因為太清楚，所以才厭惡它。」

46

東京地檢特搜部的榊原在萊佛士酒店大廳等候古波藏，具有歷史傳統的提芬室，午餐時間已經結束，服務生正在忙著準備晚茶。

T恤外加薄外套的古波藏，一從計程車下來，榊原便站起來出去迎接。

「對不起，臨時聯絡你。」榊原露出可親的笑意。

「我反正閒著，沒關係。」古波藏摘下墨鏡，把大廳掃視一遍。下午的這個時間十分安靜，但下午茶時間一到，預約客就會蜂擁而入。

榊原叫來侍者，帶古波藏走房客專用的樓梯到二樓。

「政府要員來新加坡，通常都下榻在這間飯店，多少可以使點特權。」

走上樓梯是個寬敞的大廳，擺設了歐洲風格的厚實家具與用品，可能是從前生活在殖民地的英國人社交用的地方，但現在只有房客偶爾會來偷瞧幾眼。

「新開張的品牌大飯店也不錯，不過，他們的設計都以效率為第一考量，所以不會有這樣多餘的空間。這就是有歷史的飯店與別人不同之處。」榊原一面說著，將古波藏帶到陽台邊的桌子。「這兒幾乎不會有外人來，所以談機密的時候可以用。」

坐進高椅背的古典木椅，等了一會兒，剛才的侍者送了咖啡來。

「你知道山之邊死亡的消息了吧？」等侍者退下後，榊原打開筆記，「可不可以請你說說跟山之邊談了什麼，只要在你方便的範圍內就行了。」

古波藏大略說了北川投資失敗，兩人陷入難以自拔困境的來龍去脈。

「原來如此，如果山之邊被活捉，瑞士SG銀行就得吃不完兜著走了。」靜靜聽完古波藏的話後，榊原說，「如果他出面作證，銀行內有非法交易，不砍掉一兩個高層，事情不會結束的吧。」

「反正他是個毒蟲，」古波藏聳聳肩，「銀行也會主張他的證詞毫無可信度吧。」

「可是他們不是開法拉利和藍寶堅尼，住豪宅，被稱為移居新加坡的日本上流階層代表嗎？而其中一個人從飯店墜樓死了，另一個人泡在毒癮裡，真令人不勝唏噓啊。」

榊原喝了一口黑咖啡，然後望著古波藏。「我有個請求，就是希望你早日離開新加坡。」

古波藏訝異地回望他。

「新加坡警方還未掌握到你跟山之邊見過面。愛麗絲王刑警隱瞞了你的事，對吧。」榊原露出潔白牙齒。「只是，看護山之邊的婦人跟警方說，前一天有個日本人來訪了。只要調出古波藏兄的航班紀錄，立刻就會發現你來回了一趟曼谷。那個負責人安迪相當能幹，恐怕他就算要扣押你，也要抓你去問話。」

榊原說，若是演變成那個狀況，情勢會極度不利。

「猪野忠和的案子，被新加坡警方搶去偵訊紫帆的機會，山之邊貴的案子，雖然託你的福掌握了情報，但進行人身保護行動的卻是新加坡警方。如果古波藏兄也遭遇同樣的事，就必須有人出面承擔責任。」榊原一面說，無奈地拍了拍自己的額頭。

「若是事情變得麻煩，大使館能不能幫忙呢？」古波藏問。

「不行，那不可能。」榊原慌張地說。「這個案子是日新兩國聯手搜查金融犯罪的模範案例，大使館不能為了保護古波藏兄，而拒絕新加坡警方協助搜查的要求。」

「如果大使館不打算保護日本國民的話，我只好靠自己的方式逃脫。要不乾脆躲在卡車車斗裡偷渡到馬來西亞好了。」

「這個點子不錯。」榊原正經地回答古波藏的諷刺。「到時候請到吉隆坡的大使館去，我會安排把你強制遣送回國。」

一對日本情侶從電梯裡出來。白髮男士六十多歲，挽著他的年輕女子提著香奈兒皮包。兩人瞥了古波藏他們一眼，便往大廳的樓梯走去。

「日本方面怎麼樣？」

「大神還是堅決否認，扣押時間會拉長吧。但他知道，我們若是提不出決定性的證據，『政治搜查』的批判聲浪會對自己有利。」

「猪野的案子呢？」

「那方面也完全沒有進展。警視廳雖然大陣仗成立了搜查總部，可是一點成果都沒有，連日不斷地被媒體修理。他們受的那股悶氣全都發洩到我頭上來了。」榊原輕聲嘆了口氣。

「不是在猪野家裡發現了文件嗎？」

「那些啊……」這次明顯變成大大的嘆息。「據說都是大神在保守黨祕書長時代的政治資金紀錄。已經是二十年前的舊事了，時效過了，什麼罪都問不了。照這樣下去，恐怕必須真的得靠納烏拉共和國公民館來立案了。」

「關於柬埔寨的匯款，查出什麼名堂了嗎？」

「瑞士SG銀行向金融管理局遞出了回覆。由於是異常匯款，法規遵循部門認為有問題，去函請柬埔寨方面照會。」榊原拿出記事本。「收受資金的NK貿易名義的法人帳戶，登記了一位Park Myung Song的簽名。但不知道他是何許人。」

「山之邊說，8×8是蜥蜴的祕密帳戶，Kawasaki Masanari在背後操縱事件。抓住這條線索，繼續追查下去，一定就能發現事件的全貌。」

「關於這一點，今天進來了一條有趣的情報。」榊原合上記事簿，看著古波藏。「我上次告訴過你，我們向警視廳照會蜥蜴的事時，公安插進來干涉吧？結果他們竟然是外事二課。」

「外事二課？」

「負責北韓的部門。」榊原說完，照例露出爽朗的笑容。

47

愛麗絲在身旁發出輕微的鼻息。古波藏沒驚動她，躡手躡腳下床，點了一支菸。一看時鐘，快到傍晚五點鐘。

與榊原分別回到飯店，一走進房間，愛麗絲便冷不防地撲上來。

「真的擔心死我了，拜託你別再胡來了。」

愛麗絲把山之邊死亡的狀況，告訴了古波藏。

泰國警察到達空堤區時，山之邊施打了大量海洛英，失去了意識。但是，注射器、海洛英都是照顧山之邊的女人在管理。女人那天剛好有事回自己家，離開山之邊五、六個小時。她對警方哭訴，一定是這段期間，有人來殺了山之邊。

「北川康志、猪野忠和、山之邊貴，這個案子裡已經有三個人死了。我一想到這裡，突然擔心起你的安全，緊張得坐立難安，就從警署跑出來。」愛麗絲說著，嘴唇吻上了古波藏。

與愛麗絲溫存了之後，古波藏的意識依然清晰。

照顧山之邊的女人作證說：「日本人來過。」所以搜查總部開始懷疑牧島。因為對照護照的紀錄，發現他與紫帆曾經到泰國去。但是詢問航空公司的結果，立刻弄清他們的目的地是泰北，警方把目標轉向古波藏只是時間的問題。

古波藏伸手拿起手機。還沒有來電。

掌握事件關鍵的是炒作集團的蜥蜴。從蜥蜴祕密帳戶匯到柬埔寨的一億美金，被一個叫Park Myung Song的人領走。妨礙調查Kawasaki Masanari的單位是公安外事二課，他們的搜查對象是北韓的特務。

因小泉訪問北韓（譯注：二〇〇二年，日本與北韓於平壤舉行第一次首腦會議，首相小泉純一郎與金正日發表「日朝平壤宣言」，金正日首度承認綁架日本人並且道歉，釋放了五名日本人，後又於二〇〇四年舉行第二次會談），日本人綁架事件終於攤在陽光下，在無法阻止北韓核彈開發、飛彈試射之後，日本開始嚴格限制給北韓的匯款。不光是禁止銀行匯款，連連結新潟港與北韓元山的萬景峰號等北韓所有船舶，都不准入港。到了這種地步之後，只好經由國外匯款進去。

北川與山之邊不論客戶背景如何，都為他們在瑞士SG銀行開設帳戶。其中應該也有在日北韓人的企業主吧。他們的家人被押為人質，不管禁令怎麼規定，都必須送資金進入北韓。

美國認定北韓是「支持恐怖主義的國家」之後，全世界金融機構也對它停止交易。因此，與北韓的貿易付款由中國銀行（Bank Of China）進行，但一再發布的導彈試射預告，讓中國政府面子掃地，於是在二〇一三年五月，中國政府關閉了北韓資金收受窗口——朝鮮貿易銀行的帳戶。這個舉動讓北韓承受重大打擊。但現在，若是位於第三國的北韓貿易公司帳戶，應該已可以匯款了。

從蜥蜴在瑞士SG銀行的祕密帳戶匯到柬埔寨的錢超過一百億日圓。這已經不是運到北韓的話可以逃稅那麼簡單了——這件事就是絕不能讓人知道的祕密嗎？

「現在幾點？」愛麗絲醒來，問他。回答了時間，愛麗絲尖叫：「完蛋了！我得回署裡去。」說著便光著身體跑進浴室。

古波藏又叼起一根菸，點火的時候，房間的電話響了。

接起電話，聽到瑞士SG銀行愛德華裝出殷勤的聲音說：「如果不打擾到私人時間，可以嗎？」

「有什麼事？」古波藏冷冷地問道。

「前幾天那件事，我想跟您見面，談一下我們的結論。」

「我無所謂。在哪裡見面好？」

「一起吃晚餐怎麼樣？」

「我沒什麼食欲。」古波藏說：「跟男人在一起，我吃不下飯。」

「那麼我就預約歐索飯店的貴賓室，我們可以在那裡喝紅酒，享受前菜怎麼樣？六點的話，應該不至於影響您和重要朋友吃晚飯。」

再一次確認時鐘，從這裡坐計程車到義大利料理老店歐索所在的歐南園，花不到十分鐘吧。「那可以。」他回答後掛了電話。

「跟誰說話呢？」愛麗絲捲著毛巾出來。

他回答，與瑞士SG銀行的愛德華見面。

「要談什麼？」

「誰知道。」古波藏揉掉香菸，「結束之後，我會暫時離開新加坡。」他說。

「我也覺得那樣比較好。」愛麗絲在床角坐下，濕髮在古波藏赤裸的胸口滴下水滴。「如果安迪發現你和山之邊見面就麻煩了。」

古波藏抱緊愛麗絲，給她一個吻之後，去浴室洗澡。

走出浴室，愛麗絲已經吹乾了頭髮，換上褲裝。

「那我先走了。」愛麗絲把臉貼在古波藏胸口。「跟銀行談完之後給我電話，今晚我想再見你一次。」

愛麗絲出去後，弄亂的床上還留著洗髮的香味。古波藏包著浴巾，在床邊的椅子坐下。

這時，手機響起。

「現在可以見個面嗎？」牧島說。

「我現在要出門。」

「只要一點時間就好，我有重要的事要告訴你。」

古波藏有點遲疑，但決定在會見愛德華之前解決。他指定了歐索附近的咖啡廳。現在立刻出門的話，應該還可以談個十五分鐘左右。

掛了電話，古波藏想起昨夜的事。

從曼谷回到新加坡，在飯店登記入住時，約是深夜十一點多。他把行李放下，走出飯店，打算在附近酒吧喝一杯。

就在從新加坡河後側往金融街走時，他看到牧島與紫帆走在暗路上。

紫帆發現了古波藏，站定了腳步。

目光交接。

走在幾步之前的牧島，回過身對紫帆說了幾句話。

紫帆微笑搖頭，挽起牧島的手往前走。

48

古波藏在飯店門口叫了計程車，準備去見牧島。這時，才剛離開的愛麗絲打電話來。

「怎麼了?」古波藏問。

「放在房間的那台筆電，我現在要用。你能不能拿到歐索?我過去拿。」

「不好意思，我要和阿慧見面，所以已經出來了。」

聽到古波藏的回答，「這樣啊，那算了。」愛麗絲說完掛斷電話。

位於中國城外的咖啡館裡，一群年輕人開心談笑。牧島坐在其中，卻是一臉凝重地注視著窗外的馬路。

「你那麼忙，不好意思。」見到古波藏舉手招呼，牧島說。

「究竟要談什麼？」古波藏在旁座坐下，摘下墨鏡看著牧島。

「是我跟紫帆的事……」牧島躊躇不語，隔了許久才硼出這句話。

「你們打算一起生活了嗎？」古波藏代替他說下去。

「還沒有決定。紫帆沒有開口，但是，明天我就要回日本，然後……」

「那幹嘛叫我出來？」

「我只是在考慮，不知古波你會怎麼想。」

「幹嘛把我扯進來？」古波藏笑道，「那是你和紫帆兩個人的問題吧。你們想怎麼做就怎麼做。」

「但是……」牧島想開口，又把話吞回去。然後說：「我有一個請求，」他看著古波藏，「希望你以後放開紫帆。」

「這話什麼意思？」古波藏問。

「古波，你想做什麼都沒關係。」牧島欲言又止。「我並不是在批評或責難你。」

「你是想說我利用紫帆來賺錢嗎？」古波浮起諷刺的笑。

「我不希望你這樣解讀我的意思……」牧島心意已決地看著古波藏，「如果這就是你的事業，你要怎麼利用我，我也沒有半句怨言。但是，我希望你不要讓紫帆和真琴暴露在危險之中。」

「我什麼時候做過那種事？」

「大家都死了。」牧島的聲調提高了。「北川，猪野，連山之邊都死了，但你卻查不出事實真相！」

「那傢伙海洛英中毒末期，遲早會死的。」

「所以說，我不是在指責你。」牧島幾乎快要哭出來。「有人按著順序在謀殺這事件相關的人。這樣下去，我真怕哪天紫帆和真琴會發生什麼事啊。」

「冷靜點。」古波藏湊近牧島。「人都是為了獲得自己的最大利益而活著，你是，我是，紫帆也是。」

「你到底想說什麼。」牧島往後縮。

「謀殺這事件相關者的傢伙也是一樣。」古波藏說，「那個人按著自己的規則在合理的行動。遊戲已經開始，不能任意退場。」

「那是強者的歪理。」牧島加強語氣，「我沒有能耐去找出凶手，所以只能用自己做得到的方法去保護紫帆。」

「想法那麼天真的人，一定最先在遊戲中淘汰。」古波藏冷冷地說。「想要活下去，就要控制遊戲，比對方先下手。這一點我不是教過你了嗎？」

牧島瞪著古波藏許久，然後說：「算我求你吧，你能不能老實回答我一件事？」停頓一下，他說：「我現在還可以信任你嗎？」

古波藏看著表情僵硬的牧島，笑了。「在這場遊戲中，你唯一能信任的就是我。」

下午六點前，酒吧、夜總會的霓虹燈紛紛亮起。週末夜，心急的西裝男女，讓整條街瞬間熱鬧起來。

古波藏走出咖啡館，牧島僵著臉跟在後面。

「我走了。」說完這話時，手機響起。

「還好聯絡到你。」榊原的口氣裡有著不同以往的慌張，「新加坡警方來了緊急通報。」

古波藏用眼神示意牧島稍等。

「發生了什麼事？」古波藏問。

「愛麗絲王刑警遭到槍擊。」榊原急切地說，「現在救護車送到中央醫院的ＩＣＵ，但傷勢十分嚴重。」

49

載送古波藏和牧島的計程車，在中央醫院第六區的入口處停下。在資訊中心報上愛麗絲的姓名後，小姐說：「患者被判定為『有生命危險的緊急傷病』，現在正在急救手術中。」

出示護照，完成入館登記後，他們看著「急診室」的箭頭，小跑步經過長廊。跑到第一區，再坐電梯到二樓。

電梯間的一角是護理站，隔著玻璃可以看到後面手術室裡醫療人員忙進忙出。他想詢問護士，但得到的回答一律是冷淡的「現在無可奉告」。

在走廊的沙發坐下，一個個臉上張惶失措的人聚集過來。白髮的瘦老頭應該是愛麗絲的爸爸，他身旁的女士閉著眼睛不斷喃喃自語。不在乎場面，嚎淘哭泣的大概是妹妹。家族周圍還有幾名警局同事，每個人都表情凝重。

「我是愛麗絲的朋友，到底怎麼發生的？」牧島問其中一人。

「太殘酷了。」男人搖頭，一臉疲倦。「無預警地對著她連開五槍。」

手術才剛開始，還不確定要花幾個小時。據說腹部中了一槍，腰和腳各中兩槍。

從和警官們的對話得知，愛麗絲是從古波藏住的飯店房間出來時，突然遭到襲擊。照正常來說，就算當場死亡也不奇怪。但因為隔著門被擊中，厚實的樫木門板減緩了殺傷力，因而能在心肺完全停止前，送進ＩＣＵ。

古波藏與牧島站在走廊角落，看著手術室的紅燈。中央警署的同事陸續來關心情況，但都垂頭喪氣地回去。

古波藏一直咬著唇，經過了一個小時，他站起來說：「我去打個電話。」進電梯時，從裡面正好走出一個老人。

老人走到愛麗絲家人前，用福建話輕聲說了什麼。母親從椅子上癱倒開始哭泣。老人拉住母親的手，輕柔地拍著她的背安慰。

聽得見周圍警官的竊竊私語聲如同漣漪般泛開。

「那不是王國強嗎？他應該被強制出境了，怎麼會在這裡？」

幾個人抓起手機，匆忙跑下一樓。

幾乎與古波藏回來同時，搜查總部長安迪．譚與一位年長男性一起進來。走廊上的男警官們一齊立正站好。身旁的警官囁嚅著：「是署長。」

中央警署署長逕直走向王國強，鄭重的寒暄。王國強站起來，與署長握手。

安迪低聲對警官們說：「王先生是獲得政府的特許進來的。」

王國強安慰完愛麗絲的家人，又對每個在場警官低頭致謝，然後再走到古波藏和牧島面前。

「我不知道該說什麼……」牧島說到一半，被王國強舉起手阻止。老人眼中怒火熊熊地直射向古波藏。

「不只是姬姬，連我心愛的愛麗絲都……」王國強好不容易擠出聲音道：「我的寶貝全都被日本人搶走了。」

王國強得知愛麗絲遭到槍擊，是在古波藏房間。

「其實，該死的是我。」古波藏低聲說，「愛麗絲成了我的替身。」

「所以，你要怎麼跟我交代？」王國強眼睛快要噴出火來。

「你要怎麼處理我，我都無所謂，但能不能等到明天早上，」古波藏說。「有件事今晚非辦不可。」

瑞士SG銀行法務部的麥斯在羅伯遜碼頭的葡萄酒吧，與同事們過週末夜。喝得醉醺醺地走出店門，看到計程車候車站的排隊人龍，便沿著新加坡河往克拉克碼頭走去。

從熱鬧的大街走進勞工部、初級法院所在的行政區域，人聲突然消失了。一部掛新山車牌的黑色廂型車靠近過來，但麥斯並沒有注意到。

廂型車猛地加快速度，在麥斯身邊急煞，車中跳出一個人影，摀住麥斯的嘴，把他押進後座。

麥斯不明究裡，手腳不斷扭動掙扎，但王國強的護衛把刀抵住他的喉嚨，他便放棄了抵抗。全身癱軟，哀求般地張望四周。

「嚇到你不好意思。」坐在駕駛座的古波藏回過頭。「想請你幫個忙。」

「這算什麼？」麥斯顫抖的聲音說。

「剛才辦公室有個打錯的電話吧。那是為了確認你在不在。」古波藏說，「我在大樓前面等你，然後就一路尾隨，你都沒發現嗎？」

「你到底想怎麼樣？」麥斯面無血色，額頭上冒出青筋。「你幹出這種事，別以為我們會善罷甘休。」

「我可不是玩玩而已。」古波藏伸手到麥斯西裝的內口袋，拿出他的手機。「如果你還想留條小命，就照我的吩咐做。」

50

麥斯敲門，裡面傳出「進來」的聲音。

瑞士ＳＧ銀行常務董事愛德華·威廉正坐在辦公桌前閱讀文件。

「怎麼了，這麼晚的時間？」愛德華頭也沒抬的問。不久之前麥斯才剛剛打來電話，說有緊急的要事需要立刻見面。

麥斯踉蹌地往前撲倒之後，古波藏跟著進來。他背著手將門關上。

「怎麼那個表情？」古波藏說，「奇怪我還活著嗎？」

愛德華睜大了眼睛，半張著嘴。

「你在想著你擊中的是誰，對吧？」古波藏推了顫抖的麥斯一把。「從房間裡出來的，是新加坡刑警愛麗絲王，她中了五發子彈，被送進中央醫院的急診室。」

「你在說什麼？」麥斯大叫，「愛德華，這傢伙說的是真的嗎？你到底做了什麼事！」

「今天晚上，你應該要跟我見面。」古波藏說，「所以在歐索訂了晚上六點的貴賓室。」

愛德華拉長的臉痙攣似地抖動。

「然而，時間到了，你卻沒去餐廳。我打電話去詢問，他們說你已經取消了。」古波藏歪歪嘴，「請你解釋一下這是怎麼回事。」

「因為我臨時有急事，沒有辦法……」愛德華說著，狠狠地盯著古波藏。「首先，我今天並沒有約你見面。你只要查對我的行程就會知道。」

「那麼，你本來要跟什麼人見面呢？」

「我沒有必要告訴你吧。」

「你大概想可以找另一個替掉我，所以就訂位了。可是卻犯了個大錯。」古波藏說。「新加坡警方因為同事被槍擊，無不同仇敵愾地搜尋凶手。如果我把剛才的話告訴警方，你恐怕會被拘提過去問話。到時候，若是你不能說明在餐廳訂位，是為了跟誰見面，你就完蛋了。」

「你到底在說些什麼！」麥斯雙膝跪地，呻吟著說：「我完全不相信。」

古波藏瞥了麥斯一眼。「下午五點前，這混蛋打電話到我飯店房間，他說銀行做出了結論，想要當面告訴我。你有聽說嗎？」

麥斯虛弱地搖搖頭。「這個案子，目前還在等待蘇黎世總行的判斷，而且愛德華已經被調離這個案子了。」

「我向飯店查證，總機還記得那時的對話。跟我說完電話之後，這混蛋又打了一次電話到飯店。他說他要來拜訪我，可是弄丟了房間號碼，想再問她一次。我六點要到達歐索的話，必須在五點半，最遲五點四十五分出門。他算準這時間，假裝房客在走廊等著。當門一打開，便連續開槍射擊。」

「怎麼可能……」麥斯呆若木雞的呢喃著。「你有證據嗎？」

「開了槍之後，自然不可能悠哉的等電梯。」古波藏看了愛德華一眼，「你利用逃生門吧？有戴手套嗎？如果從門把上驗出你的指紋，看你還有什麼話說。」

麥斯衝向愛德華，抓住他的胸口怒吼：

「真是你做的？若是如此，我必須向警方通報了。啊，為什麼要這麼做，銀行高層向警官開槍……。這麼一來，什麼都完了。」

「住口！」愛德華揮開麥斯的手站起來。「都是那些愚蠢的日本人害的。你知道我受了多少罪嗎！我只是想保護這家銀行罷了！」

麥斯往後退了幾步，坐倒在地。

「瑞士的名門私人銀行員不惜殺人而要隱瞞的祕密，到底是什麼？」古波藏問。「你們就算被開除，也已經存夠了安享餘生的錢，不是嗎？」

愛德華充滿血絲的眼睛望著古波藏。

「你在北川死前，打過電話給他。談的是從8×8的祕密帳戶匯款一億美元到柬埔寨的事吧。」古波藏對愛德華說。

「祕密帳戶？那只是單純的貿易交易不是嗎？」麥斯坐在地上，抬頭看著愛德華。

「跟柬埔寨的公司能做什麼高達一億美元的交易？」古波藏問麥斯。

「金額龐大的確是事實，所以，我們銀行的法規遵循部也在調查。」

「不用查了。」古波藏冷冷地說，「ＮＫ貿易是北韓的貿易公司。」

「北韓？」麥斯驚訝得張大了嘴。「為什麼要向那種地方……」

「你們銀行不但任意從顧客的帳戶調用存款，還把它匯到北韓去。這件事如果揭發出來，銀行關門，你們兩個也會以協助恐怖分子的嫌疑，成為國際通緝犯。」

「怎麼會這樣……」麥斯抱著頭。「我們不可能這麼做。對吧，愛德華，你快叫他別再胡說下去了。」

愛德華呆滯的眼神眨也不眨地望著麥斯，「如果只是那樣還算好，」他自言自語地說，「那些傢伙幹的事更嚴重。當我發現時為時已晚。」

「他們到底幹了什麼事？」

愛德華沒有回答古波藏的問題，仍然看著麥斯。「北川與山之邊的交易，你都默許了不是嗎？你等於是共犯。」

「我跟他們一點關係都沒有！」麥斯吶喊道。「因為你保證沒事，我才相信那些話。不要把我扯進你自己犯下的過錯。」

愛德華緩緩舉起右手。

「啊！」麥斯發出哀叫。

愛德華的身體劇烈抖動起來。他的右手拿著一把槍。

「還剩下一發子彈。」愛德華像是在喃喃自語。

「你打算先射誰？」古波藏歪起嘴角，「一發子彈沒辦法同時殺兩個人，直到最後，你還是沒算對。」

「求求你，愛德華，不要殺我。」麥斯向出口退後，地上留了一灘尿。

愛德華舉起手槍，古波藏往旁撲去，繞到麥斯背後。

麥斯發出尖叫。

愛德華把槍插進嘴裡，按下扳機。

——。

後腦勺炸掉一半的身體跌在地上。

「我的天！這該怎麼辦。」麥斯大聲哭泣起來。

古波藏望著這景象好一會兒，「這不是你最拿手的工作嗎？自己想辦法收拾吧。」丟下這句話便走出了房間。

辦公室沒有任何人在，槍聲的回音消失後，大樓又被寂靜所包圍。

乘電梯到樓下，古波藏拿出手機打電話給牧島。「告訴王國強，一切都結束了，我現在要回醫院。」

「嗯，太好了。你沒受傷吧。」牧島鬆了口氣說。「有個好消息告訴你。手術雖然還沒結束，但是主刀醫師開到一半時，出來說明經過。反正暫時保住一命。但必須有心理準備，會留下一些後遺症。」

「只要她能活著就好了。」古波藏說完，掛斷電話。

走出大樓，他來到大馬路想叫輛計程車。

滿月已躲到摩天大樓背後，深夜的街頭一個人影都沒有。

他想起在民丹島上和愛麗絲看到的紅月。

一輛空車駛近。

他舉起手想叫住車時，一陣強大的衝擊穿過身體。

他看到胸口噴出血來。

世界成了一片黑暗。

第六章　櫻雨

51

想找的公寓就在中央線西荻窪站往北走約十分鐘的住宅區。設計師款複層式住宅，每戶都有最新的系統廚具和按摩式浴缸。

牧島慧到達時，玄關前已停了搬家的卡車。三名搬家工人俐落地工作著，行李家具已經都搬進去的樣子。

現已恢復舊姓桐依的紫帆，從車斗的蔭涼處伸出頭向牧島招手。

「對不起遲到了。」牧島道歉。「看來已經沒有我幫得上忙的地方。」

「你比預定時間早很多了。」紫帆從車斗搬出放玩具的紙箱，「少了這個，真琴會鬧彆扭呢。」

走進屋裡，餐桌和餐具櫃的配置大略已就定位。堆在地板上的紙箱，幾乎都還沒打開。

「以前家裡用的東西，每一樣都太大。我讓中古家具店搬一些走，不過全部都換新也很花錢。」紫帆解釋為什麼擺了張與客廳不搭調的餐桌——一整塊桃心花木的桌板，桌腳還刻有浮雕。

「電視機呢？」

「丟了。想看的話，用筆電看就行。省下來的錢買了那個。」紫帆指著麥景圖（McIntosh）

的前級擴大器。「這個房子的屋主是個音樂家，有做隔音設備，但是，我不太懂配線的方法，等會就麻煩你了。」

聽她這麼說，牧島看到牆壁嵌了ＪＢＬ的揚聲器。

牧島伸頭細看擴大器的背面，「我大概可以接得上去，等下我去買揚聲器用的喇叭線。」他說。雖然他對音響設備不太了解，但都是五十萬以上的高級品。

「妳有ＣＤ嗎？」

「沒有。」紫帆搖頭，「以後再去買。」

牧島把整個屋裡看了一遍，不論是英國製的餐桌、洛可可風格的餐具櫃，家中所有的器物都是最高級的貨色。可以看出紫帆以前過的是什麼樣的生活。

丈夫北川死後，她付不出每月近一百萬日圓的麻布公寓租金，所以把房子解了約，賣掉瑪塞拉蒂進口名車，然後搬家。她說，選擇這裡是因為送幼稚園之後的時間較寬裕。下個星期就要把孩子送去那裡，然後開始工作。

「接下來就要開始新生活了呢。」紫帆打開南向的窗，走出陽台。「我會努力的。」

鄰家的院子裡有一棵大櫻樹，滿樹的櫻花正怒放著。春天的風輕拂著紫帆的頭髮。

牧島感到一抹不安，但看到紫帆容光煥發的表情，他什麼都說不出口。關於以後的事，他們還沒有談過。

真琴抱著布娃娃從兒童房出來，帶著睡意。

「她今天沒睡午覺。」紫帆把真琴抱起來，然後將桌上的信封交給牧島。「我帶她去睡覺，作業結束的話，幫我把這個交給工人。」

信封裡放了九張一萬圓大鈔。費用應該先付清了，所以這算是給三名工人的心意吧。

雜亂堆放的紙箱中，塞了玻璃製的立燈。一眼就看得出那是賈列（Galle）的古董。陶器也清一色是麥森的頂級器皿。

接過額外謝禮的搬家工人，再三稱謝後離去了。牧島坐在餐桌，把在附近自動販賣機買的罐裝無糖咖啡倒進青瓷咖啡杯中。

「找到鍋子的話，今天就在這裡吃壽喜燒慶祝搬家好不好？」從兒童房出來的紫帆說。

「哦不，今天有點事……」

「啊，對了。我都忘了呢。」紫帆笑道。

經過了兩個月，兩人之間幾乎不再提起那個事件。警方雖然也找他們去問話，但發現紫帆一無所知後，也就失去了興趣。

閒聊了三十分鐘，牧島站起來。

「你等一下。」打開玄關門時，紫帆叫住了他。一回頭，她用雙手包住牧島的臉，獻上一吻。

「今晚來這兒睡。」紫帆宛如少女般羞紅了臉。「你來之前，我會把臥室收拾好。」

點點頭打開門，他聽見紫帆說「一路順風」。

52

牧島搭中央線回到東小金井，快步往公園附近的咖啡館走去。停車場已停了ＢＭＷ，古波藏佑在店裡喝著藍山。黑色禮服襯衫配上黑色窄管褲，墨鏡插在胸口，非假日的傍晚，沒別的客人。

「抱歉遲到。」牧島說，「沒想到恢復得挺好的嘛。」

「好像鬼門關前走一遭的感覺。」古波藏瞇著眼，眺望窗外。「還是日本的春天最美。」

「那邊公園裡的櫻花林道很美哦，如果你方便，等一下一起去走走。」

老闆正好端水過來，所以點了一杯綜合咖啡。

「儘管如此，能夠順利復原，真是萬幸。」牧島重新審視著古波藏，他瘦了很多，臉頰更是形削骨立，但臉色還不錯。

「子彈從這附近貫穿。」古波藏指著左胸，「醫生告訴我。再接近心臟〇．五公分的話，就會當場死亡。肋骨粉碎，換成金屬的。另外，左肺幾乎伞廢了，叫我把菸戒掉。酒也只能喝酒精濃度低的啤酒或紅酒，簡直成了出家人。」

古波藏被擊中的剎那，王國強的護衛也看到了。他不顧危險將古波藏抱起，硬是攔下駛到附近的計程車，把古波藏推進後座，叫司機闖紅燈直送醫院。如果再晚五分鐘輸血，古波藏的命就沒了。

「治療費和住院費花了一千五百萬，但是主治醫生說，能撿回一條命，算便宜的了。」古波藏浮起諷刺的笑，「反正付錢的是保險公司，所以無所謂啦。」

古波藏也是被送到中央醫院，由從美國回來的外科醫師主刀，經過十多小時的高難度手術才得以獲救。該醫師技術高超，讓古波藏接受世界最高水準的手術與治療。在可以會見訪客後，牧島也曾去探望過，如同一流飯店套房般的房間裡，古波藏正在無聊地看小說。

「倒是王國強送了我這個。」古波藏把一份影印的新聞報導放在桌上。菲律賓的報紙大幅報導了某通緝犯的屍體被發現的新聞。這個女人是北韓籍的金素英，遺體被丟棄在山中，兩手兩腳的指甲都被拔掉，骨頭斷裂，看似遭到嚴重私刑。女人是黑道雇用的殺手，菲律賓警方因為她與五起殺人案有關連，之前正在追查她的下落。

「是這女的開槍殺你？」

「是王國強得到的情報。應該沒有錯吧。」古波藏說。「殺北川的人恐怕也是她。如果她是訓練過的專業高手，把開門的北川打昏，從陽台上丟下來，根本是小菜一碟。」

「但是，是誰下的命令呢？」

「誰知道。」古波藏聳肩。「不管如何，她是為了封口才殺了北川。這樣一來，案子又陷入膠著了。」

喝完藍山，古波藏叫來老闆，再點一杯一樣的。

「對了，你們那邊平靜下來了嗎？」

檢方以大神辰男不只在納烏拉共和國，也從對非洲的ＯＤＡ中收取回扣而追加起訴，更以協助大神尋找方便管道，籌得超過一億圓的資金而逮捕了當時大使館的一等書記官。外務省再次受到輿論的抨擊。

特搜部說明，「這只是隱匿交易的冰山一角，不得不鎖定可以確實進行公審的證據」，擁護大神、稱他為政治搜查犧牲者的聲浪消失了，幾家八卦雜誌都報導了大神和北韓千絲萬縷的關係。但大神已經落魄為泡沫政黨的黨魁，缺乏報導的價值，很快就從版面中消失了。

但另一方面，從遇害的猪野忠和家中搜出的檔案流入媒體手裡，引發了巨大的風暴。大神二十年前擔任執政黨——保守黨的祕書長時，就從ＯＤＡ預算收取回扣，分給手下的政治人物，猪野都還保管著這些詳細資料。

雖然時效已過，但接受大神大筆政治資金的政治人物，有些都是目前政權的主要閣僚，於是媒體嚴厲地追究這些人的道義責任。在最近一次民調中，內閣支持率跌落到百分之三十左右，政權陷入窘境。

紫帆回到日本後，一些懷疑北川與猪野死亡有關的雜誌記者追到娘家來，使得她不得不帶著真琴搬到大阪的金晴美處。但是某大雜誌社揭露猪野的資料，宛如捅到馬蜂窩，造成了大騷動，北川的事似乎也就無人聞問了。猪野的案子依然沒有線索，連搜查相關的小報導都沒有。一個人的死，竟然立刻就被人遺忘。

「當夜裡已沒有記者來騷擾之後，她就決定回東京去租房子住。今天搬家，我剛才還去看了看狀況。」牧島說起紫帆的近況。

「古波，你接下來有什麼打算？」牧島發現他不想再聽紫帆的事，於是改變了話題。

「我會在新加坡住一陣子。那邊的房子也定下來了。這次回來，是將藤澤的房子解約，和遷戶口。我差不多也必須成為非日本居民了，剛好有這個機會。」

他解釋，在日本稅法中，一旦成為在日本國內沒有居所的非居民，就不會對其所持有的海外資產的資本利得課稅。一旦無稅領取利益之後，再將它帶回日本，也不會被課稅。

「愛麗絲怎麼樣？」

「她還在醫院。再一個月之後可以出院，不過一輩子都得拖著一隻腳走路。即使如此，醫師還是把這當作奇蹟來炫耀。」

「出院之後，愛麗絲會復職嗎？」

「她自己是這麼打算。因為這次的事件，她獲得晉升，成為內勤的管理職。」古波藏笑道。

「等安定下來，我再帶紫帆和真琴去新加坡看你。」牧島說，「到那時候，大家再一起去民丹島的海邊玩吧。」

古波藏沒接話，只是聳聳肩。

「你回日本難道沒有別的目的嗎？」牧島把心裡在意的事說出來。

「什麼意思？」

「我不太會說……」牧島吞吞吐吐。「我覺得，對你來說，這件事好像還沒有結束。」

「只有死的時候才會結束。」古波藏嘴一歪答道，「像我這種蠢人，永遠都會自找苦吃。」

一對大學生情侶走進咖啡店，剛開始以為兩個都是日本人，但不經意聽到兩人的英語對話，發現男生是中國人，女生則是泰國來的留學生。兩人都主修國際政治，最初討論美國政治的兩極化，不久話題轉到時尚，又提到下個星期天約會的行程。女生想去原宿時裝店，男生覺得那種事太無聊，鼓吹她租車到彩虹大橋兜風。

「你看，坐那種氣派的車子去兜風，一定很暢快。」他指著古波藏停在外面的ＢＭＷ說。

「我差不多該走了。」古波藏看看手錶。

「啊，」牧島作勢留住古波藏。「對不起，說了難聽的話。」

古波藏有些訝異地看著牧島。

「愛麗絲被槍擊前，我責怪你在利用紫帆賺錢。後來一直想要跟你道歉。」

「我也沒放在心上。」

「愛麗絲和你被槍擊，我才終於領悟到，自己被捲進多麼危險的事件裡。雖然你可能會笑我，事情都過去了才想到。」牧島注視著古波藏，「在新加坡的飯店裡你說過『除了操縱遊戲，沒有其他存活的方法』。這句話我想了很久。古波你從一開始就知道，這是個有性命危險的大麻煩，對吧？」

外傳北川操作一千億日圓，但大半都已化為泡影。搶走錢的人為了隱藏對己不利的祕密，不論什麼狠事都幹得出來——就算是犧牲別人的性命。牧島說，他終於明白了這一點。

「所以才會演變到今天這種局面。古波和愛麗絲等於是我們的替身。」

「這種話我第一次聽到。」古波藏淺笑著傾聽牧島的話，過了一會兒，他說：「我只是為了錢才去做的，沒想到失敗才搞成這副德性。」

他站起來，戴上墨鏡。

「前一陣子都是我付的錢，這次你請客。」

53

第二天，古波藏從法務省的紅磚建築前往櫻田門走去。櫻花季節，即使是上班日，皇居的護城河邊也擠滿了賞花客。

過了十字路口處，站著一個白襯衫打扮的男子。東京地檢特搜部的榊原昭彥一看到古波藏，就露出爽朗的笑容，用力揮手。

「老是叫你出來，真不好意思。」道歉之後，榊原重新打量了古波藏，「恭喜你活著回來。」他說，「在醫院看到你時，還以為你不行了。」

榊原是為了打聽愛麗絲的傷勢到中央醫院，沒想到卻看到瀕危的古波藏被人抬進來。

「謝謝你的照顧。」古波藏說。榊原當時向中央醫院的副院長交涉：「以日本大使館立場，請求給予最完善的治療。」所以，醫院急呼在家休息的外科主任回來主刀。

「這是當然的呀。古波藏兄若是死了，我睡覺都睡不安穩。」榊原露出潔白的牙齒。

古波藏與榊原躲開人潮，往櫻田濠的的反方向走去。

「事件的搜查還在進行嗎？」古波藏問。

「已經全部結束了。現在做的是類似敗戰收尾的動作。」榊原帶著自嘲口氣說。

大神辰男在瑞士SG銀行存入五十億以上的政治資金，那筆錢，大部分都被北川擅自提出，所以，他可以算是受害者。雖然另案調查的非洲ODA案勉強還成個樣子，但高層判斷，那種事件就算立案也沒有意義。

「瑞士SG銀行怎麼樣？」

「瑞士政府居間協調，和新加坡政府達成協議了吧。愛德華的自殺，保住了銀行的命。」

搜查總部長安迪．譚將愛德華的手槍與愛麗絲體內取出的子彈做了比對，但下令把鑑識報告列為最高機密。但同時授與愛麗絲警察廳長官獎，以及破格拔擢來做為補償。

「新加坡政府以金融立國為目標，在這樣的立場下，讓瑞士銀行破產之類的醜聞對己不利。既然如此，不如給瑞士政府一個大恩情比較划算。彼此都是被OECD（經濟合作發展組織）評為『有害稅制』的國家，所以為了這種事爭執，十分愚蠢。」榊原輕輕聳肩說：「國與國的關係，說到底就是那麼回事。」

古波藏住院期間，避稅天堂四周的情勢也有了很大的變化。

二〇一三年六月，國際記者調查聯盟（ICIJ）從新加坡和BVI的信託公司得到十萬筆以上的登記資訊，並公布在網站上。ICIJ之後花了半年多分析資料，揭開了中國除站在打擊貪腐第一線的國家主席習近平外，包括前總理溫家寶、李鵬等中國共產黨、中國人民解放軍幹部與家人都使用避稅天堂在蓄財的真相。根據報導，中國和香港的富人階級中，有超過兩萬一千人都擁有國外法人，二〇〇〇年以後，從中國流出了最多高達四兆美元的隱密資產。

進而在二〇一四年二月，日美歐等主要二十個國家、地區，同意自動交換課稅對象在國外持有的銀行帳戶資訊，並以二〇一五年年底導入為目標。這項協議雖然不包含避稅天堂國家，但若是擴展到瑞士、香港、新加坡的話，據說境外業務將受到空前打擊。

皇居護城河裡，水鳥優雅地游著。外國觀光客站在櫻花樹前拍著紀念照。四月天，熱度已經逼出了汗意，古波藏脫下夾克。

「亞曼尼嗎？真羨慕啊。」看著那件夾克，榊原說。「我看我今後還是會一直穿這種三件五百的菜市場西裝吧。」

雲縫中太陽露出臉來，古波藏戴起掛在胸口的墨鏡。

「關於送到柬埔寨的一億美金，有沒有什麼新消息？」古波藏問。

「有。這件事頗令人玩味。」榊原用手擦去額頭的汗，「柬埔寨才剛開始復興，對洗錢等犯罪沒有法令限制，所以，什麼樣的帳戶都可以開。銀行高層直通政府，所以要打聽帳戶的細節十分簡單。」

柬埔寨是日本貢獻於國際的模範案例，司法制度在日本的支援下整建起來，柬埔寨的民法直接沿用了日本法律。法院和檢察署裡也有日本派來的專家。榊原透過這條管道，追查一億美元的下落。

「收受人ＮＫ貿易雖然是北韓的貿易公司，但實際上是北韓政府的帳戶。登記的簽名『Park Myung Song』，據悉應該是朴明成。這個人是北韓勞動黨對外情報調查部的頭子。對外情報調查部負責對第三國的特務工作。」

「那傢伙把北川挪來的資金送到北韓去是嗎？」

「北韓的特務肯定有參與。但資金匯到別的地方去了。」榊原露出小孩惡作劇的表情，「你若知道送到哪裡，一定會大吃一驚。」

古波藏站定，回頭看榊原。

「伊朗中央銀行。」榊原露出潔白牙齒，「很有意思吧。」

「為什麼要把資金送到那種地方？」

「伊朗總統換成了穩健派，圖謀與美國改善關係。因此，他們向北韓發出通告，近期將中止提供開發核武的技術。北韓並不具備將原子能中取出的鈽轉用到核武的技術，根據ＣＩＡ分析，他們想盡各種辦法湊集了資金，付了一億美金以獲得必要的資料。」

鈽是核子武器的原料，但從原子爐中取出的鈽，因為同位素組成的不同，如果直接用在武器中，並不會發生核子爆炸。榊原如此說明。

榊原環視著賞花的人群，「日本真是太平啊。」他說，「根據衛星照片，北韓重新啟動了核武設施。金正恩上次威脅發射導彈之所以失敗，據判是因為他們沒有搭載核子彈頭的導彈。美國軍事情報網認為，今後一年內，他們很可能配備可攻擊的核子導彈，」然後又補充道：「目標當然是東京和首爾。」

「這些話已報告官邸了嗎？」

「當然。但是，他們現在因為其他事情火燒屁股，暫時無暇來管這檔事。」

「是因為猪野家中搜出的政治資金祕密檔案嗎？」

「對啊。但是，不知道那些東西是經由什麼管道交給雜誌社的。現在警視廳從上到下吵成一片。官邸震怒，警視總監的帽子被摘掉也不奇怪。」榊原站定，「反正肯定是公安搞的飛機啦。」

「他們幹嘛要這麼做？」古波藏問。

「烏賊作戰啊。這是那些傢伙的拿手本事。」榊原說，「其實從猪野家中也找出還未到時效的資金往來證據，但是，這次卻謹慎選擇了不能立案的舊情報洩露出去。也就是在警告『別撈過界，查到我們的領域來』。」

「警告？」

「我們差不多該回去了吧。」看到日比谷十字路口的地方，榊原改變了方向。

「公安不希望有人去查蜥蜴炒作集團的Kawasaki Masanari。」兩人一時無言，只是專心走著。之後，榊原開口道：「匯入柬埔寨的一億美金，是從Kawasaki的祕密帳戶轉出去的。Kawasaki能準備那麼多現金，表示他一定可以直接接觸金正恩，或至少是北韓政府的最高幹部。若真是如此，公安當然會盡其所能地保守祕密吧。」

「為什麼？」古波藏問。

「因為他是雙面間諜。」榊原爽快地回答。

「你還記得公安外事課建立的國際恐怖組織的搜查情報，流到網路上的事件嗎？一些跟恐怖組織完全無關的外國人，只因為是伊斯蘭教徒，就被列為監視對象。後來一本揭露他們真名的書上市，成了大醜聞。警察廳賭上自身威信積極調查，但最後在時效消失後還是一團迷霧。但是理應是這種結果嘛，萬一找出了嫌犯，就必須逮捕他，進行審判。到這時候，公安就必須把祕密情報交給檢方，也必須向法庭提出足以支撐公審的證據。他們不可能做那種事，所以從一開始就無心搜查。」他又聳聳肩，然後說：「你可能覺得這種組織很黑暗，不過公安就是這種地方。」

從鄉下上京的觀光客拿出相機，希望他們幫忙拍照。榊原爽快地說「可以啊」，然後喊「來，茄子」按下快門。

「他們就算不搞那種動作，反正這件事也不會公諸於眾的。」返還照相機之後，榊原往前走。「我指的是將日本國內收集的資金，讓北韓從伊朗手上買下核武的製造技術。北川的顧客不只有藝人和運動明星，甚至還有財務省的退休官員、財經界大老、執政黨的前大臣，那種事怎麼可能公開？」

榊原站定，放眼四周。

「古波藏兄回到日本之後，一直有公安在跟蹤。他們是專業，所以你大概沒有發現吧。」然後又笑說：「這樣一來我也變成監視對象了。」

祝田橋十字路口對面，看得見檢察廳的辦公室。

「你在這個案子中得了什麼好處？」古波藏問。

「以特搜部來說，達成官邸的要求擊潰大神，所以算是成功了吧。豬野被殺害，出現了祕密資料，但是它和我們的搜查並無關係。」榊原露出牙齒。「我個人來說，能夠知道國家重要的機密，就很滿足了。靠這一役，總算暫時可以在同期的升職競爭中占有領先位置。」

「把那麼重要的機密告訴我，不會有問題嗎？」

「國會已經通過特定祕密保護法，但還沒有開始運作。它未來應該會被指定為國家機密吧，不過現在還和街談巷議沒什麼兩樣。」

然後，榊原說：「我有件東西要交給你，才叫你出來的。」他拿出一張紙條交給古波藏。

古波藏看了一眼，問：「你怎麼拿到手的？」

「警視廳裡面有幾個熟人。其中一個老是在女人問題上惹麻煩，他對廳內的女生出手，一再糾纏不清，差點就要鬧上法庭，我好不容易幫他調解成功，於是就試著接觸了一下。」

「你幹嘛要做這種事。」

「古波藏兄，要不要跟我聯手？」榊原突兀地說，「並不是現在馬上就開始。但是檢察體系裡扯後腿、派系鬥爭等都相當激烈，不論再怎麼優秀，能不能爬到頂點都得看運氣。像我這種人，也許也會在某個地方被淘汰下來吧。到那時候，我打算去登記成為律師，好好賺它一把。到那時候，如果我們能一起工作，應該會很有意思。」

「而且……」榊原繼續說，「至少接下來十年，我打算在這兒的升職競賽中一路領先到底，對古波藏兄未來的工作，應該能幫得上忙吧。」

「你小子在國外有銀行帳戶嗎？」古波藏問。

「住在美國時的帳戶還保留著。」

「那就沒得談了。」古波藏說，「到境外開一個法人名義的帳戶吧。一個錢可以自由移動，但你的名字絕對不會暴露出來的帳戶。有興趣的話，用那個帳戶做點兼差就好，應該馬上能存到夠買你喜歡的名牌的錢。」

「聽起來滿好玩的，躍躍欲試耶。」榊原笑道。「如果沒有這種刺激，侍候大官實在無聊難耐啊。」

古波藏把榊原的紙條放進褲子口袋。

「今年第一次看到櫻花。」榊原瞇細眼睛。「每天在這麼近的地方工作，卻無暇欣賞自然之美，被迫看到的全是社會的垃圾桶。」

「這個世界本來就是由垃圾創造出來的，你就認了吧。」古波藏說，「說難聽點，你們也是垃圾的一部分。」

榊原不理這諷刺，「我知道古波藏兄為什麼回來。」他又浮起可親的笑容。「你有報仇的權利。所以你想怎麼使用那張紙條，都沒有關係。」

54

與榊原告別後，古波藏暫時回到藤澤的家。租賃契約已經解除，家具也幾乎都處理掉了。現在空盪的房間裡只剩下床、餐桌和冰箱。而且，明天回收業者就會來收走。

把榊原給的紙條放在桌上，他打開陽台的窗。到了傍晚，厚雲遮蔽了整個天空。古波藏沒有開燈，眺望著暮色中的城市風景。

等到太陽下山，外面一片黑暗之後，他走出家門。

「好久不見啊。」酒吧的老闆一看到古波藏，懷念地說。時間尚早，還沒有客人。古波藏在吧台坐下，老闆便伸手去拿波摩的酒瓶。古波藏阻止了他，點了一杯不甜白酒。

「咦，習慣改了啦？」老闆說完，問道：「你好像瘦了很多，莫非生病了？」

「我在節食。」他回答，把吧台上的菸灰缸移到旁邊。

「連菸都戒了嗎？這樣好欸。」他邊說，邊在古波藏面前擺上一只白酒酒杯。「要不要幫你做點什麼？」

「隨便做點前菜。」古波藏說。「我會有段時間不在日本，所以特地過來。」

「長期旅行嗎？」

「類似吧。」

「那我得好好露幾手才行。」

白汁生加臘魚、西班牙生火腿和無花果沙拉，還有用從義大利空運來的摩札雷拉起司所做的卡波里沙拉。

「說到這，上次那位小姐，後來怎麼樣了？」老闆把第二杯白酒放在吧台上時問道，「這麼問你很失禮，不過我一直很惦記這件事，因為她的模樣太悽涼了。」

古波藏回答，後來有聯絡上，現在生活得挺幸福。

「那就好。」老闆露出笑臉。「人生不能重來，所以人活在世上最重要的，就是過得快樂，哪怕是微小的幸福也好。」

是啊，古波藏說著，喝乾了酒杯。

兩個年輕女子進來，老闆暫時去招呼她們，回來之後又問：「今天有新鮮的櫻花蝦，要不要來一份通心麵？」既然難得，就請他做了半人份。

再點了一杯白酒，吃完通心麵後走出店外，不知何時開始下雨了。

送到店外的老闆說：「是春雨嗎？詩情畫意呢。」他遞出塑膠傘，「客人忘在店裡的，不用還。」

古波藏接過傘，老闆問：「今晚是最後一次來這裡嗎？總覺得有那種感覺。」
「可能幾年之後還會再來吧。」古波藏答。
「我會在這家破酒吧待到死，所以隨時恭候大駕。」老闆笑道。
白霧般的雨反射著街燈，街頭宛如蒙上一縷薄紗。店門前的大櫻樹妖嬈的搖曳著。
「梅子結實時的雨叫做梅雨，在泰國和印度，聽說芒果成熟的雨季，叫做芒果雨呢。」老闆說：「那麼今晚就是櫻花雨了。」

第二天夜裡，雨還繼續的下。不論是新宿站前的大樓街，還是歌舞伎町的鬧街，水淋漓的街道反射著霓虹燈，發出七彩顏色。

掠過夜店的拉客聲，古波藏走進賓館街一角的某雜居大樓。走廊電燈壞了，一片昏暗，只有五樓角落的房間亮著燈。

古波藏沒敲門，逕自開門進去。空盪盪的房間，放了桌子和兩把椅子。正前方的椅子，坐著情報販子柳。他穿著皺巴巴的庸俗西裝，用單一右眼看著古波藏。

「聽說你回日本了。平安無事再好不過。」柳說，「這家事務所也要收了。但我總覺得今晚，在這裡等一會兒，也許會見到你。」

「我也有預感會在這裡見到你。」古波藏說著，把傘靠在入口。「你的右眼還在嘛。」

「那種玩意兒，只要跟醫院有點關係，要多少他們都可以準備。」柳笑道。「你不覺得那是很聰明的訊息嗎？」

這時，屋角一個高個子無聲欺近，抓住古波藏的手臂，光是這樣，他便幾乎無法動彈。

「讓你不舒服，先向你賠罪。只是，若是在這兒搞出什麼事端來，以後就麻煩了。」柳歉疚地說。

「我只是來這兒跟你談談。」古波藏沒有抵抗，任那人擺布。高個子的眼睛宛如玻璃珠，看不出是喜是怒。

把古波藏全身上下搜過一遍後，高個子默默地站到門邊。

「不好意思讓你掃興了。請把它當成一種儀式。」柳亮出手邊的蜂鳴器。「這傢伙一句日文也不懂，但是我只要按下這個，三秒之內，他就能取你古波藏的性命。這樣我們就可以彼此放心地說話了。」

「既然如此，你何不乾脆殺了我？」古波藏脫下夾克，掛在椅背上，隔著桌子坐在柳的面前。

「新加坡發生的事，我也很難過。只是那時候，別無他法可想。」柳說，「但是，這一次你有選擇。」

「選擇？」

「古波藏老弟來到這裡，就表示你已經相當程度察覺到真相了吧。若是如此，當然，應該也會想到萬一的狀況。我可不會被你騙了哦。我不是殺人狂，所以若是條件談得攏，當然不會對你動手。」

「我們之間還有談條件的餘地嗎？」古波藏歪了下嘴，「那麼，願聞其詳。」

「很簡單，古波藏老弟遠走新加坡，不再回日本。事件已經全部解決了，所以接下來，只要跟可愛的女刑警幸福生活就行了。過去的事永不再提。」

「我怎麼不知道事件已經解決啦？」古波藏看著柳，「能不能告訴我到底是怎麼回事？」

「我以為那個喜歡名牌的檢察官已經告訴你了。」柳顯得很意外。「歸根究底，導火線就是大神辰男和崔民秀想靠炒作股市大賺一票。北川康志利用了這個題材，集資三百億日圓，半數收進自己的口袋，半數被大地震給震沒了。北川康志是北韓的特務，他往柬埔寨的帳戶匯了一億美金，這件事看似會被揭發，所以他自殺了。」

「這是公安寫好的劇本吧。」古波藏笑，「對了，崔民秀身體可好？」

「精神奕奕呢，怎麼了？」

古波藏從襯衫胸前的口袋裡，拿出東京地檢榊原給他的紙條，放在桌上。

那是韓國位於慶尚北道大邱的一所身障設施的入院紀錄，已譯成日文。該設施於二〇〇九年十二月收容了一名患者，名字叫做「崔民秀」。

古波藏念出紙條上添補的注釋。

「患者於二〇〇九年六月假釋之後，因腦溢血病倒，四肢麻痺，無法表達意思，被送進有家人住在附近的大邱設施。這情報依公安部外事二課要求，列為極機密。」

「後面還加了這句話，」古波藏把紙條推向柳。「崔民秀的聯絡人：川崎正成，韓文名：柳正成。」

柳眼也不眨地看完紙條，抬起頭，露出陰森的笑。

「你就是蜥蜴對吧。當個情報販子，為崔民秀和大神辰男搭線掌管一切，真是高明。」

「如果沒有那場地震，我就可以這樣自誇。」柳嘆息道。「只要再兩星期，就可以用高價脫手，也不會搞出這些麻煩。股票成了廢紙之後，一切都陷入困境。」

柳叼起香菸，古波藏站起來，把窗推開一點。

「一半的肺不能用，就能戒菸了嗎？真羨慕你啊。」柳說，「不好意思，讓我抽一根。年輕時養成的習慣，現在一天不抽個五包，癮頭就會犯。」

空無一物的房間滲入了濕雨的氣味，與香菸的菸味混在一起。

「假釋之後的崔民秀，與當時權力巔峰的大神辰男聯手，有意再創一個事業高峰，到這裡為止都是事實吧，」古波藏說，「但是，就在想法還未實行之前，崔就因為中風病倒，你隱瞞了這件事，捏造蜥蜴這個怪名字的炒作集團，推銷出口核能到巴西的題材。大神和猪野都信以為真，以為炒作的首謀是崔民秀。」

「我對你沒有說謊哦，不是暗示過你，蜥蜴是個影子。」柳深深吸一口菸，朝著天花板吐出去。

「你和崔是怎麼搭上線？」古波藏問。

「那個人在韓國的政經界都擁有強大的人脈，所以他出獄的時候，我在國家情報院的介紹下去跟他見面。國家情報院就是以前的KCIA（韓國中央情報部），現在是蒐集北韓情報與從事政治活動的情報組織。我對他說『今後，先生身邊的事全部由我來照顧』，他十分歡喜。因為他在泡沫崩壞時，債務纏身，已經一貧如洗了。」

「不只是公安，你也賣情報給韓國嗎？」

柳沒有回答這個問題，只是看著古波藏咧著嘴笑。「如果不介意的話，我想聽聽看古波藏老弟的推理，已經掌握到多少真相。我一向很愛聽你說。」

「我也想知道自己的推測有哪些正確。」

「欸？我們意見一致啊。」柳高興地說，「首先，北川為什麼被殺？」

「北川想和紫帆逃走，但需要錢。所以，他勒索你了吧。所以，你才派金素英那個女殺手到北川所在的飯店。」

「原來如此，那麼，猪野忠和又為什麼被殺？」

「猪野跟我說完話之後，態度一百八十度轉變。他聽我說到有個女人假稱北川太太到飯店去，就領悟到真相。因為能先一步把殺手送進飯店的，除了你沒有別人。他想只要威脅你把錢收回去就行了，所以即使大神辰男被逮捕，還那麼高興。」

「你越說越有趣了。如果這些都是真的，那麼殺了私人銀行員山之邊貴的，也是我嘍？」

「新加坡和日本在這個案子上達成了共同調查的協議，新加坡將山之邊的下落，告知了駐在日本大使館的警察廳幹員，所以公安想要得到這份情報，易如反掌。而你是公安所養的北韓雙面間諜。」

「精彩！」柳啪啪啪地拍手。「不愧是我欣賞的古波藏。但是，所有的物體會隨著視角的不同，而有不同的形狀。這次，可以聽聽看我的推理嗎？」

「當然。」

「這個嘛，首先，不妨把威脅北川的人想成瑞士SG銀行，而不是我，你覺得如何？北川追查出一億美元從柬埔寨送到什麼地方去。這件事如果公諸於眾，瑞士SG銀行不僅會因為支持恐怖組織，被處以巨額制裁金，還會被迫撤出美國的金融市場，導致破產。所以什麼要求他們都要吞下來。」

「北川要求了愛德華什麼？」

「如果我是北川的話，就會提出兩個條件，一是今後不追究任何責任，二是給予一百億日圓的補償金。」

「北川為什麼會查出送往柬埔寨的資金下落呢？」

「因為是我告訴他的。」柳抽筋似地笑說。「還有，我打電話給愛德華那個董事，叫他學學你。」

「學我？」

「我看他十分苦惱，我想我說不定幫得上忙。」可能忍不住了吧，柳不禁噴笑出來。「常聽人說，溺水的人就算是一根稻草也要抓。愛德華為了封北川的口，哀求北川幫忙，不論任何條件他都答應。我這邊呢，因為北川做了多餘的事，形勢變得險峻，所以決定把這問題一次解決。北韓在各地都設有特務，只要一通電話，什麼事都辦得到。就像披薩外送員一樣。」

「北川的死訊是你告訴山之邊的吧？」

「我剛才不是說了，我不是殺人狂。而且同時有兩個日本人死了，會引起大風波。他只要帶著姬姬那個女人失蹤就行了。反正他吸毒也離死不遠了。」柳把香菸揉掉，又叼了另一根點了火。「古波藏老弟戒了菸，真寂寞啊，好像只有我一個是壞人似的。」

「照你的推理，猪野又是怎麼死的呢？」

「那傢伙比你想的愚蠢多了。」他吐著菸說。「直到最後，他都深信這個事件的幕後主使人是崔民秀。他沒發現我就是蜥蜴，一直追問我崔的地址。我拒絕之後，他就運用大神的關係到處去查。但是這樣一來，會給我造成困擾。崔在韓國療養院成了植物人的事會敗露出來。」

「所以就派這傢伙到猪野家裡去了？」古波藏向門邊站著的男人瞥了一眼。

「猪野一直是大神辰男的祕密帳房，但是大神的政治生涯已經完了，所以猪野想接收他的海外資產，逃到菲律賓那一帶去。不過可悲的是，這種事不能說出來。哪知他跑來找我商量，所以，我才知道他要到新加坡去找北川。」柳右手玩弄著蜂鳴器。「我年輕的時候，非常認真地學過語言，英語和中國話都大略能說。雖然從外表看不出來就是了。」

霧雨連綿下著，屋裡有點寒意，所以古波藏站起來，把窗關上。

「事實往往不值一提。」柳繼續往下說，「山之邊吸食海洛英，已經跟骷髏無異，不過還能再活個一年半載。但是不久前，他的錢已經散盡。對吸毒的人來說，沒有比拿不到毒品更可怕的事。就在這時候古波藏老弟去看他，久違地說了日語，順便想起了我。所以他主動打電話給我說，他不會向新加坡警方透露半句話，能不能送點錢給他。所以我就拿了海洛英，讓他打個痛快。不過這終究也只是我的推理而已。」

古波藏凝視柳的臉良久，才又問：「向大神辰男鼓吹北韓有利可圖的也是你嗎？」

「既然北川的基金崩盤，銀行的錢也沒了，便也用不上那位大人了。而且為了不見的資金鬧得滿城風雨也會礙我的事。」柳笑道，「他還在執政黨的時候，肯定不會被這種議題吸引吧。但現在缺錢缺得緊，不論什麼樣不正當的題材，他也會緊咬不放。所以，趁他對解決綁架問題或與北韓恢復邦交的議題開始熱中的時候，向官邸提供了情報。之後就由日本的國家權力來收拾了。輕而易舉。」

「能不能再請教一點？」

「什麼都可以問啊，反正只是推理而已。」柳享受似地吸著菸，再吐出煙來。

「北川也幫赤目在瑞士ＳＧ銀行開了帳戶，提了大錢出來，他為什麼要做這種自討苦吃的事？」

「如果讓我修正一下剛才的話，我會說，讓赤目在新加坡開戶的不是北川，而是單眼的情報販子。因為赤目不見外人。」柳開心地笑了。「之所以染指赤目的錢，是因為匯到柬埔寨的錢，還不夠五十億。指令來了就不能違抗。所以北川把錢提出來，也必須當成犧牲品死掉。」

「所以也順便把我當成赤目的犧牲品，對吧？」古波藏說，「所以，在我和瑞士SG銀行開始談判後，你就放出我在背後操縱一切的情報。」

「赤目丟了大錢，大發雷霆啊。一定得找個人負起責任。」柳神情悲傷地看著古波藏，「但是，我希望你相信我，這是我給老弟你的禮物啊。」

「禮物？這話怎麼說？」

「剛開始，我完全不知道你和北川太太是同學關係。所以，猪野告訴我你的背景時，真的嚇了一跳。但是，我發現這是送給你一個超級大禮的好機會。所以，我提供了一切你想要的情報。不管是大神安排核能出口的炒作股，還是瑞士SG銀行有赤目的帳戶。」

柳把香菸壓進煙灰缸，又叼起下一根。

「瑞士SG銀行，因為北川的緣故，抱了一堆危險的帳戶。更嚴重的是，北川從那些帳戶提出資金，引發了更大的危機。以古波藏你的能耐，應該有辦法隨心所欲地從銀行搾出錢來。因為若是事情曝光了，罰款和損害賠償都得從千億日圓起跳，銀行很可能停業，經營幹部還會成為刑事案件的被告。所以他們應該很樂意付一百億給你吧。既然這樣，你就從中拿五十億給赤目，剩下的收進自己口袋裡就好了。我好幾次提醒你『要走正確的路』，但你沒聽進去。」柳誇張地嘆口氣。「更沒想到你竟然會查到這裡來。我說服了北川把電腦的檔案刪除，沒料到你們卻把它復原了。潛入旅館想把數據搶走，結果也失敗。最後連匯款到柬埔寨的事都被你注意到，那就不能放過你了。」

「所以就要殺了我？」

「我是反對的哦。」柳的右眼眨了幾下。「可是指令是絕對的，背叛指示，死的就是我。」

「為什麼要利用愛德華？」

「那也是上面的想法。因為知道太多祕密了，讓他弄髒自己的手吧。但是，我沒想到他是那種少根筋的笨蛋。看清楚長相，在極近距離開槍就沒事啦。」然後又像鴿子般笑起來。「我失言了，對不起啊。」他說。

古波藏面無表情地直視柳，過了一會兒問：「北川跟你是什麼關係？」

「剛開始是生意夥伴啊。」柳又抽筋似地笑，「她叫紫帆是吧。那個大神的情婦，你的朋友。北川藉由跟她結婚，巴結了大神，得到他的授權，操作政治資金。因此，猪野把他帶到我這裡來。因為那時候，猪野還以為我是崔民秀的聯絡人。就我來說，能夠自由驅使一個新加坡的私人銀行員，頗有吸引力，所以我介紹了很多客人給北川和山之邊。有藝人也有運動選手、靠著小鋼珠或高利貸發跡的在日韓人創業家、黑道經營的企業等都歡天喜地開了帳戶。地下錢莊、電話詐騙集團、網路的可疑業者，什麼樣的人都有。於是，北川才搖身一變，成了『操作一千億日圓的基金經理人』。」

「資金的操作，是你讓他做的嗎？」

「北川因為雷曼事件，在顧客的戶頭搞出了大缺口。在股票的世界，誰都不能信任。投資人競相拿出資金，全是因為以為操作基金的是蜥蜴這個炒作集團，而且背後還有大神和崔民秀在挺著。我把這些招數傾囊傳授給北川，所以他才有辦法在麻布和新加坡養女人，開著瑪塞拉蒂和藍寶堅尼，過著跟他不相襯的奢侈生活。」

「那個基金因為核能事故，日伯通商的股價暴跌而失去了大半資產，後來為什麼北川還是對你言聽計從呢？」

「是因為愛啊。」柳像是壓抑不住地爆笑起來。「北川最初打算利用我，但是，沒多久，他發現了我的真面目，領悟到自己掉進了陷阱。因為黑道的暴力只是虛有其表，國家的暴力才是真刀真槍。不論在日本還是新加坡，北川的家人都在我的監視下，只要敢違抗指示，就會『這樣』。」柳把把玩的蜂鳴器亮給古波藏看。「為了保護家人，他能夠做的，就是按我說的被我利用、被我殺掉罷了。這個可悲的東西。」

然後他看向古波藏，露出陰森的笑。

「我想你知道，你也是一樣。哪天我心血來潮，牧島慧和桐依紫帆隨時都可能從這個世界消失。也許是明天，也許是一年後的今天。當然，只要你古波藏遵守約定，這種心血來潮就不會發生。」

柳冒出鴿子般咕咕咕的聲音，沒完沒了的笑著。

過了深夜零點，酒店街的拉客聲和醉客們的話聲都消失無蹤。螢光燈照射下的灰白房間，一點聲音都沒有。

柳吐出的二手煙令人窒息，古波藏再次開了窗，讓新鮮空氣和雨水的氣味充溢在沉滯的屋裡。

「如果方便的話，我還想問一個問題。」古波藏回過頭，「你，到底是何方神聖？」

「這個嘛。」柳浮起友善的笑容。「以後再也不會跟你見面了，所以聽聽我前半生的故事如何，以前我從沒有對別人提過呢。」

——柳正成，生於一九五五年的大阪，父親是在日北韓人，母親是日本人。

父親是朝鮮總聯的運動人士，一九六〇年說服了本無意願的妻子，參加歸國事業，變賣了所有財產，全家人一起移居北韓。

前三年，他們住在平壤的公寓，過著相當自在的生活。但某一天，國家保衛部突然逮捕了父親，柳和母親一起被送到邊境深山裡的管理所。住在他們大阪家附近的一個人是南鮮（韓國）的間諜，與那個人勾結是父親被逮捕的理由。父親沒多久就被處死了。

管理所是強制勞動收容所，在那裡即使是小孩子都要勞動。進了人民小學也不上課，而是到田裡撒人糞、到後山堆石頭，直到深夜。教師若發現學生偷懶，便會把人打到臉腫變形。

大人們不論男女，都被趕去建設發電用的水壩。雖說是蓋水壩，其實是切開冰點下的堅冰，進入河流，用樹枝阻擋水流等的原始作業，別說是防寒衣物，連手套都沒有，作業員陸續受到凍傷，失去手腳的指頭。

如果抗拒這種苛刻的勞役，就會被保衛員打到不省人事，然後關進拘留場。拘留場是個處罰不守規則者，用來殺雞儆猴的設施。人被關進嵌了鐵檻，只有半坪左右的小房間，每天清晨五點到凌晨零點，除了吃飯和大小便之外，必須正坐接受拷問。沒有看守的許可，如果稍微移動身體，就會遭到無情的毆打。這種日子過一個月之後，就會因為腳部血流不通而無法自己行走。絕少有人能從那裡活著出來。

在管理所，北韓出生的當地人、因歸國事業回來的北送僑胞及日本人是分別管理的。像柳這種單親是日本人的家庭，被稱為半肘巴里（半日本人），地位最為低下。肘巴里是豬腳的意思，把穿木屐的日本人比喻為豬。

「學校裡只有體罰的記憶。」柳說：「從作業中溜出來，到學校後山摘核桃來吃。但吃了還沒熟的核桃，手掌染到色素會變黑。一旦被發現，就得彎下腰，以手掌貼地的姿勢，將重心放在兩手繞著運動場走。手掌的皮全都磨破，鮮血直流，一次要走好幾圈，直到手上的黑漬看不見為止。」

國中畢業後，雖然被調到作業班，但工作是相同的。一天只配給一百二十克的玉米，上山採集韓國人參、伐木、背著要做肥料的腐植土下山。所內也有軍人或朝鮮勞動黨的前幹部，但沒有任何特別待遇，任何人都會被保衛員毆打得像狗一樣。幾乎所有人都重度營養失調，為了防寒，便把破布纏在身上，像個乞丐一樣。因為營養失調，只有腹部隆起，得了痔瘡，走路必須按著肛門，以免直腸飛出來。

這種苦日子過了十年之後，柳因為素行優良受到肯定，被挖角到對外情報調查部。在日本出生，母親又是日本人的柳，在家中一向說日語。那時候情報調查部不能再綁架日本人，所以需要能說道地日本話的情報員。

柳在情報員的訓練所接受五年的訓練，結訓之後，擔任與日本情報員的聯絡者，三十歲時回到闊別二十五年的日本。那時剛好在廣場協議（譯注：Plaza Accord，一九八五年，日、美、德、英、法（G5）的財政部長及中央銀行行長在美國紐約廣場飯店舉行會議，達成一連串的協議，內容包括抑制通貨膨脹、擴大內需、減少貿易干預、協力干預外匯市場等）之後，日本經濟走向前所未有的泡沫景氣。

「我雖然在北韓接受徹底的洗腦教育，但是卻從心底恨透了北韓這個國家。那時候我接觸到只要有錢就能實現任何夢想的世界，」柳指著自己的頭，「完全意想不到的衝擊。於是，我被資本主義洗腦了。」

「那你為什麼要當雙面間諜？」古波藏問。

「國家對我來說只是單純的工具而已。既然都是工具，兩個總比一個好。」柳咕咕咕地笑，「北韓其實是個很好懂的國家，只要出得起賄賂，什麼都能辦。送的錢越多越接近權力。日本的公安也是一樣。只要告訴他們北韓掌權者們無聊的私生活，什麼請求他們都接受。」

柳湊近古波藏的臉，朝他噴了口煙。

「我想你知道，在這裡說的話就算交給警方或檢方，也沒有任何作用。我的背後有公安，日本的司法機關無法干涉。你好不容易撿回一條命，請好好珍惜才是。」

古波藏等到煙消散之後，問：「蜥蜴這名字有什麼意義嗎？」

「上次不是告訴過你了，因為它很好吃啊。」這次他朝著天花板噴了一口煙，瞇細了眼睛，宛如沉浸在幸福的回憶。「管理所的餐食，一天只有一個巴掌份的玉米而已。只吃這個一定會餓死，為了活命，必須想盡辦法去找食物。尤其肉類最珍貴，蚯蚓、蛇、老鼠等，見一個抓一個，什麼都烤來吃。」

柳在小學一年級的時候，朋友抓了好幾隻蜥蜴，就拿一隻給柳，說：「你也吃吧。」看柳拿著蜥蜴，遲遲沒有動作，朋友笑說：「搞什麼，你不知道怎麼吃啊？」就示範給他看。仰著頭張開嘴，把活生生的蜥蜴放進嘴裡，直接吞下去。

柳也試著做，但蜥蜴在嘴裡亂動，他嚇得忍不住嚼了幾口。但這時，嘴裡充滿了某種難以言喻的腥臭味，害得他吐出來。

「笨蛋。不是叫你不要咬嗎。」朋友這麼說著，又把全身不斷抖動的無頭蜥蜴撿起來，塞進柳的手裡，「你想活著從這裡出去，就只能吃下去。」

「這次，我把心一橫，一口吞了下去。後來，只要一看到蜥蜴就迅速抓起來，吞進肚子裡。」

古波藏什麼也沒說，只是看著柳的臉。

「說到這兒，又想起狗肉鍋了。去年年底，我們不是一起吃過嗎。」柳話匣一開，越來越多話了。「第一次吃狗肉也是在管理所的時候。因為肚子太餓了，我跟兩個朋友一起把保衛員的狗殺了，抬到山裡煮成狗肉鍋。這一吃才知道世上竟然有這麼美味的食物，感動得不得了，最後連內臟都吃光光。」

窗外傳來醉客的吵鬧聲，聲音消失後，又再度回到寒意滲人的寂靜中。

「這件事還有後話。」柳狀甚愉快地說，「偷偷吃了狗肉之後，我們在地上挖了個洞，把屍骨埋起來。但是，被某個人看見了，向保衛員告密。我們三人都被打得半死。不只如此，雖然我才十歲，但保衛員就以背叛共和國的罪名，要把我們關進拘留場去。我母親知道，一旦被抓進拘留場，就不可能活著出來了。所以，保衛員來了之後，她還是緊緊抱著我不放。然而我還是被強硬的拉開，就在我要被帶走時，你猜怎麼著？」

柳直盯著古波藏，驀地笑起來。「我大嚷著，『我願意負起責任！』然後抓起旁邊的一把湯匙，把我的左眼剜了下來，拿給保衛員。」

他故意停頓了一下，觀察古波藏的表情。

「保衛員也真嚇了一跳說，這次特別饒了你。其餘兩人被關進拘留場，後來成了屍體出來。一個人餓死，另一個受不了痛苦，咬舌自盡。」

聽完柳的話，古波藏默默地站起來，拿起掛在椅子上的夾克。

「咦，要走了嗎？」柳狀似不捨地說，「柳正成這個人，今天開始從這個世界消失，很高興能與古波藏老弟認識，以後，請和跛腳的女刑警永遠幸福下去吧。」

古波藏一聲不響地走向門口，但一時想到了什麼又回過頭。

「你母親現在怎麼樣？」

「我成了情報員，她也終於可以從管理所出來。之後，便在平壤的公寓過著自由自在的生活。不過她想回日本的心願，卻沒有實現。」柳閉上眼睛。「她做著故鄉的夢，在兩年前去世。我每天都會哭呢，你知道嗎？沒有眼球的眼睛也會流出淚來。」

柳睜開眼，眼珠奇妙地反射著螢光燈的光線。

「這樣的話，你就算死了，也沒有人會為你傷心了。」古波藏說完，通過眼睛如同玻璃珠的男人身邊，打開了門。

快壞的螢光燈在昏暗的走廊，無意義的反覆閃爍。

55

走進緊鄰澀谷車站新建大樓裡的咖啡館，男人在店後方用力揮著手。

「古波藏兄，你活下來啦。」堀山健二說著，大聲叫來女服務生：「小姐，拿菜單來。」

「老實說，應該幫你設個宴好好招待一番。不過你大傷初癒，酒飯都不碰的話，就沒有辦法了。你看你想吃什麼儘管點。」

古波藏點了咖啡，問堀山，「所有的事都處理好了嗎？」

「這個嘛……因為護照的事，被稅務署抓住小辮子，實在沒辦法。不過，我想起古波藏兄說『這筆匯款絕對不會被發現』，所以還在繼續努力。如果只是違反出入境管理法的話，最高只有一年徒刑。反正本來我就打算好，如果那次交易失敗的話，我就去死。現在只要吃一年的臭牢飯，根本算不上什麼。我看開了豁出去之後，對方也傷腦筋。所以就把我在日本的不動產和零碎的資產處理掉，交上去，解決了這件事。加總起來，大約是五千萬日圓。」

「那不是很好嗎？」

「這全是古波藏兄的功勞。然而偵訊的時候，因為太難熬，我把你的名字供出來了。心裡一直過意不去。後來在報紙上，看到你在新加坡被槍擊的事，把我嚇死了。其實本來要去探望你的，忘恩負義之處，還請你原諒。」堀山說著低下了頭。

「對了，你怎麼知道我在日本？」今天早上，堀山突然打電話到手機約他：「古波藏兄，要不要出來吃個飯？」

「咦，你不知道嗎？」堀川顯得很意外，「調查我的稅務官告訴我的。古波藏兄是個名人，你的出入境紀錄都直接送到國稅局那兒吧。」

「我不知道這件事。真榮幸。」古波藏喝了一口送來的咖啡。

「其實，我老婆也想來向你問好。但她剛好有點事，回釜山去了。」堀山喜不自勝地說。

「你結婚了啊？」

「對，第三次了。」他搔搔頭。「不過，韓國的女人真厲害。因為我一再否認，稅務官就到釜山去查證事實去了。和韓國那邊的鐵面稅務調查官一起去找我女人，脅迫她說出『把錢存到哪個銀行』的時候，她氣勢洶洶地回嗆：『那種事我哪知道』『不准動我的男人』。後來我聽說這件事，雖然兩腳發抖，但她為我做到那種地步，只能用形式來表達我的愛了。所以我就皈依基督教，在教會舉行了婚禮。」

古波藏無心應和著堀山說起蜜月旅行等無聊廢話。依著新婚妻子的期望，花了三個星期，遊遍倫敦、巴黎、羅馬、維也納等歐洲城市。

「我們也去了列支敦士登那個地方。山裡的鄉下小鎮嘛。也偷偷去看了私人銀行。跟那種地方比起來，大阪南區的雜居大樓都還稱頭得多。一時有點擔心，把所有財產存在那種地方安全嗎？」

堀山就是為了商量這個，才把古波藏叫出來。

「今後怎麼打算？」古波藏問。「如果一直住在日本，稅金的麻煩就會一直跟著你哦。」

自二〇一三年起增列國外財產申報制度之後，日本國外的存款、股票、債券、不動產等財產超過五千萬日幣的個人，必須向轄區的稅務署提出國外財產報告。罰則自二〇一四年起適用，對於故意不提出報告或記載不實者，將處以一年以下徒刑或五十萬以下罰金。堀山是稅務署的重要監視對象，若不提出報告，肯定又會惹出麻煩。

「這件事我知道了。所以我打算去柬埔寨。」堀山直爽地說。「不住在日本的話，就不用提出什麼莫名其妙的報告了。」

「柬埔寨？」

「對。我老婆是為了養家才到酒店上班。她其實是個虔誠的基督徒。所以，她說想為柬埔寨的貧童們蓋一所學校。如果在鄉下，只要拿出五百萬日幣，就能蓋一間功能齊全的學校了。」

「如果要到柬埔寨，可以把錢存到新加坡的銀行。從金邊搭飛機，只要一個小時就能把錢提出來。」

「你能幫我辦手續嗎？」

「明天我要回新加坡，你隨時都可以跟我聯絡。」古波藏說完站起來。「不好意思，我等會兒還有個約。」

「是我不好意思，你那麼忙還找你出來。」堀山說，「以後我就在柬埔寨當小學校長了，到時候一定要來玩啊。」

民平的會長室裡，村井兼藏擺著臭臉正在看文件。瞥了一眼進門的古波藏，硼出一句：「幹嘛？」臉變得更臭了：「瘦了不少嘛。」

「這裡開了一個洞。」古波藏指著左胸。

「聽說了。既然還能活下來，就萬幸了。」

然後，村井露出「有什麼貴幹」的表情看著古波藏。

「會長以前說，你認識能帶話給赤目的人，能不能請你介紹一下？」

「不行。」商量的餘地都不給。

「兩億怎麼樣？」

「胡說八道，你從哪裡生那麼多錢？」村井笑道。

「瑞士SG銀行付給會長十億圓的補償金，而我從中得到的成功報酬，講好了是百分之二十。」

「也就是說，那筆錢你不要了？」村井的表情終於轉為認真。「怎麼回事，你說說看。」

古波藏從提包拿出文件，放在村井桌上。

「這是北川在瑞士SG銀行管理的帳戶進出帳的明細。」古波藏指著排列詳細的數字給他看，「其中應該也有赤目的帳戶。」

村井戴上老花眼鏡，拿過文件鉅細靡遺地檢視。

「每個帳戶都有進出帳，但大地震之後，他從各個帳戶中提出了資金。北川投資失利，為了隱瞞損失，他挪用顧客的錢，寄送偽造的對帳單。」

「混蛋！」村井恨恨地罵道。

古波藏又出示另一張文件。

「這裡是匯款用的祕密帳戶。二〇一三年夏天開始，他分了幾次將共計一億美元，匯至柬埔寨的銀行。那是北韓的祕密帳戶，錢從那裡再匯到伊朗中央銀行。」

「北韓和伊朗？」村井挑高了眉毛。

古波藏指著帳戶的進出帳紀錄。

「北韓指示匯款一億美金，但帳戶裡只剩下五千萬。所以，北川便從顧客的帳戶湊齊剩餘的五千萬美金。那位顧客就是赤目。你把這份紀錄交給他，他就會知道自己的錢消失到什麼地方去了。」

「為什麼要做這種事？」

「北川被北韓的特務所操縱。」古波藏說，「他的名字叫柳正成，日本名叫川崎正成。應該有和赤目見過面。」

「所以，你要我做什麼？」村井問。

「能不能把這件事照實轉告給赤目呢？」

「這些玩意兒，根本不能當什麼證據。」瘦骨嶙峋的手指，戳著文件說。

「赤目不需要任何證據。」古波藏說，「他若想知道事實，把柳找出來問清楚就行了。」

「你的目的是什麼？」村井看著古波藏，「難道又想從哪裡勒索金錢嗎？若是這樣，恕不奉陪。」

「新加坡和瑞士已經達成協議，現在想動什麼腦筋也是枉然。你告訴赤目，帳戶被凍結，錢已經拿不回來了。」古波藏用手撫著左胸，「在這兒開洞的就是柳。」

「原來是報仇啊。無聊！」村井嗤了一聲。

「我個人對他並無恩怨，那傢伙也只是為了活命，才做了必須做的事。」古波藏說，「只不過，我也有必須保護的朋友。」

村井目光灼灼地盯視著古波藏，把桌上的文件粗魯地塞進抽屜。

「你會確實把話帶到吧。」古波藏問。

「那傢伙從小就是個無可救藥的壞胚子，小學的時候不時被警察關照。流氓老爸跟別的女人跑了，酒店上班的媽媽在吸毒，母子倆雖然一起過活，但等於是孤兒。他自己也知道再這樣下去，一定活不下去，所以國中的時候就到我們店裡打工。住在我家直到高中才出去。」村井靠在椅子上，叉起雙臂。「兩億報酬，我接受你的委託，幫你帶話。」

「謝謝。」古波藏合上提包。「明天我去新加坡，有一段時間不會回日本了。」

「聯絡得上嗎？」

「若哪天心血來潮，請給我電話。會長的諮詢，我會給您特別優惠的。」

古波藏打開門時，村井叫住他。

「人渣也會有幾分情嘛。」

56

下午六點多走出澀谷的民平總公司，經過井之頭大道，古波藏到達東小金井時已是七點稍過。從車站前的超市停車場撥了電話，牧島在家。

「翻譯正要截稿。」牧島說，「這幾天我幾乎都沒闔眼，今天也打算趕通宵。」

「明天我就要出發去新加坡，要不要出去兜個風？」聽到古波藏這麼一說，牧島二話不說出了門。雜亂的頭髮，配上皺巴巴的襯衫和變形的牛仔褲，眼睛充血發紅。

古波藏往南越過多摩川，從京濱川崎交流道上了第三京濱。駕駛中一面簡單地把事件的概要告訴牧島。牧島提出了幾個疑點，但古波藏刻意不提的事，他也不問。

車上音響播出的音樂節目，臨時切換成新聞。兩名大臣因從大神辰男手中收過不當的政治資金，基於道義責任引咎辭職。報導中，政治評論家解說，這起醜聞使得內閣支持率大幅下滑，恐怕很難逃過總辭的命運。

接著新聞報導北韓國內出現動盪的情勢，自從排名第二的張成澤被處死之後，政府和軍部展開大規模的整肅。軍事評論家猜測，金正恩為了鞏固權力基礎，很可能推展核武試驗的準備。

到了橫濱的尾端，進入橫濱橫須賀道路，在朝比奈交流道下高速。上班日的晚上，路上車輛稀少，不到兩小時就開到了鎌倉。

從鎌倉車站在往鶴岡八幡宮的參道中，古波藏停下車。不知不覺間，又開始下雨了。

道路中央種植了成排櫻樹，盛開的櫻花被雨打落。這段時期，觀光客蜂湧而來，不過，現在只有當地人撐著傘快步通過。

「高三那年的春天，紫帆突然說，她想看鎌倉的櫻花。」關掉引擎，古波藏說，「結果三個人翹課到這裡來。」

「我還記得。」牧島笑說，「人潮太擁擠，走得疲憊不堪，好不容易進到店裡點了咖啡，竟然一杯要一千圓，嚇得眼都直了。」

「我根本從來沒有喜歡過賞櫻，但是莫名的有些懷念。」古波藏開了車窗，漆黑的夜影流入車裡。

「結果，你不見紫帆一面就要離開日本啦？」牧島問凝望窗外的古波藏。

「嗯，幫我問聲好。」

「一陣子不會回來吧？」

「我是這麼打算。」古波藏按下收音機的按鍵，轉到播放陳年爵士的FM台。

「真的放得下？」

「你指什麼？」

「沒……」牧島含糊過去。

流淌出路易．阿姆斯壯的〈It's a Wonderful World〉。

「我想北川康志是真心愛著紫帆。」沉默了半晌後，牧島說，「這段時間，我想了很多。北川投資失敗，又不能坦白承認。所以刻意避開紫帆。但是，他還是哭著打電話給紫帆，求她跟自己一起逃走。」

「也許是。」古波藏不帶感情地說。

「北川也愛女兒真琴，只是他太拙於表達了。」

又是一陣沉默。

「你會和紫帆同居吧？」古波藏問。

「有這個打算，可是……」牧島答，「老實說，我心裡滿是惶恐。因為這種生活跟從前截然不同。」

「你們兩個一定能幸福的。」古波藏笑道：「別擔心一些還沒發生的事好嗎。保險金也該下來了。好好規畫一下未來要怎麼生活就好了。」

「我有自知之明……」牧島深深吐了口氣，「紫帆對我來說，一直是個不可觸及的美夢。然而那個美夢從夜總會的酒家女，變成政治家的情婦，然後跟大富豪結婚，但那個人破產最後自殺，她必須跟女兒兩人活下去。從那一天起，我等了十三年，紫帆才終於落入塵凡的我身邊。」

「你在說什麼蠢話？」

「不是蠢話！」牧島不覺加強了口氣。「她從靜岡的公司辭職後，到偶然間發現的銀座夜總會開始工作，但是，剛開始她完全做不來。媽媽桑說『妳不適合這工作』開除了她。但是經過半年之後，她變了個人再度出現。紫帆那時候可以仰賴的只有一個人。」

一口氣說完這些，牧島用充血的眼睛看向古波藏。

「紫帆去求你幫助了，對吧。」

古波藏又把目光瞥向窗外，被雨淋濕的櫻樹在街燈中搖曳。

「我整理了古波給我的郵件。」牧島繼續往下說，「我還留著你跳槽瑞士的銀行，決定去歐洲生活的告別信。一看日期，大約和紫帆一身名牌，回到銀座夜總會同一時期。你們在藤澤同居了一段時間，但因為你要去國外，所以紫帆才又回銀座上班的，不是嗎？」

「挖那些陳年往事到底有什麼意義？」古波藏看著窗外說，「都是早就結束的事了。」

「不是。」牧島拉大分貝說，「北川死了，紫帆打電話給我。她說她是從高中同學那兒問到的。根本是你告訴她的吧。」

古波藏沒有回答。

「如果你想把紫帆讓給我，那就錯了。紫帆跟你在一起，才能得到幸福。」牧島絞盡力氣說。

古波藏默默瞅著牧島許久，說：「我第一次見到紫帆，是在小學三年級。從關西轉學過來，被幾個壞孩子盯上，每天把我叫到校園後面修理。有一天，紫帆湊巧經過，大聲斥喝他們：『那麼多人欺負一個人，太卑鄙了！』那時起，紫帆就成為我的庇護者，叫我『佑仔』。」

古波藏嘴角微微一歪說：

「我有努力過，但沒辦法成為男女朋友。」

牧島低著頭沉思著。

「我也沒有自信和紫帆相守下去。」

牧島抬起眼，看著古波藏，充血的眼睛像是剛哭過。

「我說你啊，該把關注的重點放在別的事情上吧。」古波藏說。

「別的事？」牧島不解的傻住。

「北川打電話回來之後，紫帆和猪野商量過。所以猪野決定去新加坡見北川。」古波藏繼續說，「柳從猪野那兒知道了這件事，派了殺手先一步過去。對了，你知道猪野為什麼確定自己能見到北川？」

牧島用力咬著近乎發白的唇。

「因為上飛機的應該是紫帆，而不是猪野。所以，北川在飯店房間裡，等的是紫帆。」古波藏頓住，「紫帆從一開始就沒有帶著女兒到外國生活的意願。所以，要猪野代替自己去，拜託他和北川好好商量。」

「我不想聽這些。」牧島大聲嚷著，打開副駕駛座的門，跑出車外。

「聽我說完！」古波藏從駕駛座下來，叫住牧島。

牧島全身顫抖著，停下腳步。

「阿慧，你心裡也明白吧，為什麼心懷恐懼的北川，在凌晨四點聽到敲門聲時，會毫無警覺地開了門。」

牧島垂頭喪氣，雨滴在藍色的襯衫上形成一圈暈染。

「不要一個人抱著祕密。」古波藏把手伸進口袋，拿出車鑰匙。「紫帆總是在說你的事情，那時候你是在大分的工廠吧。」

古波藏的拳頭在ＢＭＷ車頂敲了好幾下之後，把車鑰匙丟給牧島。「我捨不得這傢伙，你幫我照顧它吧。」

古波藏眯起眼睛，望著浮在夜色中的櫻樹林，然後立起領襟，朝著鎌倉站走去。

「你在意紫帆利用男人活著嗎？」古波藏突然停住。

牧島鐵青著臉搖搖頭。

「那麼，你會害怕像北川那樣被騙嗎？」

這次，牧島只是睜大了充血的眼睛，動也不動。

「那你想想吧，」古波藏對牧島喊道：「接到北川的死訊時，紫帆發現是自己的背叛害死了北川。此後，她便一直為了罪惡感而惴惴難安。再加上她帶著孩子，對未來的人生茫無頭緒。你想，她有多害怕、多憂慮？」

開滿櫻花的枝枒不停搖擺，古波藏目不轉睛盯著呆若木雞的牧島。

「這時候，紫帆選擇了你。這不是天作之合嗎？」

然後，他轉過身，頭也不回的消失在夜色中。

雨開始變得狂烈。

櫻花在風中飄舞。

（完）

參考文獻

- Ronen Palan, Richard Murphy, Christian Chavagneux, *Tax Havens: How Globalization Really Works* (Cornell University Press, 2009).
- Nicholas Shaxson, *Treasure Islands: Uncovering the Damage of Offshore Banking and Tax Havens* (St. Martin's Press, 2011).
- 姜哲煥、安赫《逃出北韓 地獄的政治犯收容所》（文春文庫）

國家圖書館出版品預行編目資料

避稅天堂／橘玲著；陳嫺若譯. -- 初版. -- 臺北市：經濟新潮社出版：家庭傳媒城邦分公司發行, 2016.01
面；　公分. --（經濟趨勢；61）
ISBN 978-986-6031-80-9（平裝）

861.57　　105001028